DOMINATION

BERRKLEY SENSATION
Published by Berkley
An imprint of Penguin Random House LLC
375 Hudson Street, New York, New York 10014

Titre original : *Ruled*
Première édition, novembre 2016

Ce livre est une fiction. Toute référence à des évènements historiques, des personnages ou des lieux réels serait utilisée de façon fictive. Les autres noms, personnages, lieux et évènements sont issus de l'imagination de l'auteur, et toute ressemblance avec des personnages vivants ou ayant existé serait totalement fortuite.

Ouvrage dirigé par Bénita Rolland
Traduit par Robyn Stella Bligh

Photo de couverture © Georgijevic/anyaberkut/GettyImages
Couverture : Ariane Galateau

34-36, rue La Pérouse
75116 Paris

ISBN : 9782755639933
Dépôt légal : novembre 2018
Imprimé en Espagne

ELLE KENNEDY

DOMINATION

Roman

Traduit de l'américain
par Robyn Stella Bligh

Hugo Poche

NEW ROMANCE®

CHAPITRE 1

– Tout le monde est à son poste. On n'attend plus que ton signal.

Lorsqu'elle entend sa voix, Reese détache son regard du grillage électrique qui s'étend au loin comme une barrière impénétrable pour trouver celui de son ami le plus fidèle. Sloan est vêtu de noir de la tête aux pieds, et il est armé jusqu'aux dents. Comme ils le sont tous.

On n'attend plus que ton signal. Elle se mord l'intérieur de la joue, car tout repose sur ses épaules. C'est à elle de donner le feu vert, c'est son projet. C'est elle qui a décidé d'attaquer cet entrepôt d'armement.

Le poids de ses responsabilités lui semble lourd, ce soir. La culpabilité liée aux gens qu'elle a perdus ne la quitte jamais, mais tout ça n'est rien à côté du fardeau qu'elle porte ce soir. Auparavant, les raids qu'elle menait incluaient des équipes de trois hommes, tout au plus. Or, celui-ci implique plus du triple. Elle n'aime pas avoir autant de vies entre ses mains.

– Tu veux annuler ? demande Sloan.

Il étudie son visage, transperçant l'armure qui ne sert plus à rien lorsqu'il la regarde de cette façon. Il la connaît trop bien. Il y a quatre ans, quand cet homme puissant et silencieux a rejoint sa petite bande d'Insurgés, il n'a fallu qu'une poignée de secondes à Reese pour lui faire confiance. Quelque chose chez Sloan l'a poussée à se confier à lui, à s'appuyer sur lui et à vouloir son avis chaque fois qu'une décision devait être prise.

C'est pour cela qu'elle ne réfléchit pas à deux fois avant de lui faire part de ses doutes.

– On pourrait échouer et des gens pourraient mourir.

– On meurt tous un jour ou l'autre, répond-il d'une voix dénuée d'émotion. Si c'est ce soir, au moins ce sera pour une bonne cause.

– Tu en es vraiment sûr ?

Pour quelle cause se bat-elle vraiment ? Pour leur liberté ? Ne serait-ce pas plutôt pour se venger ?

Elle veut détruire le Conseil Mondial. Elle veut tuer jusqu'au dernier conseiller des colonies, ainsi que tous les Exécuteurs qui font leur sale travail. Si elle réussit, les citoyens qui vivent derrière les murs de la cité seront libres. Les Insurgés qui vivent en dehors de ces murs ne seront plus pourchassés. Mais elle mentirait si elle disait que ses raisons sont purement altruistes.

Le CM lui a tout pris. Tout ce qui lui était cher. Elle le hait, et quand sa rage bout en elle comme elle le fait maintenant, elle a du mal à se rappeler qu'elle n'agit pas seulement par soif de vengeance.

Comme d'habitude, Sloan lit dans ses pensées.

– Peu importe que tes raisons d'agir soient mêlées à des histoires personnelles. Ça reste une bonne cause, chérie. C'est quelque chose que nous voulons tous.

Il hoche la tête en direction de l'entrepôt, à plusieurs centaines de mètres.

– On veut ces flingues, on veut buter les enfoirés qui gardent ces flingues, et on va réussir.

Un sourire s'étend sur le visage de Reese.

– Tu crois ?

– Ça fait des semaines qu'on se prépare. Ces pauvres types n'ont aucune chance contre nous.

L'éclat amusé, et rare, qui anime le regard de Sloan finit de la rassurer. Si Sloan pense que leur plan va marcher, alors elle doit y croire aussi. Il a raison, ils ont soigneusement préparé cette attaque. Ils savent où chaque garde est posté à l'extérieur de l'entrepôt, et combien sont à l'intérieur. Ils connaissent les codes pour désactiver le grillage électrique et ils savent éteindre les caméras, ainsi que la demande de renfort que les Exécuteurs essaieront d'envoyer à leur QG.

S'ils suivent le plan à la lettre, ils s'en sortiront vivants, c'est certain.

Presque certain.

C'est probable.

Ses doutes refont surface.

Reese regarde l'entrepôt en regrettant qu'il n'y ait pas plus d'endroits où se cacher. Le bois qui s'étend à l'arrière et à l'est ne servira qu'à la moitié de ses hommes, il sera impossible d'approcher le bâtiment sans être vu. L'entrepôt est une véritable bombe géante, ce qui explique qu'il soit aussi isolé. Avec les munitions, les armes et les explosifs qu'il renferme, le moindre incident tuerait tous ceux qui sont à proximité. Les barrières anti-souffle absorberaient peut-être une partie des dégâts. Reese espère qu'ils éviteront une telle explosion.

Elle a besoin de ces armes, mais elle veut aussi que ses hommes restent en vie.

– Peut-être qu'on devrait faire ça seuls, dit-elle à Sloan en grimaçant lorsqu'elle entend sa voix paniquée. Juste toi et moi. On devrait renvoyer les autres au campement, tu ne crois pas ?

Les traits de son visage se tendent, mais elle ne sait si c'est d'inquiétude ou d'agacement. Sans doute est-ce la deuxième option. Dieu sait qu'elle s'en veut, aussi. Pourquoi se comporte-t-elle comme une poule mouillée, bon sang ?

– Ils savent ce qu'ils font, répond Sloan. On s'en est assurés.

C'est vrai. Reese a rassemblé ses meilleurs hommes pour ce raid, et Connor Mackenzie, le chef d'un petit campement non loin du sien, a également envoyé ses trois meilleurs éléments.

Rylan, Pike et Xander sont habitués à ce genre de mission. D'ailleurs, c'est grâce aux prouesses technologiques de Xander que la mise en œuvre du plan a été possible.

– Donne le signal, Reese, dit Sloan d'une voix douce. On a déjà perdu assez de temps comme ça.

Elle déglutit, puis elle saisit le talkie-walkie attaché à sa ceinture. Elle appuie sur le bouton d'une main tremblante et s'adresse à ses soldats.

– C'est parti, murmure-t-elle. Les gardes de l'entrée vont changer de poste dans trois minutes. Xan, désactive immédiatement le grillage.

– Entendu, répond Xan.

Rien n'indique que la clôture n'est plus électrifiée, mais Reese croit Xander sur parole lorsqu'il lui dit, quelques secondes plus tard, que tout est prêt. Le grillage et les caméras ont été désactivés.

– Rylan, prépare-toi, dit Reese.

– Je suis toujours prêt, répond celui qui lui pourrit la vie.

Elle l'imagine allongé sur le ventre, comme un serpent, caché derrière la petite butte qui fait office de cachette. Si la brise soulevait ne serait-ce qu'un de ses cheveux, les gardes du portail avant le repéreraient. Cela dit, Rylan doit adorer. D'après ce qu'elle a vu, ce type est accro au danger.

Elle regrette vraiment que Connor ait envoyé Rylan à ses côtés. Le beau blond l'agace comme personne. Cependant, grâce aux années qu'il a passé à entraîner les recrues de l'ancienne Armée du Peuple, un groupe d'Insurgés qui voulait se soulever contre le Conseil Mondial, c'est un des combattants les plus redoutables qu'elle ait rencontré.

Elle n'apprécie peut-être pas Rylan, mais elle a besoin de lui.

Elle regarde Sloan, qui arme son fusil.

– Allez, finissons-en, soupire-t-elle, lui arrachant un sourire en coin.

– Le changement de poste va bientôt avoir lieu, prévient Pike dans la radio.

Reese retient son souffle avant de donner l'ordre.

– Go !

Il n'y a qu'une demi-seconde de silence entre son ordre et les coups de feu qui retentissent dans la nuit. Reese et Sloan émergent de la lisière en courant, leurs armes levées, leurs index sur la gâchette. Tous ses hommes ont reçu le même ordre : tirer pour tuer. Ils ne veulent pas de prisonniers, ce soir.

Quatre Exécuteurs sont postés au portail arrière, elle reconnaît la bande rouge de leur treillis noir. Deux sont derrière la clôture, deux gardent le portail. Reese n'hésite pas une seconde avant d'ouvrir le feu. L'élément de surprise joue en leur faveur et les gardes du portail tombent comme des mouches, morts avant même de toucher le sol.

Quant aux deux qui sont derrière le grillage, c'est une autre histoire.

– Planque-toi ! s'exclame Sloan tandis qu'ils courent vers la clôture.

Reese se jette au sol derrière une Jeep militaire et Sloan la suit de près tandis que les balles sifflent au-dessus de leurs têtes. Les Exécuteurs aboient des ordres, mais Reese ne les entend pas avec le bruit des coups de feu. L'odeur de poudre remplit l'air et elle la respire en reprenant son arme en main.

– Va au portail, je te couvre, dit-elle à Sloan.

Il hoche la tête, attend son décompte et se propulse en avant avec une grâce étonnante pour un homme aussi costaud. Reese se redresse et crible le grillage de balles, ravie lorsqu'elle frappe une de ses cibles. Le fusil d'assaut de l'Exécuteur vole de ses mains tandis qu'un cri lui échappe. Elle l'a touché au bras droit, l'empêchant de viser Sloan pendant qu'il approche du portail.

Des coups de feu résonnent partout autour d'elle, mais elle refuse de penser à ce qui se passe en dehors de son quadrant attitré. Elle refuse d'envisager que certains de ses hommes puissent être touchés. Elle continue de soutenir Sloan et de le protéger.

– La voie est libre, crie-t-il moins d'une minute plus tard.

Une vague d'adrénaline monte en elle pendant qu'elle court vers lui. Les caméras fixées au sommet des piquets de clôture ne clignotent plus, mais elle évite néanmoins de les regarder.

Son ami pointe son arme sur les portes et Reese en fait de même, s'attendant à ce qu'elles s'ouvrent d'une seconde à l'autre. Les Exécuteurs à l'intérieur de l'entrepôt vont paniquer en comprenant que leurs procédures de confinement ne fonctionnent plus, et cela fait sourire Reese. La sécurité du dépôt d'armes repose entièrement sur la technologie que le CM a mise en place et qui, grâce à Xander, est désormais hors service.

Elle sourit de plus belle lorsqu'elle entend des coups de feu à l'intérieur du bâtiment.

– Ils sont dedans, murmure-t-elle à Sloan, qui ne semble pas ravi.

– On devrait être dedans, nous aussi, répond-il.

– On reste en position, déclare-t-elle. On suit le plan à la lettre, tu te souviens ?

Leur plan était de sécuriser l'arrière du bâtiment et de tuer les Exécuteurs qui essaieraient de s'enfuir. Rylan et les autres ont leur propre tâche à accomplir à l'intérieur.

Il semble à Reese qu'il se passe une éternité avant que les coups de feu ne cessent et que ses hommes commencent à lui donner le feu vert.

– La voie est libre, dit Beckett qui, avec Nash, était chargé de la façade Ouest.

– Ok, déclarent Beckett et Cole, depuis la façade Est.

– Tout va bien ici, l'informe Xander, qui surveille les signaux depuis l'un de leurs camions.

– Vous pouvez entrer maintenant, déclare enfin Rylan d'une voix satisfaite.

– Il y a des blessés ? demande Reese dans la radio.

Une chorale de « non » retentit, mais elle sent une hésitation dans la voix de Pike. Merde, elle espère que tous ses hommes sont sains et saufs.

– Allons-y, dit-elle brusquement.

Ils baissent leurs armes et courent vers les portes métalliques qui s'ouvrent devant eux, laissant apparaître un Rylan tout sourires.

– Salut les mecs ! Ça alors, si j'avais su que je vous croiserais ici !

Sloan lève les yeux au ciel.

– Est-ce que tout est une blague à tes yeux ? demande Reese d'une voix irritée.

– Chérie, on vient d'attaquer un entrepôt d'armement et on n'est pas morts. Je crois que ça me donne le droit d'être de bonne humeur.

Il n'a peut-être pas tort.

Ils suivent Rylan dans le couloir éclairé de néons, et le bourdonnement dans les oreilles de Reese s'apaise, remplacé par les battements de son cœur. Ils ont réussi. Ils l'ont fait !

– Tout le monde va bien ? demande-t-elle à Rylan.

– Plus ou moins, répond-il en haussant les épaules.

– Qu'est-ce que ça veut dire ?

– Sam a été touchée, mais elle survivra.

Une vague d'angoisse l'envahit soudain et elle marche plus vite. Bon sang, elle avait hésité à emmener Sam avec elle, mais la jeune femme est une des meilleures tireuses de Foxworth, la petite ville dont Reese a pris possession il y a quelques années.

– Où est-elle ? demande Reese.

Rylan désigne les portes au bout du couloir.

– Pike est en train de la recoudre. Ne t'en fais pas, tout va bien.

Reese marche encore plus vite. Elle serait bête de croire Rylan sur parole, ce type pourrait avoir l'artère fémorale sectionnée et il dirait quand même que tout va bien.

Elle ouvre les portes et se retrouve dans une vaste pièce pleine d'étagères. L'odeur de métal, de poudre et de sang saisit immédiatement ses narines. Elle ne prête guère attention aux corps qui jonchent le sol, car les Exécuteurs ne sont rien pour elle. Apparemment, ils ne sont rien pour Rylan, non plus, qui ne baisse même pas la tête en enjambant un corps criblé de balles.

– Tu vois ? Elle va très bien, dit Rylan d'une voix exaspérée en pointant du doigt l'autre bout de l'entrepôt.

Reese se détend en voyant la jeune fille brune assise sur une chaise en plastique, le visage stoïque, tandis que Pike noue un bout de sa chemise autour de son bras.

– Tout va bien, Sammy ? s'écrie Reese.

– Ça baigne, répond l'autre en levant le pouce.

Soulagée, Reese avance dans l'allée la plus proche pour l'inspecter. Elle découvre des piles et des rangées de caisses en bois et voit que Beckett s'est déjà mis au travail, occupé à en ouvrir une avec un pied-de-biche. Il sourit en la voyant, puis il jette par terre les billes de polystyrène et extrait de la caisse un fusil d'assaut flambant neuf.

– Pas mal hein ? dit-il.

Son cœur se remet à battre la chamade et, cette fois-ci, c'est d'excitation. Quand elle rassemblait les informations à propos de ce dépôt d'armes, ses sources ne savaient pas si elle y trouverait des armes ou bien des munitions. La plupart des entrepôts ne sont pas équipés pour contenir les deux et il leur serait inutile de mettre la main sur des kilos de munitions s'ils n'avaient pas les armes pour s'en servir.

Cependant, l'instinct de Reese lui avait dit que le Conseil de la colonie de l'Ouest n'avait pas assez d'hommes pour garder différents entrepôts, surtout maintenant qu'ils construisent une nouvelle colonie sur la côte Ouest. Elle avait fait le pari que le Conseil garderait les armes et les munitions dans le même endroit, et elle ne s'était pas trompée.

Ces armes sont à elle, maintenant. Les caisses de balles sont à elle. Tout ça est à elle.

Elle n'a pas le temps de savourer sa victoire. Les Exécuteurs qu'elle a tués ne transmettront pas le rapport qu'ils font toutes les heures au quartier général, et la cité leur enverra des renforts.

Reese frappe dans ses mains et le son résonne dans le bâtiment.

– Chargez les camions, ordonne-t-elle. On a un quart d'heure pour prendre tout ce qu'on peut. Ne perdons pas de temps !

CHAPITRE 2

Peut-être cela fait-il de lui un sadique, mais la violence le fait bander. D'ailleurs, cela rend particulièrement inconfortable le retour en voiture. Il gigote sur le siège passager du pick-up, essaie de se la remettre en place et prie pour que Xander ne ressente pas le besoin de commenter son érection qui, il doit l'admettre, est impossible à rater.

Cependant, le regard de Xan reste rivé sur la route sombre devant lui. Il n'a presque rien dit depuis qu'ils sont partis pour rejoindre le campement de Connor.

– T'en veux une ? demande Rylan en tendant une cigarette à son ami.

Il hoche la tête en silence.

Rylan en allume deux, tire dessus et en donne une au conducteur. Ils n'ont même pas fait un kilomètre que Xander a déjà fini la sienne. Sans le lui demander, Rylan en allume une autre et espère que son ami se calmera, car il ne lui en reste plus qu'une.

Heureusement, Xan semble avoir décidé de la faire durer, mais c'est sans doute pour se donner une raison de ne pas parler. Toutefois, il n'a besoin d'aucune excuse car tout le monde sait pourquoi Xan est silencieux. Cela fait deux mois que Kade, le meilleur ami de Xander, est mort à Foxworth. Depuis deux mois, Xander a à peine prononcé quelques mots. Il n'a jamais été du genre à raconter des blagues ni à sourire sans raison, mais son visage ne montre désormais que deux expressions, stoïque ou anéanti, et il tressaille chaque fois que quelqu'un prononce le prénom de Kade.

Leurs excursions en terre libre ne sont jamais faciles, et Rylan n'est pas naïf au point de penser que la mort de Kade sera la dernière qu'ils connaîtront d'ici la fin, si tout ça finit un jour.

Le projet de Reese de dégommer le Conseil Mondial est dangereux, risqué, et fonctionne uniquement parce que les Insurgés à ses côtés préfèrent mettre leur vie en danger que de rester planqués du reste du monde. Même Connor, le meilleur ami de Rylan, a été conquis par le raisonnement de Reese. « Frappez les premiers, frappez souvent et frappez fort », tel semble être leur nouveau slogan.

Rylan se passe la main sur la nuque, mais il sait qu'il lui est impossible de se détendre dans la voiture. Son érection ne disparaîtra que lorsque sa main sera dessus et qu'il imaginera que c'est celle de Reese.

Cela dit, pour être honnête, la masturbation ne l'intéresse guère. Il préfère largement être avec des compagnes actives et heureuses, plus d'une, si possible. C'est d'ailleurs ce qui explique ses visites régulières dans le lit de Connor et Hudson. Il n'y a rien de plus beau que de rendre une femme folle de plaisir au pieu, et Rylan aime encore plus ça quand un autre homme se joint à lui. Lorsque deux hommes sont entièrement dévoués au plaisir d'une femme, le septième ciel est garanti.

Cependant, il semblerait que Reese ait décidé de se refuser à lui. Elle paraît prête à coucher avec tout le monde, sauf lui. Or, il sait ce qu'il fait et s'il en avait l'occasion, il la ferait grimper aux rideaux. À ce stade, il ne pense qu'à mettre les mains sur elle. Or, cette tête de mule continue de résister à toutes ses tentatives. Par ailleurs, durant ces deux derniers mois, le désir de Rylan pour toute autre femme semble tari, et sa queue est irritée par les interventions de sa main.

Il regarde par la vitre, la mine maussade. Il fait froid dehors, mais il n'y a pas de neige. Techniquement, c'est encore l'hiver, mais le printemps semble arriver en avance, apportant avec lui une pluie continue. Leur pick-up avance lentement dans la boue, et il déteste ça.

Après quelques minutes passées dans le silence enfumé du véhicule, Rylan décide qu'il en a eu assez, de la météo pourrie, des alentours gris et déprimants, du silence. Il ne veut plus penser ni à

Reese, ni à la météo, ni aux conséquences désastreuses que leur raid va engendrer.

– Tu as fait du beau boulot sur le matériel électronique, ce soir, dit-il.

Xander répond par un grognement.

Apparemment, ça ne va pas marcher. Or, il ne va pas supporter deux heures de plus à côté de Xander, surtout quand il commence lui-même à déprimer. S'il reste dans le véhicule avec Xan, ils arriveront au campement en fredonnant un hymne funèbre.

Une moto vrombit à côté d'eux. Rylan regarde par la fenêtre et distingue de longs cheveux auburn qui dépassent d'un bonnet noir ainsi qu'un pantalon en cuir et des jambes entourant un homme gigantesque.

Son pantalon semble rétrécir de plus belle en regardant Reese, la reine des Insurgés. Aucun homme ne peut la regarder sans avoir immédiatement envie de se la taper.

Il se demande si Sloan sent la chaleur de la chatte de Reese dans son dos. C'est là que Rylan voudrait être, au lieu d'être coincé avec Xander. Il aimerait être aux commandes de cette moto, avec les jambes et les bras de Reese autour de lui. Une de ses mains tiendrait sa queue et ils s'arrêteraient pour qu'il la penche sur la moto et la prenne jusqu'à ce qu'elle ne puisse plus marcher. Puis, de retour à Foxworth, ils se doucheraient, baiseraient de nouveau, se coucheraient et remettraient le couvert.

Bon sang, sa bite n'a jamais été aussi dure.

– Tu risques de te faire du mal à long terme si tu n'arrives pas à contrôler ton érection, remarque Xander.

– Bon sang, mec, c'est la première fois en deux heures que tu parles et c'est pour te soucier de mon érection ? Et si tu tendais plutôt la main pour y remédier, hein ? répond Rylan en désignant son entrejambe.

Au point où il en est, il ferait n'importe quoi pour sentir autre chose que sa propre main sur sa queue.

– Non merci.

À leur droite, Sloan accélère et la moto les double pour filer vers Foxworth. Reese ne lui accorde même pas un regard.

Il y a un terme, voire plusieurs, pour désigner les hommes qui courent après ce qu'ils ne pourront jamais avoir : ce sont des abrutis, des rêveurs, de sombres idiots.

Or, Rylan ne pourrait calmer son désir, même s'il le souhaitait.

Il a d'autres possibilités, bien sûr. Jamie est peut-être inaccessible, maintenant qu'elle est avec Lennox, c'est-à-dire maintenant que Lennox a réalisé qu'il était fou d'elle et qu'il la perdrait s'il n'agissait pas rapidement. Même sans Jamie, d'autres femmes l'attendent au campement de Connor. Il y a Layla, ou encore Piper… Il s'amusera sans doute avec Connor et Hudson aussi, mais après, il devra rentrer seul à sa cabane et penser à la guerre qu'ils sont en train de commencer.

Sinon… il peut se jeter aux pieds de la tigresse. Peu importe qu'il se fasse griffer, non ? Mieux vaut ça que d'être mort. Et puis, Xan a raison, il faut vraiment qu'il fasse quelque chose concernant son érection quasi permanente.

Il baisse la fenêtre et regarde derrière eux, en direction du véhicule de Beckett, le mécanicien de Foxworth.

– Arrête-toi et dépose-moi, tu veux ? dit-il à Xander.

Son ami penche la tête sur le côté, d'un air dubitatif.

– Tu crois qu'elle va dire oui, cette fois, après avoir passé des mois à te dire non ?

– On ne perd que les batailles qu'on évite, répond Rylan.

Avec un peu de chance, Reese se montrera peut-être clémente avec lui.

Sloan ne frappe pas avant d'entrer dans la chambre de Reese, car elle rirait et lui dirait qu'il est autant chez lui qu'elle. Cependant, la place qu'il convoite le plus est dans son lit, où elle est assise.

Ses longues jambes bronzées sont tendues devant elle et elle se sèche les cheveux avec une serviette. Elle porte un t-shirt bleu délavé qui moule sa superbe poitrine, et la peau de sa gorge ainsi que celle de ses joues et de ses cuisses est rougie par la douche chaude. Sans le vouloir, son corps l'invite à la dévorer.

Il a envie de promener ses doigts sur ses jambes, ou plutôt non, sa langue. Il remonterait depuis ses genoux en la léchant, puis il écarterait ses cuisses, et…

Merde. Il met vite ses fantasmes de côté avant qu'il ne bande trop pour le cacher. Il marche jusqu'à la fenêtre, mais il continue de voir sa peau dorée, ses cheveux auburn mouillés, ses seins lourds et le coton fin qui attise plutôt que de cacher.

– Qu'est-ce qui ne va pas ? demande-t-elle. C'est le raid ? C'était presque trop facile, n'est-ce pas ?

Il se sent honteux face à son incertitude. La responsabilité qu'elle endosse est gigantesque, et le voilà qui s'apitoie sur son propre sort comme un idiot. Il ravale son désir et se tourne vers elle.

– Non. Ça a été facile parce que tu avais planifié ça à la perfection.

Elle ne répond pas, mais son regard lui dit tout ce qu'il a besoin de savoir. Elle se remet en question, elle doute d'elle-même.

– Reese, dit-il d'une voix douce.

Elle ferme la bouche un instant, puis elle laisse tomber son armure.

– J'ai peur, admet-elle.

Il est le seul à la voir ainsi. Le seul en qui elle a suffisamment confiance pour se montrer inquiète et effrayée. En dehors de cette chambre, elle enfile une armure impénétrable. Elle se bat et baise avec brio et vivacité. Personne n'est mieux équipé pour mener cette rébellion que Reese.

Cependant, au fond d'elle-même, elle tremble sous le poids du fardeau. Elle veut sauver tout le monde et pleurer pour chaque personne qu'elle perd, même celles qui sont mortes à cause d'elle.

Sa confiance fait de lui l'homme le plus chanceux et le plus maudit sur terre. Reese veut bien lui montrer sa vulnérabilité, mais elle lui interdit de la réconforter. Ainsi, il fait en sorte qu'elle n'ait jamais à le repousser. C'est un fardeau qu'il refuse de lui imposer, elle ne saura jamais combien il la désire. Elle, et elle seule.

Il sait ce qu'elle pense de l'amour. Il sait qu'elle fuit les engagements et la tendresse qui rayonnent autour des couples comme Lennox et Jamie ou encore Connor Mackenzie et sa femme. Reese ne leur dira jamais, mais elle est persuadée que ce type d'amour n'a pas sa place dans ce monde.

Cependant, elle fait tout ce qu'elle peut pour y remédier, pour faire en sorte que les jeunes filles et les garçons qui sont à sa charge grandissent sans avoir à se montrer féroces et sauvages pour survivre.

Néanmoins, tout ce changement à un coût. Cela implique de mettre son peuple en danger. Leurs vies sont entre ses mains, et chaque mission qu'elle planifie comporte des conséquences bien réelles.

– Ils me font confiance.

Ses yeux ont beau ne pas être rouges, Sloan la soupçonne d'avoir pleuré sous la douche.

– Et ils ont raison.

– Tu crois ? Tu crois vraiment ça ? Je ne sais même pas si je fais tout ça pour les bonnes raisons. On sait tous les deux que j'ai mes propres raisons de vouloir démanteler le Conseil Mondial et qu'elles n'ont rien à voir avec un idéal de liberté, déclare Reese en fermant les poings.

Sloan vient vers elle et s'assoit à ses côtés sur le matelas. Elle s'appuie immédiatement contre lui, et son désir embrase son sang. Il fait appel à tout son self-control pour réprimer son envie de s'allonger sur le lit avec elle. Il prend sa main et l'oblige à desserrer le poing, fronçant les sourcils lorsqu'il voit la trace de ses ongles sur sa paume.

– Tu peux vouloir les deux, la vengeance et la liberté, et être tout de même du côté des gentils, dit-il.

Il caresse ses doigts, frottant sa peau calleuse contre la sienne. Reese est une guerrière, pas une femme aux mains douces comme celles des colonies. Aux yeux de Sloan, la peau épaisse à la base de ses doigts, ses ongles coupés court, ses joues rougies par le froid… tout ça la rend plus désirable que n'importe quelle autre femme.

– Je crains… de ne pas prendre les bonnes décisions.

Ce qu'elle veut vraiment dire, c'est qu'elle ne supportera pas qu'il y ait des morts à cause de la décision qu'elle a prise.

– Tu réfléchis trop. Écoute, dit-il en penchant la tête vers la fenêtre ouverte.

Les gens commencent à se rassembler dans la salle multimédia. La musique est allumée et les éclats de rire se mêlent aux chants, tout ça parce que Reese est prête à risquer sa peau, son cœur et son âme pour eux.

Certes, les morts sont inévitables, mais elle ne doit pas rester assise dans sa chambre, à les compter, alors qu'elle pourrait être en train de faire la fête avec tous ceux qu'elle a sauvés.

– Tout le monde fait la fête, Reese. On a droit à ces moments, nous aussi. On y a tous droit, poursuit Sloan en se levant sans lâcher sa main. Alors, habille-toi, trouve-toi un homme et chevauche-le jusqu'au petit matin.

CHAPITRE 3

Sloan a raison. Elle a besoin d'être entourée, d'entendre des voix, des rires et de la musique pour oublier les doutes qui la saisissent.

Il n'a pas tort à propos de son besoin de sexe, non plus. Une verge dure et épaisse serait le remède parfait à sa mélancolie. N'importe quel homme ici sera ravi de l'aider, il lui suffit d'en choisir un.

Elle balaie la petite foule du regard et pénètre dans la salle. Le vieux bâtiment servait déjà de lieu de réunion et de loisir aux habitants de Foxworth avant la guerre. Les enfants y venaient avant l'école pour jouer au ping-pong ou dessiner et, d'après les affichettes encore punaisées près de la porte, il y avait aussi un club de tricot et de lecture, ainsi que des cours d'aérobic dans la salle de sport à l'étage.

Personne n'avait envie de trimballer des tapis de course et des vélos d'appartement dans les escaliers, ils avaient donc décidé de faire comme si la salle de musculation n'existait pas. Ils ont meublé la salle principale avec des canapés, des chaises, ainsi qu'une table de billard que Jake avait trouvée dans une des maisons les plus cossues de la ville.

Son estomac se noue lorsqu'elle repense à Jake. Tout à Foxworth lui fait penser à lui. Sa présence est gravée dans le moindre centimètre carré de la ville. À l'époque, c'est Reese qui avait trouvé Foxworth et décidé d'y établir leur résidence permanente, mais c'est Jake qui en avait fait quelque chose de plus beau qu'elle n'aurait jamais osé imaginer. C'est lui qui avait eu l'idée de se rendre dans les usines métallurgiques voisines pour y voler des plaques d'acier et protéger le centre-ville avec un portail et des grilles. C'est lui qui avait pensé à s'allier avec les Exécuteurs, leur offrant du sexe et de l'alcool en échange de leur protection.

Ils avaient créé Foxworth à deux. Il était son roi, elle était sa reine. Une reine qui l'avait assassiné pour sa couronne.

Non, pas pour sa couronne. Pour eux, se dit Reese en regardant la trentaine de fêtards dans la pièce.

Un peu plus de quatre-vingts personnes habitent à Foxworth aujourd'hui, mais toutes ne faisaient pas partie du groupe d'origine. Certains habitants étaient des nomades qui se sont présentés au portail de la ville bien longtemps après la mort de Jake. D'autres sont de vieilles connaissances qui ont réussi à revenir dans le coin. Toutefois, ceux qui ont connu Jake… ceux qui ont souffert à cause de lui… ce sont eux qu'elle a sauvés de l'homme qu'elle aimait.

Il fallait arrêter Jake, et c'est ce qu'elle a fait.

– Alors, qui sera l'élu ?

Reese se crispe lorsque Rylan vient à ses côtés, un verre de liquide ambré à la main.

– L'élu de quoi ? marmonne-t-elle.

Comme toujours, sa présence la met sur ses gardes.

– Qui sera l'homme qui aura l'honneur de te voir nue ce soir ? répond-il d'une voix irritée. Je serais ravi que tu me choisisses, mais j'imagine que je ne dois pas me faire d'illusions ?

– Tu as parfaitement raison.

Il glousse et lui tend son verre.

– Tu en veux ?

– Tu essaies de me saouler, chéri ?

– Pas du tout, mais tu as l'air d'avoir soif, répond-il d'un air faussement innocent.

Un rire lui échappe, mais elle accepte néanmoins son verre et boit une gorgée de bourbon, savourant la façon dont il réchauffe sa gorge. Elle se demande si Rylan a choisi cet alcool parce qu'il sait que c'est son préféré, ou si c'est une coïncidence.

Elle boit une autre gorgée et lui rend son verre.

– Tu sais, je ne changerai pas d'avis parce que je suis saoule. Je suis encore plus têtue quand j'ai bu.

Il éclate de rire à son tour, et cela réveille quelque chose en elle qu'elle ne veut pas associer avec cet homme. Elle essaie de réprimer un sourire, mais elle échoue lorsqu'elle remarque la bosse dans son jean. Ce type semble bander en permanence, comme s'il s'attendait à devoir sortir sa queue à tout moment et qu'il voulait être prêt.

– Sans rire, ma belle, ça te tuerait de dire oui ? chuchote Rylan dans son oreille. Tu sais que je saurai te donner du plaisir.

Elle n'en doute pas une seconde. Cependant, Rylan est trop dangereux pour qu'elle couche avec lui. Il ressemble trop à son ex-amant, et elle ne parle pas seulement de ses cheveux dorés ni de ses yeux bleus comme ceux de Jake. C'est gênant, mais ce n'est pas rédhibitoire, Rylan et Jake ont beau partager des traits physiques, Reese sait qu'aucun homme ne baise de la même façon.

Non, c'est plutôt une autre ressemblance qui l'effraie, leur imprudence et leur négligence. Rylan ne semble pas se soucier de mourir ou de vivre. Il aborde la vie comme s'il s'agissait d'un jeu, à l'évidence il ne tient pas particulièrement à gagner la partie, sinon il ne se jetterait pas tête baissée dans des situations plus dangereuses les unes que les autres. Par ailleurs, bien qu'il accepte des ordres de Connor Mackenzie, Reese sait que si l'envie lui prenait, il désobéirait à son leader sans hésiter.

Certes, il ne semble pas avide de pouvoir, comme l'était Jake, mais les motivations de Rylan ne l'intéressent pas. Comme Jake, il est trop impulsif, à tel point que c'est dangereux. Un homme qui ne réfléchit pas avant d'agir est un homme qui ne peut être contrôlé. Et pour une femme qui planifie chacun de ses gestes, c'est un réel problème. Elle refuse d'inviter un autre électron libre dans son lit, surtout qu'elle connaît bien son faible pour les hommes comme Jake et Rylan.

– Tu sais qui d'autre me donnera du plaisir ? demande-t-elle d'une voix doucereuse. Beckett.

Rylan suit son regard jusqu'à l'homme tatoué à l'autre bout de la pièce, occupé à discuter avec Travis.

– Beck n'est pas un mauvais coup, concède Rylan. Mais ce n'est pas ce dont tu as besoin ce soir. Il est trop joueur.

– Ah, et de quoi j'ai besoin ce soir ? répond-elle en haussant un sourcil.

– Avec toute l'adrénaline qui coule encore dans tes veines après le raid ? Tu as besoin d'une bonne sauterie, ma belle. Nash serait sans doute un meilleur choix.

Reese regarde l'homme en question, ses traits sauvages et son corps maigre et musclé sont attirants, certes, mais elle n'a pas envie de lui ce soir.

– C'est dommage que Lennox ne soit pas là. Il te prendrait aussi fort que tu le veux, poursuit Rylan en souriant. Mais ces jours-ci, il n'y a qu'une seule femme qui l'intéresse, alors c'est sans doute mieux qu'il soit chez Connor, comme ça ton pauvre ego n'est pas piétiné chaque fois qu'il te rejette.

Elle le regarde en fronçant les sourcils, mais ne le contredit pas. Lennox a fait savoir à tout le monde qu'il était avec Jamie, à présent, et qu'il n'avait envie de personne d'autre. Quant à Jamie, elle a montré à Reese, en lui cassant la figure, ce qui lui arriverait si elle essayait de séduire Lennox de nouveau.

Cependant, Reese n'est pas rancunière, elle serait possessive envers Lennox, elle aussi, s'il était son homme.

– Les rejets ne me dérangent pas, répond-elle. Ça forge le caractère.

– Mais trop de rejets peuvent anéantir l'ego d'un homme.

– Pourtant, jusqu'à présent, ça n'a pas marché, répond Reese en promenant son regard sur Rylan.

– Au fond de moi, je suis blessé, dit-il d'un ton enjoué. Je vais sans doute avoir besoin qu'on m'examine, plus tard. Peut-être que si on dansait, ça apaiserait un peu la douleur.

Reese fuit les yeux bleus scintillants de Rylan et cherche ceux de Sloan, qui n'est jamais loin. En général, il est tapi quelque part dans l'ombre, le regard rivé sur elle. Elle ne le voit nulle part et une gêne la saisit. Il a dû s'éclipser après l'avoir accompagnée ici, mais c'est étrange parce qu'il la laisse rarement seule. Il est tard, peut-être est-il allé se coucher. La pièce lui semble déséquilibrée, sans lui.

– Tu es trop têtue pour danser avec moi ? insiste Rylan.

Il ne lui laisse pas le temps de répondre, prenant sa main pour l'attirer contre lui. Elle saisit instinctivement ses larges épaules, et elle a tout juste recouvré l'équilibre qu'il passe une cuisse entre les siennes, plaquant leurs corps l'un contre l'autre.

Instantanément, ses hormones surgissent à la surface. La dernière fois qu'elle et Rylan étaient dans cette position, elle était à deux doigts de l'emmener dans son lit, mais heureusement, l'arrivée des Exécuteurs l'a sauvée de sa bêtise. La suite des événements a été terrible. Des hommes bons sont morts, comme Arch dont la mort a laissé seule sa femme enceinte, et Kade, dont la mort a convaincu Connor de se rallier à la cause de Reese.

– Arrête de réfléchir, chuchote Rylan contre sa joue.

Mince, il semble lire en elle aussi facilement que Sloan. Elle referme ses mains sur ses épaules mais, pour une raison qui la dépasse, elle ne le repousse pas.

– Je ne…

– Tu n'es pas déjà en train de réfléchir à la suite ? se moque-t-il en l'interrompant. De prévoir ta prochaine attaque ? De compter les cadavres que tu laisseras peut-être sur ton passage ?

Son rire l'agace et elle lui en veut de savoir ce qui la ronge. Avant qu'il ne séjourne plusieurs semaines à Foxworth pour entraîner son peuple au combat, elle n'aurait jamais deviné que cet homme était si perspicace. Cependant, sa visite lui a montré qu'elle avait tort et qu'il était plus observateur qu'elle ne le pensait.

Il promène son pouce calleux sur sa gorge, puis sa bouche, et caresse sa lèvre inférieure, lentement, de façon séductrice.

– Tu as besoin de baiser, murmure-t-il.

Une tension brûlante contracte ses muscles et fait pulser son entrejambe. Il a parfaitement raison. Le sexe est le moyen le plus sûr de libérer l'énergie qui parcourt ses veines.

– Utilise-moi ce soir, Reese.

Il enfouit son visage dans son cou et continue de se frotter contre elle. Il ne suit pas le rythme de la musique rapide, choisissant plutôt une cadence lente et sensuelle, et chaque frottement de ses hanches fait fléchir un peu plus la détermination de Reese.

– Utilise-moi comme tu le veux. Baise-moi comme tu veux. Mais… dis oui.

Un frisson parcourt son corps tandis qu'il embrasse sa gorge chaude et la suce assez fort pour la faire gémir.

– On sait tous les deux que tu en as envie, glousse-t-il avant de remonter vers sa mâchoire pour ne s'arrêter qu'à quelques millimètres de sa bouche. On sera tellement bien, tous les deux, bébé.

Elle ne répond pas, car sa gorge s'est refermée, l'empêchant de parler. Mon Dieu, il est évident qu'ils seraient géniaux ensemble. Son corps entier est à deux doigts de s'embraser et la sensation de son érection contre sa cuisse la fait trembler.

Cependant… elle n'a pas la tête sur les épaules quand il s'agit de Rylan.

Il y a une raison si elle est attirée par les électrons libres comme lui. C'est qu'elle en est un, elle aussi.

Elle ne prend des précautions que parce qu'elle se force à le faire, mais les tendances imprudentes de Jake l'habitent, aussi. Elle avait été poussée par les mêmes pulsions que lui, et elle lutte chaque jour pour être la cheffe dont son peuple a besoin, le genre de meneur que Jake n'a pas su être.

Rylan teste sa résistance et elle n'aime pas ça.

Où est Sloan, bon sang ? Une nouvelle vague de panique parcourt ses veines tandis qu'elle balaie la pièce du regard. Sloan l'aide à garder les pieds sur terre. Il est le seul qui… Sa panique disparaît lorsqu'elle l'aperçoit près de la porte et un soupir soulagé lui échappe en le regardant s'adosser contre le mur et croiser les bras.

– Ça ne me gêne pas que Sloan se joigne à nous. Plus on est de fous, plus on rit, dit Rylan en suivant son regard.

Sloan les observe, serein et rassurant. Son regard semble lui dire *je suis là*.

Elle se tourne vers Rylan, qui prend cela pour une invitation, et il l'oriente pour qu'elle soit dos à Sloan.

– Alors, quelle est ta réponse, ma belle ? chuchote-t-il dans son cou.

Non.

Oui.

Son corps est comme la mèche d'un bâton de dynamite attendant une flamme. Il crépite, prêt pour du sexe, désespéré d'attendre.

Elle sent le regard de Sloan dans son dos. Il a raison, si elle ne met pas de côté sa culpabilité et son inquiétude, elle ne sera bonne à rien. Car maintenant, plus que jamais, elle doit être prête et sur le qui-vive. Elle plonge son regard dans les yeux passionnés de Rylan. À en croire les rumeurs, c'est l'un des meilleurs coups de la colonie de l'Ouest. Une partie de jambes en l'air avec lui serait la meilleure des distractions.

Sauf que… elle ne se fait toujours pas confiance. Elle n'est pas certaine de ne pas payer le prix fort si elle cède à Rylan.

Or, il y a bien quelqu'un en qui elle a confiance.

– Suis-moi, dit-elle en quittant les bras du beau blond.

Elle tourne les talons sans attendre de voir s'il la suit, mais le bruit de ses bottes contre le sol lui donne sa réponse.

– Tu as dit que j'avais besoin d'un homme ce soir, marmonne-t-elle à Sloan. Est-ce que c'est le bon ?

Sloan plonge son regard noisette dans le sien.

– Je ne vois pas de meilleure personne pour t'extirper de tes pensées.

Elle sent le souffle chaud de Rylan dans sa nuque, et Reese doit s'empêcher de frissonner de plaisir.

– Il est imprudent, dit-elle.

Sloan hoche la tête.

– Ce n'est pas judicieux.

Il fait non de la tête.

– Si on ne faisait que ce qui était judicieux, on serait mort depuis longtemps, répond-il.

Il lève la main comme pour caresser sa joue, mais il ne la touche pas, comme toujours.

Elle n'est ni bête ni aveugle, elle sait qu'il la désire. Il a beau n'avoir rien tenté, son désir est omniprésent, toujours palpable, comme cette caresse qui n'aboutit jamais. Reese s'y est habituée, comme elle est habituée au lever du soleil et à la pluie qui tombe. Sloan est la seule personne constante et stable dans sa vie.

– Je suis là, vous savez, dit Rylan en se raclant la gorge.

Mais tous les deux l'ignorent. Reese plonge son regard dans celui de Sloan. S'il est avec elle… peut-être qu'elle gardera le contrôle. Peut-être que son désir brûlant et l'imprudence que Rylan réveille en elle ne déborderont pas.

– Seulement si t'es là, chuchote-t-elle à Sloan. Je ne me fais pas confiance.

En d'autres termes, elle a besoin qu'il soit sa ligne de vie, comme il l'est toujours, afin qu'il la sorte des sables mouvants lorsqu'ils menaceront de l'engloutir.

Sloan étudie son visage, mais elle ne sait pas ce qu'il y cherche. Il ne dit pas un mot, comme s'il réfléchissait à sa proposition, puis il finit par hocher la tête.

– Si c’est ce dont tu as besoin pour apaiser ton inquiétude, alors je suis là. Il ne se passera rien dont tu n’aies pas besoin.

– Ton choix de mot est intéressant, frangin, remarque Rylan. Qu’en est-il de ce qu’elle veut ?

Le regard de Sloan durcit en étudiant Rylan.

– Elle aura tout ce qu’elle désire, ne t’en fais pas.

CHAPITRE 4

Rylan a couché avec bon nombre de femmes au fil des années. Énormément. Cependant, c'est bien la première fois qu'une femme consulte son… son quoi, au juste ? Son amant ? Son lieutenant ? Quoi que Sloan soit pour Reese, il est clair qu'il compte assez pour qu'elle lui demande son avis avant de décider de soulager sa soif.

C'est sacrément tordu, en fait.

D'autres hommes auraient sans doute tourné les talons après cet échange bizarre, mais Rylan n'est pas comme les autres. Il a envie de Reese depuis le jour où il l'a rencontrée, et il va enfin sentir ses courbes nues contre lui.

Si elle veut un public, soit. Ça ne le gêne pas que Sloan soit au premier rang pour leur partie de jambes en l'air. D'ailleurs, Sloan pourrait même se joindre à eux, si ça faisait plaisir à Reese.

Toutefois, il ne semble pas enclin à s'amuser avec eux. Quand ils entrent tous les trois dans la chambre de Reese, Sloan allume la lumière puis s'assoit dans le fauteuil près du lit, et il croise les doigts sans dire un mot.

Rylan balaie la pièce du regard. Le lit et le fauteuil sont les deux seuls meubles et, contrairement à sa cabane au campement de Connor, il n'y a pas de vêtements par terre, ni d'arme, ni d'étui de revolver, ni de boîtes de munitions. Tout est propre et rangé.

– Déshabille-toi, ordonne Reese d'une voix suave.

Il tourne la tête vers elle et découvre son regard de braise. Il ne sait s'il est encore excité par le raid ou s'il est saoul, mais il n'a jamais rien vu d'aussi sexy. Il sent la tension sexuelle qui émane d'elle, et la chaleur se précipite tout droit dans ses testicules.

– Fais-le pour moi, répond-il.

Elle sourit en coin d'un air moqueur.

– Tu ne me donneras pas d'ordres ce soir, chéri.

– Alors, tu ne me verras pas à poil, répond-il en souriant à son tour.

Elle penche la tête sur le côté.

– Sloan, dit-elle.

Ce dernier frotte sa barbe brune.

– Rylan, dit-il brusquement. Déshabille-toi.

Rylan défait sa braguette comme s'il n'avait plus le contrôle de son cerveau. Bon sang, pourquoi obéit-il aux ordres de ce type ? Pourtant, il ne peut s'en empêcher. Il y a quelque chose d'hypnotisant dans la voix grave et ferme de Sloan.

Reese sourit de plus belle lorsque Rylan enlève ses bottes, puis son jean, avant de s'attaquer à son t-shirt.

– Tes chaussettes, dit la voix tendue de Sloan.

Rylan lève les yeux au ciel et jette ses chaussettes en laine par terre. Il est entièrement nu à présent, et il sourit en voyant Reese regarder sa queue. Il la voit étudier le piercing qui traverse son gland, comme si elle essayait de décider si cela lui plaît ou pas.

Il empoigne sa verge et se caresse lentement, jouant avec son piercing d'un air vantard.

– Et maintenant, ma belle ? Je suis nu, dur et entièrement à toi.

Elle ne répond pas et ne se déshabille pas non plus. Ses grands yeux marron continuent de briller et de se voiler de désir pendant qu'il continue à se branler.

Mais plus elle le regarde, plus il se rapproche du précipice.

– J'ai besoin de jouir avant de baiser, marmonne-t-il.

– Tu peux m'expliquer pourquoi tu ne peux pas jouir pendant que tu baises ? demande-t-elle en jouant avec le tissu de son pull, le soulevant sans s'en rendre compte.

Il suit le mouvement des yeux et admire la bande de peau qu'elle vient de révéler. Il réprime un grognement et se retient de réduire son pull en lambeaux. Il la veut à poil, mais il a peur qu'elle le foute dehors s'il lui donne un nouvel ordre.

– Je tiendrai plus longtemps si tu me tailles d'abord une pipe.

Il frissonne en imaginant ses lèvres rouges et charnues sur sa queue. Il regarde Sloan et son sourire lui dit qu'il sait combien Rylan est excité.

– Tu ne veux vraiment pas te joindre à nous ? lui demande Rylan en riant. Tu vas vraiment rester là à nous regarder ?

Sloan hausse un sourcil.

– Pas si tu te contentes de parler. Parce que si c'est tout ce que t'as à lui offrir, elle avait raison de te repousser jusqu'à maintenant.

– Va te faire foutre, rétorque Rylan.

– Je t'ai déjà dit que ça ne m'intéressait pas, glousse l'autre.

– Sloan, gronde Reese sans le regarder. Sois gentil.

– Seulement si tu te défoules sur lui. Il m'agace.

Elle laisse tomber sa tête en arrière et rit à gorge déployée, et la vue de son cou arrache un grognement à Rylan. Il tend les bras, saisit le pull de Reese et l'attire vers lui.

– Tu veux savoir ce que j'ai à t'offrir ? aboie-t-il. Je vais te le montrer.

Il écrase sa bouche sur la sienne avant qu'elle ou son chien de garde ne puisse dire quoi que ce soit.

Reese pousse un petit cri de surprise, il en profite pour plonger sa langue dans sa bouche. Elle a un goût sauvage et féroce, et le sang de Rylan s'embrase en s'imaginant la faire sienne. Intérieurement, il se moque de lui-même pour avoir eu une pensée aussi absurde, car c'est impossible. Reese n'appartient qu'à elle-même.

Toutefois, pour l'instant, elle est à lui. C'est contre les siennes qu'elle a plaqué ses lèvres chaudes et c'est sa langue qui plonge dans la bouche de Rylan. C'est contre son corps qu'elle frotte le sien.

Il n'est pas difficile. Il prendra tout ce qu'elle voudra bien lui offrir. Ça fait bien trop longtemps qu'il a envie de Reese pour poser ses conditions.

Leurs bouches se dévorent l'une l'autre. Il plonge ses doigts dans ses cheveux et les tire pour lui faire pencher la tête, permettant à sa langue de plonger plus loin dans sa gorge. Elle plante ses ongles dans ses biceps et il frissonne à l'idée qu'elle laisse sa marque sur la peau de son dos et de ses fesses.

Reese l'embrasse comme elle fait tout dans la vie, en y mettant toute son énergie et sa fougue. C'est ainsi que vivent les Insurgés. Si Rylan avait voulu une vie calme et insipide, il aurait vécu derrière les grilles de la cité de l'Ouest. Or, c'est bien cette passion, *cette vie* qu'il désire, et personne en terre libre n'est plus passionné ou vivant que cette femme.

Son besoin de jouir fait pulser son sexe et il arrache sa bouche à celle de Reese pour regarder Sloan.

– On a assez attendu, grogne-t-il.

Ils sont tous les deux en train de le rendre fou, Reese en se frottant contre lui et Sloan avec son regard impénétrable et son autorité naturelle.

Le second baisse les yeux sur la verge de Rylan et semble s'y attarder. Rylan se sent durcir encore plus, et ça ne l'étonne pas. Il a partagé suffisamment de femmes pour ne pas être timide lorsque quelqu'un étudie sa queue. Toutefois, il y a quelque chose d'électrique dans le regard de Sloan, quelque chose qui parle directement à Rylan.

Sloan observe ensuite Reese, ses joues rougies, son souffle pantelant, son air de lionne prête à bondir. Cependant, aucun des deux ne bouge. C'est comme s'ils attendaient tous les deux l'accord de Sloan.

Ce dernier reste silencieux plusieurs secondes durant lesquelles l'air semble s'épaissir. Le cœur de Rylan bat si fort dans ses oreilles qu'il n'entend plus que cela. Il est fou de désir. Il est à deux doigts de jouir et ils n'ont encore rien fait. Il ne se souvient pas d'avoir déjà été aussi excité. Jamais. Pas avec ses anciennes partenaires, ni avec Connor et Hudson, ni avec Jamie. Avec personne.

S'il ne plonge pas bientôt sa bite dans quelque chose, il va éjaculer partout. Il empoigne sa verge et ni Sloan ni Reese ne manquent de le remarquer. Reese gémit d'un ton désespéré et Sloan aboie enfin sa directive.

– À genoux, Reese, ordonne-t-il. Je veux que tu le prennes entièrement dans ta gorge.

Rylan saisit ses testicules et les serre, espérant que l'éclat de douleur repoussera son besoin de jouir.

Sa souffrance fait rire Reese, qui s'agenouille sur le parquet. Cependant, ses genoux n'ont pas touché le sol que Sloan les interrompt de nouveau.

– Attends.

– Bon sang, gronde Rylan alors que la bouche de Reese n'est qu'à quelques centimètres de sa verge.

– Qu'est-ce qu'il y a ? demande Reese en regardant Sloan d'un air inquiet.

– Pose ton pantalon par terre, répond-il à Rylan. Elle n'a à s'écorcher les genoux.

À l'évidence, s'occuper du bien-être de Reese est la première préoccupation de Sloan, et il ne manque jamais de le montrer.

– Elle ne va pas être à genoux très longtemps, grogne Rylan en s'exécutant, car il ne veut pas non plus abîmer la peau précieuse de Reese.

Une fois le pantalon en place, Reese s'agenouille et pose enfin, enfin, ses mains de fée sur lui.

Rylan ferme les yeux et fait appel aux derniers vestiges de son self-control. Il ne sait pas comment il y parvient. C'est un miracle s'il n'éjacule pas dès que la bouche chaude et humide de Reese se referme sur son gland. Peut-être est-il trop curieux de connaître ce que Sloan lui a ordonné de faire, l'avaler tout entier.

Elle ne perd pas de temps à prolonger la torture. À l'évidence, elle a compris à quel point il est excité. Elle ouvre la bouche et l'engloutit. Elle s'arrête une seconde lorsque le piercing touche le fond de sa gorge, assez longtemps pour que Sloan lui donne un nouvel ordre.

– Ouvre ta gorge, chérie. Il veut baiser ta bouche, alors voyons ce qu'il a dans le froc.

Elle rit de nouveau, et Rylan sent les vibrations autour de sa queue. Mon Dieu, pourvu qu'il ne se ridiculise pas.

– Rylan, c'est moi que tu regardes.

Il ouvre les yeux en entendant Sloan, et Reese recule la tête.

– Quoi ? grogne-t-il d'un ton impatient.

– Tu ne jouiras pas tant que je ne te l'aurai pas ordonné. Ça fait longtemps que Reese a envie de ça. Tu veux vraiment tout ruiner en éjaculant trop tôt ?

Ils se dévisagent jusqu'à ce que Rylan reprenne ses esprits, et il écarte davantage les jambes pour se stabiliser.

– Non. Je peux encore me contrôler un peu, répond-il en souriant. Pas beaucoup, mais assez pour te donner ce que tu veux.

Il n'est plus très sûr de savoir à qui il s'adresse. Les deux amis sont bien plus proches qu'il ne s'en était rendu compte. Peu importe qui Reese choisit comme partenaire, Sloan sera toujours là, et Rylan réalise que ça ne le dérange pas. Sloan est quelqu'un de bien.

– Vous avez fini d'écrire les règles, tous les deux ? se moque Reese. Si je savais que ça allait être une telle affaire, j'aurais choisi Beckett.

Sa remarque aide Rylan à se ressaisir. Il a attendu trop longtemps pour tout gâcher et il empoigne ses cheveux suffisamment fort pour lui faire mal.

– Suce, dit-il.

Et c'est ce qu'elle fait. Fort. Rylan lève les yeux au ciel en sentant sa langue chaude titiller son piercing. Elle le mordille doucement, tirant légèrement dessus, lui arrachant un gémissement désespéré. Merde. Il n'est pas certain de survivre à tout ça.

Il garde les yeux ouverts pour la regarder jouer avec sa queue. Soudain, elle referme ses lèvres sur lui et l'avale entièrement. Les bruits qu'elle fait, des petits gémissements et des soupirs gutturaux, sont tout simplement incroyables.

Rylan entend Sloan rire, et il le regarde d'un air désespéré pour le prévenir qu'il est au bord du précipice, pour lui demander la permission de lâcher prise.

La permission. Depuis quand demande-t-il la permission à qui que ce soit, pour quoi que ce soit ? Il aurait été furieux si sa queue n'était pas au paradis, trempée et vénérée par la bouche affamée de Reese.

Elle dégage la main avec laquelle il tient ses testicules et la remplace, palpant ses bourses, mettant sa patience à l'épreuve avec sa bouche. Lorsqu'elle le relâche soudain, il est à deux doigts de chialer.

– Je veux que tu baises ma bouche, dit-elle. Ne t'arrête pas tant que tu n'auras pas joui.

Il regarde bêtement Sloan, lui demandant la permission encore une fois. Bon sang. Quand Sloan hoche la tête, Rylan pousse un grognement et s'enfouit entièrement dans la bouche de Reese.

Ses hanches adoptent un rythme féroce et il pose ses deux mains sur la tête de Reese tandis qu'elle le prend dans sa gorge, la baisant assez vite et fort pour lui mettre des étoiles plein les yeux. Il ne tient pas longtemps, cinq allers-retours, peut-être dix, avant que son orgasme ne traverse son corps et ne se déverse dans sa bouche.

Elle l'avale entièrement, jusqu'à la dernière goutte, et il frissonne de la tête aux pieds chaque fois qu'elle contracte sa gorge pour déglutir.

– Putain, siffle Rylan en se léchant les lèvres. Putain…

– Ça va, chéri ? demande Reese en affichant un sourire moqueur.

Ses lèvres sont rougies et sa voix rauque, et il n'est pas surpris de se sentir de nouveau excité.

Il regarde l'homme dans le coin, attendant la suite de ses ordres.

Reese l'excite à n'en plus finir lorsqu'elle est au combat, mais au pieu, elle est parfaitement irrésistible.

S'il ne la goûte pas dans les cinq prochaines secondes, il va devenir fou.

CHAPITRE 5

Rylan est bien trop tendu pour un type qui vient de se déverser dans la gorge d'une femme sublime. Cependant, Sloan sait ce qui le satisfera. C'est d'ailleurs ce dont Sloan rêve aussi. Ce sur quoi il fantasme chaque fois qu'il a une seconde de libre, retourner Reese sur le matelas, lui arracher son jean et la dévorer jusqu'à ce qu'elle le supplie de la prendre brutalement.

C'est la seule chose que Sloan ne connaîtra jamais.

Or, ce qui se passe devant lui, en ce moment même, il peut se l'offrir. Il peut regarder la femme qu'il a toujours aimée trouver du plaisir et se détendre. Le fait qu'elle veuille qu'il soit là, qu'elle veuille de lui, même dans les moments les plus intimes, rend cette torture supportable.

– C'était bon, Reese ? demande-t-il à celle qui compte le plus pour lui.

– Tellement bon.

Son sourire lui dit que ça a été exceptionnel. Elle a toujours aimé tailler des pipes, car c'est pour une femme une véritable position de pouvoir, même si elle est à genoux. L'homme est tellement à sa merci que si elle avait arrêté Rylan lorsqu'il était à deux doigts de jouir pour lui demander d'aller tuer Connor Mackenzie, il aurait saisi son arme et serait calmement allé tuer son ami et chef.

– T'en veux encore, n'est-ce pas ?

– Toujours, répond-elle, et son regard s'assombrit.

La sexualité de Reese est profondément ancrée en elle. Sloan sait que la capacité de Jake à libérer ses émotions était ce qui avait le plus attiré Reese. C'est ce qui l'attire chez Rylan, aussi, et aussi ce qu'elle craint le plus. Elle craint que son désir de liberté, de plaisir, de joie mette en péril tous ceux qui l'entourent.

Sloan est frustré que Reese ne perçoive pas ces qualités comme son atout principal. Sans sa vision, sa passion et sa ténacité, ce paradis en terre libre n'existerait pas et la moitié des gens derrière les murs de Foxworth seraient morts entre les mains des Exécuteurs.

– Il n'y a pas de mal à en vouloir plus, n'est-ce pas Rylan ? dit Sloan.

Le grand blond regarde Sloan, puis Reese, d'un air impénétrable. Il semble avoir compris qu'ils ne parlent plus de sexe, mais que le meilleur moyen d'écourter leur petite fête privée serait de poser la question qui le taraude. Or, à voir la vitesse inouïe à laquelle sa queue reprend des forces, Rylan préférerait clairement voir l'immeuble s'embraser plutôt que d'arrêter ce qu'ils ont commencé.

– Ma belle, personne ne mérite comme toi de demander plus, dit-il.

Il pose une main sur sa joue et promène un doigt sur ses lèvres enflées.

– Personne ne mérite plus que je mette ma tête entre ses cuisses pour l'emmener au septième ciel.

– Enlève-lui son pull, ordonne Sloan.

Les traits de Rylan deviennent lourds de désir tandis qu'il la déshabille et découvre ses seins pour la première fois. Sloan retient son souffle, lui aussi, parce que Reese a une poitrine spectaculaire. Ses globes sont ronds, fermes, et tiennent pile dans la main d'un homme, et ses tétons ont la taille parfaite pour les mordre.

– Sur le lit, Reese, gronde Sloan. Prends tes seins et offre-les à Rylan. Montre-lui avec quelle force tu aimes qu'on te touche.

Elle lui obéit immédiatement, grimpant sur le matelas pour se positionner face à Sloan. Rylan avance au bord du lit sans pour autant cacher la vue à Sloan, qui apprécie énormément le geste.

– Comme ça ? demande-t-elle.

Elle remonte ses mains sur ses seins et tire ses tétons jusqu'à ce qu'ils soient tendus et dressés, prêts à être léchés, mordillés et sucés. Sloan en a l'eau à la bouche. C'est précisément ce qu'il voulait.

Bon sang, ce qu'il peut avoir envie d'elle ! Mais il va devoir se contenter de la toucher par procuration.

– Maintenant son jean.

Rylan n'hésite pas une seconde. Il s'agenouille devant elle, tire brusquement Reese au bord du lit, et lui arrache son pantalon, la laissant dans une minuscule culotte en dentelle.

– Dis-moi combien elle mouille, Rylan, gronde Sloan d'une voix rauque.

Rylan promène ses mains sur les longues jambes musclées de Reese, dont les paupières deviennent lourdes. Son visage se transforme sous le poids de son désir tandis qu'elle regarde les doigts de Rylan se rapprocher de son entrejambe.

– Elle est trempée, déclare Rylan. Je meurs d'envie de mettre ma bouche sur toi, bébé.

Elle plonge ses doigts dans ses cheveux pour le rapprocher de son sexe.

– Je meurs d'envie de t'y sentir, susurre-t-elle.

Rylan empoigne sa culotte et la déchire comme si elle n'était rien. Sloan est surpris de ne pas le voir se jeter sur elle, préférant écarter ses cuisses suffisamment pour que Sloan voie chaque millimètre de son corps en feu, la petite ligne de boucles auburn sur son pubis, le petit monticule que forme son clitoris, ses lèvres enflées et luisantes de désir.

– Je pourrais jouir rien qu'en te regardant. Tu as la plus belle chatte que j'aie jamais vue, dit Rylan, admettant tout haut ce que Sloan pense tout bas.

Il glisse deux doigts de chaque côté de sa fente, puis il penche la tête sur le côté et regarde Sloan.

– Tu n'as jamais touché ce morceau de paradis ? Je ne comprends pas comment tu peux rester assis à me regarder, quand tu pourrais être ici en train de la dévorer.

Ouais, c'est une véritable torture.

Rylan se tourne de nouveau vers Reese.

– Je ne veux plus manger que ta chatte pour le restant de mes jours. Matin, midi et soir. C'est toute la nourriture dont j'ai besoin.

– Tu dépériras, alors, répond Reese en riant.

– Mais je mourrai heureux, déclare-t-il avant de poser sa bouche sur elle.

Sloan ne peut pas voir car la tête de Rylan le gêne, mais il entend les bruits que font ses doigts en plongeant en elle. Les gémissements étourdis de Reese lui disent que Rylan la touche où il faut, juste avec la pression qu'il faut.

Il sait aussi que son orgasme n'est pas loin. Elle tourne la tête à droite et à gauche sur le matelas et elle replie les orteils en plantant ses talons dans le dos de Rylan. Il l'a déjà vue avec d'autres hommes, mais elle est différente avec Rylan. Elle est plus sauvage et elle s'autorise davantage à perdre le contrôle. Elle enfonce ses ongles dans ses épaules et se cambre sur le matelas, essayant de se rapprocher de lui.

Bon sang, il est tellement tenté de se joindre à eux. Il la roulerait sur le côté pour frotter son érection entre ses fesses. Il pourrait même se couvrir de lubrifiant et la prendre par-derrière pendant que Rylan la dévore. Et pendant tout ce temps, il la tiendrait contre lui, un bras sur sa taille, et il tournerait sa tête pour pouvoir l'embrasser pendant qu'elle chevaucherait sa queue et la langue de Rylan.

Sloan pose une main tremblante sur sa bouche et tente de se ressaisir. Son amitié avec Reese compte trop à ses yeux et, comme leur passé ne leur permet pas plus, il écrase sauvagement ses pulsions. En acceptant l'invitation de Rylan, il ouvrirait une porte qui ne les mènerait qu'au chagrin.

Il devra se contenter de les regarder.

Ainsi, alors que Rylan arrache un orgasme à Reese avec ses doigts et sa bouche, Sloan se persuade que le plaisir de Reese lui suffira toujours. Ça ne peut pas être autrement.

Quand elle cesse de gémir, Rylan lève la tête et dépose une série de baisers sur le ventre musclé de Reese afin de remonter et de s'emparer à nouveau de sa bouche. Lorsque leurs lèvres se trouvent, ce n'est pas avec la langueur post-coïtal à laquelle il s'attend. Ils sont tous les deux tendus, tremblants d'un désir encore inassouvi. L'érection de Rylan est lourde entre ses jambes et Reese gigote sous lui, entourant sa taille avec ses jambes pour l'attirer contre elle. Sloan voit combien ils sont agités. Elle en veut encore, mais elle ne veut pas le demander. Elle ne veut pas avoir l'air désespérée ni admettre qu'un orgasme ne lui suffira pas ce soir.

– C'est tout ce que t'as, mon garçon ? se moque Sloan. Reese t'a fait la pipe du siècle et, en échange, tu vas la bouffer et te casser ?

Rylan arrache sa bouche à celle de Reese et le fusille du regard.

– Ta bite est cassée ? ajoute-t-il.

À l'évidence, Rylan n'aime pas qu'on critique ses performances, mais tant pis pour lui. Reese mérite mieux que ce qu'il lui donne, et Rylan se retient. Sloan va devoir les pousser dans leurs retranchements, tout en leur servant de point d'ancrage quand ils auront besoin de redescendre sur terre.

– Laisse-le tranquille, Sloan, gronde Reese.

Elle s'assoit, rougie, mais Sloan devine à son regard fiévreux qu'elle n'est pas rassasiée. Loin de là. Reese a un grand appétit sexuel et il en a assez de la voir se priver en permanence.

– Pourquoi ? Ce type fait le malin depuis qu'il t'a rencontrée. Il n'a pas arrêté de te dire qu'il serait le meilleur coup de ta vie et il s'est contenté de tremper sa langue en toi.

– J'essaie d'être un gentleman, proteste Rylan en se passant une main dans les cheveux.

Reese tousse dans sa main pour cacher son rire, mais Sloan refuse de prendre des pincettes.

– Qui veut d'un gentleman au pieu ? Reese, tu as un nouveau fantasme dont je ne suis pas au courant ?

– Non, mais ça va, t'inquiète, répond-elle en se glissant au bord du matelas.

Rylan saisit son bras et l'empêche de se lever.

– Très bien. Tu veux du sexe brutal ? Je vais te montrer ce que c'est.

Il l'allonge sur le lit d'un geste rapide et si fluide que Sloan ne le voit pas faire.

Reese pousse un petit cri et lutte contre Rylan lorsqu'il enfonce son visage dans l'oreiller qui lui sert durant les quelques heures qu'elle s'autorise à dormir. L'instant d'après, ses mains sont jointes dans le creux de son dos et ses fesses sont en l'air. Elle n'a jamais été aussi appétissante.

– C'est assez brutal pour toi ? grogne Rylan en tirant ses cheveux.

Elle lui répond en frottant ses fesses contre son bassin et, cette fois, c'est Sloan qui couvre sa bouche pour réprimer son rire. Ou peut-être cache-t-il plutôt un gémissement.

– Assez parlé, dit-il. Donne-lui ta queue ou dégage.

Rylan ricane et essaie de lui obéir, mais Sloan voit immédiatement le problème, Rylan tient les poings de Reese avec une main et ses cheveux dans l'autre.

– Alors, viens ici pour la tenir, aboie le blond. Je n'ai que deux mains.

Sloan se lève et se rapproche du couple. Rylan desserre juste assez son étreinte pour que leur reine tourne la tête, et Sloan voit son désir se changer en angoisse.

– Donne-moi tes mains, dit-il d'une voix ferme.

Il est là pour la soutenir. Toujours, et à jamais. Même pour ça. Elle a besoin de brutalité.

Rylan lâche ses poignets et caresse tout de suite sa chatte avec sa main libre, la faisant gémir et frémir.

Sloan saisit ses mains pour la tirer en avant, au-delà du lit, de sorte que son torse soit suspendu dans le vide par les poignets. Ses seins sublimes se balancent, comme le pendule de l'horloge sur la place centrale de la cité de l'Ouest. La vue est envoûtante et magnifique, les deux hommes sont hypnotisés.

Son érection presse immédiatement contre sa braguette. Plus tard, lorsque Reese dormira, il se faufilera dehors pour se branler si fort et si longtemps que sa queue sera rouge pendant des jours. Mais pour l'instant, elle doit rester dans son froc.

– Sloan.

Son nom, sur les lèvres de Reese, avec sa voix douce, est le plus beau des sons.

Il la regarde dans les yeux au moment où Rylan s'enfouit en elle. Elle ouvre la bouche et un petit cri lui échappe. Le bruit de leurs chairs se frappant l'une l'autre remplit la pièce tandis que Rylan la prend sauvagement. Ses va-et-vient sont mesurés mais féroces, et Sloan ne peut qu'admirer ses muscles. Il étudie ses tatouages, la calligraphie noire gravée sur ce torse puissant. Certaines lignes sont en script, d'autres en lettres majuscules. Toutefois, il n'y a aucune image, seulement des mots que Sloan s'interdit de lire parce qu'il n'est pas certain de vouloir en savoir davantage à propos de Rylan.

– T'aimes ça ? grogne Rylan. Ça fait tellement longtemps que je rêve de m'enfoncer en toi jusqu'à ce que tu oublies tout sauf ma bite.

– Dis-lui, répond Sloan. Dis-lui ce que tu ressens. Dis-lui que t'aimes ça.

Reese mord si fort sa lèvre inférieure qu'elle en devient blanche.

– J'aime quand c'est brutal. Comme tu fais, justement, gémit-elle en fermant les yeux.

– Regarde-moi, ordonne Sloan.

Rylan tire ses cheveux jusqu'à ce qu'elle ne puisse plus éviter le regard de Sloan. Son visage se rapproche du sien chaque fois que Rylan la pénètre, et ce sur un rythme effréné qui dure bien plus longtemps que Sloan ne l'avait pensé capable. Les mains de Reese deviennent moites et des gouttes apparaissent sur le front de Rylan avant de tomber sur les fesses de Reese. Ils sont tous les deux luisants, la température de la pièce semble prendre dix degrés.

Quant à Sloan, il ne bouge pas. Pas une seule fois. Pas d'un centimètre.

Pas même lorsque Reese ouvre la bouche pour chantonner des mots qui n'ont pas de sens, le prénom de Rylan, celui de Sloan, de Dieu.

MonDieuSloanOuiRylanPlusPutainEncoreOui Encoooore.

– Putain, t'es comme un fichu miracle, siffle Rylan. Tu es tellement serrée, tellement étroite. Je ne vais pas durer. Jouis, bon sang, jouis.

Son ordre est aussi efficace que ceux de Sloan. Reese jouit en hurlant, son corps se contracte et tressaute tandis que Rylan continue de l'empaler par-derrière, cherchant son propre orgasme. Ils ont tous les deux perdu la tête, et Sloan est tellement excité qu'il se demande, l'espace d'un instant, s'il ne va pas éjaculer dans son pantalon.

Cependant, il a plus de self-control qu'il ne le pensait. En dépit de la torture qui sévit dans son boxer, il reste calme. Il y parvient jusqu'à ce que Reese ouvre les yeux et qu'il voie sa faim. Apparemment, sa retenue va être mise à l'épreuve encore une fois.

Elle n'en a toujours pas eu assez.

– Va chercher de l'eau, aboie-t-il à Rylan. Puis, reviens ici et fais en sorte de bander de nouveau. Tu n'as pas fini, ici.

Il lui semble que Reese est sur le point de ronronner en l'entendant.

Merde.

La nuit va être longue.

CHAPITRE 6

Rylan se réveille seul et nu. Il cligne des yeux, se frotte les paupières et réalise qu'il est étalé sur le lit de Reese. C'est étrange, car il ne se souvient pas de s'être endormi hier soir. Par ailleurs, il est sincèrement surpris qu'elle ne l'ait pas foutu dehors quand ils ont eu fini leur partie de jambes en l'air.

La meilleure de toute sa vie.

Une part de lui-même se demande s'il ne l'a pas rêvé. Il l'a prise… quoi, cinq ou six fois ?

Le nombre d'orgasmes qu'il a eus lui semble physiquement impossible.

Or, c'était bien réel. Ça l'était forcément, parce qu'il entend encore les ordres de Sloan dans sa tête, le sommant de baiser Reese encore et encore et encore.

Rylan s'assoit et se cambre pour s'étirer. Il n'a jamais été aussi courbatu. Il est presque certain de s'être fait une tendinite à la cuisse la dernière fois qu'il a pris Reese par-derrière. Sans le vouloir, son regard se pose sur le fauteuil près du lit. Il est vide maintenant, mais il ne l'était pas hier soir, quand Sloan s'y est assis pour les regarder.

Et, bon sang, quand il a aidé Rylan à immobiliser Reese… c'était tellement excitant. Rylan savait qu'elle était passionnée, mais il comprend, à présent, pourquoi les hommes ont ce regard voilé quand ils parlent de coucher avec elle.

La nuit dernière était… intense, et il veut absolument recommencer.

Il se lève lentement et s'étire de nouveau, tout excité lorsqu'il entend des pas de l'autre côté de la porte. Cependant, ils sont trop lourds, ce sont ceux d'un homme, pas d'une femme.

En effet, la porte s'ouvre et Sloan apparaît dans l'embrasure.

– Bonjour, dit-il d'une voix rauque.

Rylan se passe une main dans les cheveux.

– Bonjour, répond-il en regardant derrière Sloan.

Il ne voit Reese nulle part. Il ravale sa déception et se concentre sur Sloan. Il est vêtu d'un jean délavé qu'il porte très bas sur les hanches, et d'une chemise à carreaux rouge et noir qu'il s'affaire à boutonner, mais pas avant que Rylan n'ait aperçu ses pectoraux sculptés et ses abdos carrés. Ce type est sacrément musclé, et bien plus attirant que Rylan ne s'en était douté. Avec son mètre quatre-vingt-treize, sa barbe brune et sa beauté brute, Sloan est un bel homme, et maintenant qu'il s'en rend compte, Rylan trouve encore plus étrange que Reese ne couche pas avec lui.

– Où est Reese ? demande-t-il.

Sloan finit de se boutonner, puis il retrousse ses manches, révélant ses avant-bras musclés.

– Elle est avec Bethany.

Rylan aurait bien voulu aller la voir hier soir, mais ils sont rentrés tard de leur raid et il ne voulait pas la réveiller. Les femmes enceintes ont besoin de dormir, non ?

Mais peut-être a-t-elle eu le bébé ?

– Elle est prête à accoucher d'un jour à l'autre, dit Sloan, semblant lire dans ses pensées.

Rylan se demande qui va l'aider pour l'accouchement. Reese ? Beckett ? Il doute que qui ce soit en ville ait beaucoup d'expérience lorsqu'il s'agit de faire naître des bébés.

La procréation est strictement interdite dans les colonies ; c'est le seul moyen qu'a trouvé le CM pour contrôler la population mondiale, qui était sur le point d'atteindre huit milliards avant la guerre. De nos jours, c'est le CM qui décide combien de bébés sont nés et dans quelles familles. Les géniteurs sont choisis en fonction de leurs gènes ainsi que des traits que le Conseil considère comme désirables. Ceux qui ne sont pas choisis pour se reproduire sont stérilisés, tout simplement, comme des animaux.

Si personne ne surveille qui couche avec qui en terre libre, la plupart des Insurgés préfèrent se protéger. La vie est déjà assez dangereuse comme ça, un enfant en pleurs, un gamin qui s'accroche à la jupe de sa mère ou encore un ado qui fait un caprice… C'est trop risqué. Si un Insurgé est pris avec un enfant, ce dernier est emmené à la cité et son parent est exécuté sur-le-champ. Par ailleurs, même ceux qui parviennent à cacher leur enfant doivent se soucier de nourrir une bouche supplémentaire. Les enfants entraînent trop de tracas, selon Rylan.

Toutefois, son vieil ami Arch n'était pas d'accord. Rylan avait été choqué d'apprendre que lui et Bethany attendaient un bébé. Ils avaient tous les deux décidé que le risque en valait la peine, mais voilà que maintenant, à neuf mois, Bethany est seule parce qu'Arch a été assassiné par un Exécuteur.

Comme Kade.

La gorge de Rylan se resserre. Cela fait trop peu de temps qu'il a perdu ses amis et les blessures sont encore trop fraîches. Les souvenirs de Kade et d'Arch sont partout, dans les yeux pleins de tristesse de Xan, dans l'énorme ventre de Bethany. Il ne peut pas leur échapper, quoi qu'il fasse.

– Si je suis encore là quand elle accouche, viens me chercher, dit-il à Sloan, qui semble surpris.

– Pourquoi je ferais ça ?

– J'ai grandi dans une ferme. Quand nos animaux mettaient bas, j'étais là pour les aider. J'ai même mis mon bras dans une vache, une fois, pour retourner un veau qui se présentait par le siège. C'était cool.

Rylan croit voir un sourire s'étendre sur la bouche de Sloan.

– T'as le droit de rire, tu sais, dit-il en levant les yeux au ciel. Je ne le dirai pas à ta cheffe, si tu ne le veux pas.

Le visage de Sloan se referme immédiatement.

– Si Bethy accouche pendant que t'es là, quelqu'un viendra te chercher, répond-il en tournant les talons. Il est temps que tu partes. Reese ne veut pas te retrouver ici quand elle revient.

– Et pourquoi ça ?

– Parce qu'elle a obtenu ce dont elle avait besoin hier soir. Elle n'a aucune envie de remettre le couvert.

Rylan penche la tête sur le côté.

– Ah oui ? Et quand prévoit-elle de me le dire ?

– Elle vient de le faire.

Le regard indéchiffrable de Sloan l'agace presque autant que ses paroles. Il ne comprend pas la relation de Sloan et de Reese, de la reine et de… quoi ? Son chevalier ? Son garde du corps ? Ils ne couchent pas ensemble, et ils n'ont aucune marque d'affection l'un pour l'autre. Or, quelque chose les lie. Sloan parle pour Reese et Reese, qui ne laisse jamais personne lui donner d'ordre, accepte ceux de Sloan.

– Et si ça me pose problème ? rétorque Rylan.

Sloan hausse les épaules.

– Qu'est-ce que tu veux que je te dise, mon garçon ? Elle ne veut pas recoucher avec toi. C'est comme ça.

– Tu peux arrêter de m'appeler « mon garçon » ? T'as quoi, un an de plus que moi ? Deux ?

Sloan ne peut pas avoir plus de trente ans, et Rylan en a assez qu'il le traite comme s'il était plus vieux et plus sage. D'ailleurs, il en a assez de regarder son visage satisfait, aussi.

– Je me fiche que Reese t'utilise comme pigeon voyageur. Si elle ne veut pas remettre le couvert, elle n'a qu'à me le dire elle-même.

Il ne fait aucun effort pour cacher son agacement et sort de la chambre en bousculant Sloan.

Reese prend la tasse ébréchée dans ses deux mains et respire le parfum mentholé de la vapeur, la laissant lui réchauffer le nez. Elle s'est sentie frigorifiée toute la matinée, et ça n'a rien à voir avec la température extérieure.

– Alors, le raid s'est bien passé ? demande Bethany, enceinte jusqu'aux dents, en se dandinant jusqu'au canapé.

Reese hoche la tête.

– On a suffisamment d'armes et de munitions pour commencer une guerre.

– Ou une révolution, reprend Bethany en haussant les sourcils.

– C'est la même chose.

– Ah bon ?

En vérité, Reese n'en est plus certaine. Elle porte le mug à sa bouche et boit une petite gorgée tout en essayant d'éviter de regarder le ventre protubérant de Bethany. Elle ne peut s'empêcher de penser à ceux qu'elle a perdus, notamment Arch, le géant roux qui ne verra jamais naître son bébé.

Arch était quelqu'un de bien, un soldat exceptionnel. Tout Foxworth est endeuillé, mais personne ne l'est autant que cette femme, dont les yeux marron sont désormais rivés sur Reese.

– Qu'est-ce qui se passe ? demande Bethany en caressant son ventre d'un air absent. Tu as l'air inquiète.

– Non, je vais bien, répond la cheffe en posant sa tasse.

– Tu mens. Il se passe quelque chose.

Elle hésite un instant, parce qu'elle ne se confie pas à beaucoup de gens. C'est à Sloan qu'elle parle quand elle se sent vulnérable, parfois Lennox ou encore Tamara. Mais face aux autres, elle s'efforce d'avoir l'air forte. Elle est leur cheffe et ils ne peuvent pas la voir s'inquiéter, fléchir ou douter d'elle-même.

Cependant, elle connaît Bethany depuis longtemps. Ça fait bientôt huit ans, bon sang. Elles avaient dix-sept ans quand elles se sont rencontrées. Mon Dieu, que le temps passe vite.

– J'ai fait quelque chose de stupide hier soir, admet-elle.

– Ah bon ? Qu'est-ce que t'as fait ?

– J'ai couché avec Rylan.

– Ah. Il a enfin réussi à te séduire ? ricane-t-elle.

La bonne humeur dans les yeux de Bethany lui fait tant de bien que la poitrine de Reese se contracte.

Depuis qu'Arch est mort il y a deux mois, Bethany a tantôt l'air vide et absente, tantôt anéantie.

– C'était comment ? demande-t-elle.

C'était comment ? Reese ne sait pas par où commencer. D'ailleurs, elle n'est pas sûre que les mots existent pour décrire ce qui s'est passé entre eux deux, hier soir.

Ou plutôt, entre eux trois.

Ses poignets sont encore courbatus par la poigne de Sloan. Il l'a tenue à la merci de Rylan. À la merci de Sloan. Une vague de chaleur la saisit en y repensant, ce qui ne fait que la perturber davantage. Elle ne sait même pas pour qui elle jouissait, hier soir. Pour Rylan ? Pour Sloan ? Pour les deux ?

Ce qu'elle sait, en revanche, c'est qu'elle a fait quelque chose de très mal. De très dangereux.

Rylan était aussi sauvage et addictif qu'elle le soupçonnait d'être, mais… elle a franchi une ligne avec Sloan. Elle l'a regardé dans les yeux alors qu'elle hurlait de plaisir, elle s'est accrochée à lui pendant que Rylan la prenait si fort qu'elle a vu les étoiles.

Elle a risqué leur amitié, et tout ça pour quoi ? Pour quelques orgasmes ?

C'est injuste pour Sloan. Elle est parfaitement consciente qu'il la désire, elle l'a toujours su, or elle a été assez égoïste pour lui demander d'être là, même si cela a dû être une torture pour lui.

Quel genre d'amie est-elle, bon sang ?

– Tu m'inquiètes encore, dit Bethany d'une voix douce.

– Je suis désolée, marmonne Reese avant de boire une gorgée de tisane. Je suis un peu dans le brouillard, ce matin.

– Le sexe peut avoir cet effet, parfois, quand c'est bon, répond Bethany d'une voix triste malgré son sourire.

– Je suppose, oui. Bref, soupire Reese en regardant enfin le ventre de Bethany, je suis venue ici pour parler de toi. Comment vas-tu, ma chérie ?

– Très bien.

– Bethy…

Son amie vide tout l'air de ses poumons avant de répondre.

– D'accord, c'est faux. Je suis morte de trouille, admet-elle en posant ses deux mains sur son ventre. Je fais pipi toutes les cinq secondes, le gamin m'empêche de dormir en me donnant des coups de pied toute la nuit, j'ai mal au dos et je suis terrorisée à l'idée d'accoucher. Et si quelque chose se passait mal ?

– Ce ne sera pas le cas, répond Reese d'une voix ferme.

– Tu ne peux pas en être sûre. Je pourrais mourir.

– Tu ne mourras pas, Bethy.

Reese n'est pas du genre à mentir pour rassurer les gens, d'habitude, mais il est hors de question qu'elle laisse Bethany envisager de mourir en mettant au monde son bébé.

– On a deux soigneurs ici pour s'occuper de toi. Et les chefs des autres camps vont arriver dans un jour ou deux. Connor vient avec sa femme. Hudson était infirmière dans la cité. Si ça ne te gêne pas qu'elle soit là, elle pourrait être un véritable atout.

– Tout me gêne dans cette histoire, marmonne Bethany avant de marquer une pause. Je ne peux pas faire ça toute seule ! sanglote-t-elle soudain. Pourquoi je fais ça toute seule, bon sang ? Il était censé me tenir la main et m'essuyer le front et… et…

Bethany ne termine pas sa phrase et fond en larmes. Reese se rapproche d'elle et prend sa main glacée dans les siennes.

– Je serai là, moi. Je tiendrai ta main et je t'essuierai le front. Tu ne seras pas seule, ma chérie. Je te le promets.

Ses paroles semblent tomber dans l'oreille d'une sourde.

– Il me manque, chuchote-t-elle.

Reese respire lentement et s'efforce d'ignorer sa peine. Elle lâche la main de Bethany et prend sa tasse, espérant que la chaleur de la tisane réchauffera son corps glacé. C'est comme si quelqu'un lui plantait un poignard rouillé dans le cœur, lui rappelant avec chaque aller-retour de la lame qu'Arch est mort à cause d'elle.

L'Exécuteur qui a tué Arch visait Reese. La balle lui était destinée, mais Arch s'est interposé. Il a perdu la vie en la protégeant, elle peut à peine respirer en repensant à cette nuit affreuse.

– Je sais, susurre-t-elle. Il nous manque à tous.

Les larmes coulent sur les joues de Bethany.

– Jake te manque, parfois ?

Reese lève brusquement la tête, choquée. Personne à Foxworth ne parle jamais de Jake, à présent. La plupart des habitants ne l'ont pas connu, et les membres du clan originel font comme s'il n'avait jamais existé.

– Non, jamais, répond-elle d'une voix rauque.

– Ce serait normal qu'il te manque, Reese, dit Bethany en essuyant ses larmes.

– Non, justement.

– Bien sûr que si, rétorque-t-elle. Tu l'aimais.

– Pas à la fin, non, admet-elle tristement.

À la fin, elle le haïssait. Elle le méprisait, et… et… bon sang, oui. Elle l'aimait, aussi. Elle l'aimait et elle le haïssait, comme elle se déteste de l'avoir aimé autant qu'elle le détestait. Peut-être que si sa haine avait été plus forte, elle l'aurait arrêté plus tôt. Au lieu de cela, elle a regardé son comportement devenir de plus en plus tyrannique et cruel, sans rien faire.

Elle et Sloan ont vu Jake perdre le contrôle, mais ils lui étaient fidèles. Trop fidèles. Aucun des deux n'a agi avant qu'il ne soit trop tard.

Reese inspire profondément, mais ça ne l'aide pas. Elle continue d'avoir le vertige et elle ne peut empêcher les images atroces de défiler devant ses yeux. Elle ne peut oublier les cris qui provenaient de la chambre, lors de cette nuit cauchemardesque, il y a trois ans. Ses mains tremblent lorsqu'elle se souvient d'avoir ouvert la porte et d'avoir vu Jake avec Cassie. D'avoir vu le regard féroce de Jake, et le visage ensanglanté de Cassie.

– Reese.

Elle sursaute lorsqu'elle sent une main sur son menton, l'obligeant à lever la tête.

– Je suis désolée, murmure Bethany. Je n'aurais pas dû parler de lui. Mais il faut que tu lâches cette tasse avant de te couper, ma chérie.

Perdue, Reese baisse la tête et réalise qu'elle a serré si fort la tasse dans ses mains que la petite fissure a cédé, laissant deux morceaux de porcelaine entre ses doigts et du liquide chaud sur ses cuisses et sur le canapé.

– Merde. Je vais nettoyer.

– Je peux le faire… dit Bethany en se levant.

– Non, reste assise, je vais le faire.

Elle se dépêche de se lever et se précipite dans la cuisine, mais le petit appartement est entièrement ouvert et elle ne peut cacher son désarroi à son amie. Sans un mot, Reese jette la tasse à la poubelle, puis elle prend un torchon et nettoie le coussin du canapé. Sa gorge est nouée par la honte, et ce n'est pas seulement parce qu'elle a taché le canapé de Bethany. C'est pour tout. Pour la mort d'Arch, celle de Jake, pour s'être montrée nue devant Sloan, hier soir, en étant consciente qu'il a le béguin pour elle.

Bon sang, quelle garce ! Vu sa façon de le traiter, c'est un miracle qu'il soit resté à ses côtés pendant tout ce temps.

– Écoute, je ne veux pas que tu t'inquiètes pour l'accouchement, dit enfin Reese en regardant son amie dans les yeux. Je vais m'occuper de toi. On va tous s'occuper de toi.

Bethany hoche la tête.

– Bref, ajoute-t-elle en feignant un ton nonchalant. Je dois aller régler une ou deux choses avec Beckett, puis je dois aller au champ derrière le lycée pour jeter un œil aux cultures expérimentales de Gwen. Si tu as besoin de quoi que ce soit, n'hésite pas à appeler Sloan, d'accord ?

– D'accord.

Elle offre un câlin maladroit à Bethany et elle passe la porte avant que son amie n'ait pu dire quoi que ce soit. Sur le perron, dans la rue, Reese s'efforce de respirer profondément et lentement. Toutefois, cela ne l'aide pas. Elle est perturbée. Elle s'en veut de s'être effondrée devant Bethany. Elle est censée mener, bon sang, pas raconter à son peuple toutes ses peurs et ses doutes.

– Reese, dit une voix timide derrière elle.

Elle tourne la tête et voit venir vers elle une des adolescentes de Foxworth. C'est Christine, une jeune fille calme de quatorze ans qui les a rejoints il y a moins d'un an. Sloan et Beckett l'ont trouvée, elle et ses deux frères aînés, qui vivaient dans les bois à une centaine de kilomètres. Ils les ont ramenés à

Foxworth mais, alors que les deux garçons se sont vite adaptés à la vie dans le camp, la jeune fille reste timide et réservée, même après tout ce temps.

– Qu'est-ce que je peux faire pour toi, ma chérie ? demande Reese.

– Je ne veux pas t'embêter, mais… j'ai… je suis… une femme, chuchote-t-elle en grimaçant.

– Une femme ? répète Reese, confuse.

Christine désigne ses jambes en rougissant.

– Oui, tu sais… je ne suis plus une petite fille.

Aah. Ça y est, elle a compris. Elle réprime un sourire et ébouriffe les cheveux bruns de Christine.

– C'est parfaitement normal. Tu te souviens quand on en a parlé ? Tu as utilisé ce que je t'ai donné ?

– Oui. Mais je…

Elle pousse un soupir exaspéré.

– Tu as mal ? demande Reese.

– Ouais… c'est normal ? Que ça fasse aussi mal ?

– Hélas, oui. C'est un des bonus géniaux de la vie d'une femme, répond-elle en passant ses bras autour des épaules de la jeune fille.

C'est tout ce dont Christine avait besoin. Elle s'appuie contre Reese et passe ses bras autour de sa taille.

– Merci de nous avoir accueillis. Sans toi, on ne serait pas ici.

Reese s'autorise à savourer ce moment, à penser à cette fille et à ses frères, aux gens qu'elle a juré de protéger.

La guerre qu'elle a commencée ne sert pas seulement à détruire le Conseil et à assouvir sa soif de vengeance. Il s'agit de rendre le monde meilleur pour Christine et pour toutes les filles qui viendront après elle. Il s'agit de permettre à Christine d'avoir les choix que le Conseil a ôtés à Reese.

– Va voir Bethany et demande-lui un cachet, dit-elle d'une voix douce. Prends-en une moitié, va chercher une bouteille d'eau et va t'allonger.

Christine hoche la tête.

– On en reparlera plus tard, d'accord ma chérie ? Je dois aller au garage pour voir Beckett.

Christine hoche timidement la tête, puis elle tourne les talons.

Reese a tout juste fait deux pas lorsqu'une autre voix l'appelle. Elle se contracte immédiatement en reconnaissant celle de Rylan.

Merde. Elle n'aurait jamais dû lui céder.

– Il faut qu'on parle, dit-il.

– J'ai dit à Sloan de te parler, répond-elle sans s'arrêter.

– Je ne savais pas que tu étais une poule mouillée.

Elle s'arrête et lui fait face.

– Je te demande pardon ?

Il plante ses mains sur ses hanches et la regarde d'un air amusé et exaspéré qu'elle meurt d'envie de faire disparaître en lui mettant une gifle.

– Tu m'as entendu, répond-il en s'approchant encore d'elle. Si tu veux m'envoyer bouler, alors fais-le en face, sinon je suis en droit de supposer que tu n'es qu'une lâche. Parce qu'on sait tous les deux que le sexe d'hier était le meilleur de ta vie.

– Ne te flatte pas trop, ricane-t-elle.

Son regard s'assombrit et devient féroce.

– Ça l'était, déclare-t-il.

Reese vacille légèrement en repensant à ses mains, à celles de Sloan, à la queue épaisse de Rylan, aux fourmillements entre ses jambes.

– Je…

– Des Exécuteurs approchent ! crie une voix depuis la tour de guet.

– Eh merde ! marmonne Reese.

Rylan essaie de prendre sa main, mais elle l'évite. Elle n'a pas envie qu'il la touche, même s'il cherche à la protéger. Elle a des questions plus importantes à régler que de savoir si elle doit recoucher avec lui.

Mais, bon sang, elle ne peut penser qu'à ça en marchant vers le portail d'un pas ferme.

CHAPITRE 7

Sloan se crispe un peu plus au fur et à mesure que le portail s'ouvre en grinçant et il ne peut s'empêcher de froncer les sourcils. Son incapacité à se forcer à sourire est sans doute la raison pour laquelle il n'est pas le chef de cette ville.

Sa reine, en revanche, est tout sourires lorsqu'elle arrive pour accueillir les Exécuteurs. Reese peut être charmante quand elle le veut, mais Sloan sait déjà que son charme ne suffira pas aujourd'hui. Les soldats qui avancent dans la cour ne seront pas apaisés par son accueil chaleureux. Leur hostilité palpable est de mauvais augure pour le deal entre Foxworth et les Exécuteurs.

Cela fait des années que la ville tire avantage de cette alliance. Quand ils ont passé ou qu'ils s'apprêtent à passer des semaines à patrouiller la colonie de l'Ouest, les Exécuteurs trouvent à Foxworth de l'alcool de qualité, un lit chaud et, si elles le veulent bien, des femmes plus chaudes encore. En échange, ils laissent Foxworth vivre en paix, ce qui a permis à Reese d'en faire la ville fortifiée qu'elle est aujourd'hui.

– Tu as l'air d'avoir chaud, dis donc, murmure-t-il à Reese lorsqu'elle arrive.

Ses joues roses lui disent que l'arrivée des Exécuteurs a interrompu un jeu de séduction. Comme il s'y attendait, une nuit n'a pas suffi à Rylan, et Sloan ne peut pas lui en vouloir. Si par miracle, un jour, Sloan arrivait à mettre de côté sa culpabilité et sa colère, il lui faudrait sans doute une semaine entière entre les jambes de la cheffe pour assouvir sa faim.

– Je n'aime pas ça, répond-elle, ignorant sa remarque. C'est trop tôt après le raid.

– Pourtant, tu t'attendais à ce qu'ils reviennent.

– Le fait que j'ai raison ne suffit pas à me rassurer.

– Mieux vaut y aller, répond Sloan en haussant les épaules. Ils attendent.

Un des Exécuteurs est descendu du camion et tapote de son fusil la bande rouge de son pantalon. Sloan arrive à peine à les distinguer les uns des autres, avec leurs cheveux rasés de près et leurs uniformes. Ils sont comme des jouets mécaniques que le Conseil remonte tous les matins pour leur faire parcourir la colonie.

En dépit de son sourire forcé, Reese révèle sa nervosité en crispant les épaules. Elle et Sloan sont parfaitement conscients que les dix soldats devant eux pourraient tuer tous les habitants de la ville s'ils le voulaient.

– Bethany met tout le monde en place ? chuchote Reese.

– Avec Nash, oui, répond-il, content de voir ses épaules se détendre un peu.

Comme les Insurgés n'ont pas le droit d'avoir d'enfants, Bethany et les quelques gamins de la ville sont obligés de se cacher lorsque les Exécuteurs leur rendent visite. Ils se cachent dans un petit bunker situé sous le congélateur du restaurant. L'endroit servait sans doute de cellier à la cuisine, avant la guerre, mais c'est désormais l'endroit idéal pour protéger les plus vulnérables de la ville.

– Tant mieux. La dernière chose dont on a besoin, c'est un autre bain de sang.

Sloan hoche la tête d'un air lugubre. Il y a deux mois, une équipe de la cité de l'Ouest s'est pointée au portail pour trouver du refuge et de l'aide. Reese n'était pas ravie de les accueillir, mais elle leur a offert un lit, de quoi manger et de quoi boire. Toutefois, l'un d'entre eux s'est mis en tête qu'il lui fallait aussi une femme, et au lieu de demander, il a essayé de prendre la jeune Sarah contre sa volonté. Un autre adolescent a tué l'Exécuteur, provoquant le désastre qui a entraîné la mort d'Arch et d'un des hommes de Connor.

Charlie, un de leurs alliés parmi les Exécuteurs, a supplié Reese de le laisser vivre, mais comme elle, Sloan savait que s'ils le laissaient partir, il vendrait la mèche à propos de Foxworth, et la ville serait rayée de la carte.

Sloan mourait d'envie de le tuer sur-le-champ, mais il avait attendu que Reese lui en donne l'ordre. Il se demande souvent si les gens se rendent compte que donner l'ordre est plus dur que d'appuyer sur la gâchette. Ça lui brise le cœur, parce qu'il sait combien chaque mort pèse sur les épaules de la cheffe. Cependant, elle n'a pas peur de prendre les décisions difficiles, malgré ce que cela lui coûte, et c'est pour cette raison que Sloan la suivra jusqu'à la mort. C'est pour cela qu'il fera tout son possible pour la protéger et l'aider de quelque façon que ce soit.

– Pourquoi tu ne la baises pas une bonne fois pour toutes ?

Sloan se retourne et voit Rylan approcher. Malgré sa grande taille, Rylan a l'agilité d'un boxer et il a su s'en servir hier soir pour procurer du plaisir à Reese. Pour Sloan, les regarder a été l'expérience la plus érotique de toute sa vie.

– Je te tiendrai la main si ça peut t'aider, poursuit Rylan.

– Non.

– Non quoi ? Non tu ne veux pas coucher avec elle, ou non tu n'as pas besoin que je te tienne la main ?

– Les deux, rétorque Sloan.

Il quitte le trottoir et avance vers les soldats, suivi de près par Rylan. Ils gardent tous deux leurs bras le long du corps au cas où ils auraient besoin de dégainer leurs armes.

– Fouillez tout. Je n'ai rien à cacher, répond Reese à un Exécuteur qui semble particulièrement mécontent.

– C'est moi qui en serai juge, siffle-t-il.

Il semble déçu que Reese se montre prête à coopérer, mais il se demande sans doute si c'est du bluff.

– Sloan, voici Eric. C'est un des capitaines de la cité de l'Ouest.

Merde, ça n'est pas bon, ça. Les ententes ont toujours été conclues avec des hommes plus gradés qu'un capitaine, comme Nestor et Hal, sans oublier Charlie, même si leurs liens avec ce dernier ont été brisés quand Sloan lui a mis une balle dans la tête. La présence de ce nouveau type le met mal à l'aise.

– Il est au courant de notre accord avec Nestor et il m'a assuré qu'il n'était pas là pour le remettre en question. Apparemment, ils veulent simplement attraper les Insurgés qui ont mené un raid dans un de leurs entrepôts d'armement.

Sloan se balance d'avant en arrière sur ses talons, s'efforçant de paraître détendu et pacifique, mais ce n'est jamais facile, du haut de son mètre quatre-vingt-treize.

– J'en ai entendu parler, ouais, ça devait être des bandits.

– Tu parles, ricane Eric. Une bande de tocards aurait débarqué dans un entrepôt, pris un énorme stock d'armes et aurait disparu ?

– Je ne sais pas, un gang de bandits a essayé de violer une de nos femmes, il y a deux mois. On en a vu sept qui foutaient le bordel dans une ville à trois heures au nord d'ici, explique Sloan.

– Et ils sont où, maintenant ? demande Eric.

– À mon avis, ils ont déguerpi, répond Sloan.

– Et tu crois qu'ils ont déguerpi pour attaquer mon entrepôt ?

– Peut-être. Je n'ose pas imaginer de quoi sont capables ces enfoirés, dit Sloan en haussant les épaules.

Il sait qu'Eric ne croit pas à son baratin, et il a raison, car les brigands sont incapables de mener à bien des attaques sur des bâtiments hautement surveillés. Ils ont plutôt tendance à pister la proie la plus facile, puis ils prennent leurs jambes à leur cou dès qu'ils ont commis leur crime.

Eric enlève son fusil d'assaut de son épaule et fait signe à son équipe d'avancer.

– On va tout fouiller, dit-il à Reese.

– Faites comme chez vous, mais j'apprécierais que vous gardiez vos armes levées, répond-elle d'un ton légèrement impatient.

– Portail. Rue Centrale. Parc, déclare Eric à ses hommes en pointant son arme dans les trois directions. Vous avez une sacrée ville, ici, dit-il d'une voix lourde de suspicion. Quand les gens prennent racine, ils ont tendance à vouloir défendre ce qui est à eux.

– Et c'est contre les règles du Conseil ? rétorque Rylan.

Eric lui fait volte-face et pointe son arme sur son ventre.

– Votre existence est contre les règles du Conseil.

Rylan ne tressaille même pas, se contentant de dégager l'arme d'Eric du revers de la main.

– Ah ouais ? Pourtant ça n'empêche pas tes lieutenants de venir picoler ici dès qu'ils en ont l'occasion.

– Je ne peux pas contrôler tout ce que font mes hommes, répond Eric d'une voix ferme. Mais ça ne veut pas dire que je le cautionne.

– Mais tu ne peux strictement rien y faire, hein ? chantonne Rylan en souriant. C'est dommage, non ? Que ton boss Nestor ne te laisse pas foutre le feu à la ville. Je parie que l'idée de craquer une allumette te fait bander.

Sloan doit se retenir de rire.

– Profitez de la ville tant que vous le pouvez, gronde Eric. Le lieutenant Nestor ne sera pas toujours là pour vous tenir la main.

– Bon, vous avez fini de piailler, les mecs ? bougonne Reese. Je suis sûr qu'Eric a d'autres villes à terroriser aujourd'hui.

– Au contraire, susurre-t-il en souriant d'un air machiavélique. Vous êtes les seuls sur ma liste.

Il fait signe à ses hommes d'avancer, et leurs recherches commencent.

Foxworth a beaucoup de belles maisons en périphérie de la ville, mais tous les habitants vivent de part et d'autre de la rue Centrale, dans des immeubles de brique d'un ou deux étages. Ils habitent à proximité les uns des autres, car cela aide à se protéger et à se défendre. Le périmètre de recherche des Exécuteurs est donc minuscule.

Eric et ses hommes sont bien formés. Ils s'arrêtent à chaque porte, pointant d'abord leurs armes à l'intérieur avant d'entrer sans faire de bruit. Cependant, ces soldats sont plus prudents que ceux auxquels Sloan et Reese ont été confrontés par le passé, ce qui confirme ce qu'Eric a dit, les règles du jeu sont en train de changer.

– Tu crois qu'il lui arrive de se sortir le manche à balai des fesses ? demande Rylan tandis qu'ils suivent le groupe armé.

– Il est bien trop coincé pour se laisser prendre par-derrière, répond Sloan.

Rylan éclate de rire, mais il s'efforce d'être discret en toussant lorsque deux des Exécuteurs se retournent pour les regarder en fronçant les sourcils.

– T'es surpris que j'ose parler de ce genre de chose ? demande Sloan en regardant Rylan d'un air amusé.

– Un peu. Tu étais étonnement résistant au charme d'une certaine personne, hier soir. Maintenant que je sais ce qu'il faut te proposer pour te faire participer, je saurai être plus persuasif, la prochaine fois.

– Garde ta persuasion pour Reese, tu vas en avoir besoin.

Rylan hausse les épaules.

– Ça n'en vaudrait pas la peine si c'était trop facile, frangin, dit-il avant de presser le pas pour rattraper Reese, dont les faux sourires commencent à fatiguer.

Si Eric ou l'un de ses hommes pointe son arme sur elle encore une fois, Sloan la soupçonne d'être capable de saisir le flingue et de frapper le type avec, jusqu'à ce qu'il perde connaissance. Bien sûr, Sloan retiendrait tout le monde pour lui laisser le temps de se défouler.

Rylan marche à l'avant du groupe, poussant de côté les fusils des Exécuteurs pour prendre place à côté de Reese. Sloan ne sait pas s'il cherche à s'offrir comme cible ou à protéger Reese. Quoi qu'il en soit, il ne va pas s'en plaindre.

En vérité, il apprécie la confiance intrépide du grand blond. Il en aura besoin s'il veut remettre le couvert avec Reese, et plus il apprend à le connaître, plus Sloan est persuadé qu'elle a besoin de Rylan. Elle a besoin de quelqu'un qui se moque d'elle quand elle est d'humeur maussade et qui la prenne brutalement quand elle se fait trop de souci ou qu'elle culpabilise trop.

Sloan se crispe de nouveau quand ils atteignent le dernier immeuble de la rue Centrale, où vivent

Christine, ses deux frères et quelques autres adolescents. Rylan continue de vouloir détendre l'atmosphère avec des mauvaises blagues toutes les deux ou trois maisons.

– Eric, tu devrais desserrer les fesses, j'ai peur que tu aies des gerçures. Tu as une huile spéciale, dans ta caserne ?

Sloan soupçonne Rylan de ne plaisanter que pour empêcher Reese de péter un plomb, mais aucun des Exécuteurs ne rit car, comme Rylan l'a si bien remarqué, ils sont tous hypercoincés. Hudson, la femme de Connor, leur a juré que les Exécuteurs avaient les mêmes droits que les citoyens, en plus de celui d'avoir toutes les femmes ou les hommes qu'ils veulent. Toutefois, Sloan ne serait pas surpris qu'ils n'aient pas baisé depuis qu'ils ont touché leur première arme.

Cependant, Rylan se tait lorsque le groupe entre dans le dernier immeuble. En pénétrant dans le dernier, Sloan comprend tout de suite la saute d'humeur de Rylan. Certains des Exécuteurs sont montés, mais l'entrée de l'immeuble est si petite que Christine s'est retrouvée bloquée dans un coin. À quatorze ans, elle est assez âgée pour ne pas se cacher dans le bunker et elle peut facilement se faire passer pour une adulte. Or, c'est là tout le problème. Elle est une adulte, et tous les Exécuteurs la reluquent ouvertement.

Merde.

Christine était en train de laver des vêtements dans l'évier, et le devant de sa robe blanche est trempé. Même si elle n'a que quatorze ans, le tissu mouillé colle à sa poitrine, révélant ses courbes féminines. Le moindre soupçon de féminité est suffisant pour faire panteler ces ordures comme des chiens courant après une biche.

– Viens ici, Crissy, dit Sloan à la jeune fille.

Elle longe le mur jusqu'à lui et il se plante devant elle en croisant les bras. Quelques-uns des Exécuteurs ont la décence de tourner la tête, mais l'un d'entre eux, un gamin blond avec une cicatrice sur le front, ricane en les regardant.

– Ils avaient raison, crache-t-il. Cette ville est une poubelle pleine de putes.

Il met un coup de pied dans un seau en métal, et l'odeur de légumes pourris envahit la pièce.

– Tu crois vraiment qu'on a planqué des munitions dans une poubelle à compost ? demande Sloan d'un ton moqueur.

L'Exécuteur commence à lever son arme et Sloan passe immédiatement sa main dans son dos.

– Qu'est-ce qui se passe ici ? gronde Reese. Eric, dit-elle en direction des escaliers, ça fait trois heures que tu fouilles la ville. Tes hommes sont fatigués. Viens régler de ce problème, tu veux ?

Des bruits de pas résonnent dans l'escalier et Eric apparaît aussitôt, étudiant la scène : l'Exécuteur fou de la gâchette, Sloan avec sa main dans son dos et la jeune fille recroquevillée derrière lui.

– Calme-toi, marmonne-t-il à son soldat avant de se diriger vers la porte. On t'a à l'œil, Reese.

On sait qu'une unité est venue ici il y a quelques mois et qu'elle n'est jamais revenue à la caserne. Si j'étais toi, je serais sur mes gardes.

– Je le suis toujours, répond Reese d'une voix légère. Quand on vit ici, on naît sur ses gardes, tu sais.

– Je ne comprends pas comment vous pouvez choisir cette vie.

– Parce qu'ici, au moins, on a le choix.

Elle lui offre un sourire caustique, le genre qu'on voit avant de recevoir une balle entre les yeux.

– On choisit de vivre la vie comme on veut. On n'arrache pas les gens à leur famille en les obligeant à vivre avec des étrangers. On peut faire ce qu'on veut, quand on veut. C'est pour ça qu'on choisit cette vie.

– Ne laisse pas ta liberté te griser, Reese. Le dépôt d'armement ne représente qu'une infime partie de l'arsenal du Conseil Mondial. Une dizaine de flingues entre les mains de quelques individus ne changeront rien.

– J'espère bien. Je n'aimerais surtout pas que les bandits nous attaquent, répond-elle d'un ton on ne peut plus sérieux.

Rylan et Sloan échangent des sourires à peine cachés tandis que Reese accompagne Eric à la sortie.

CHAPITRE 8

Peu de gens parviennent à exprimer leur soulagement après le départ des Exécuteurs. Les rires et la bonne humeur habituelle de la communauté sont remplacés par un silence tendu et des mines crispées tandis que, dans leurs maisons, les habitants s'affairent à effacer les traces du passage des soldats. Rylan aperçoit Reese devant le restaurant de Graham, au milieu de la rue Centrale, les yeux fixés sur le nuage de poussière que le camion militaire laisse derrière lui.

Maintenant que son ennemi est parti, elle a baissé sa garde, et son inquiétude est si forte que Rylan la ressent de là où il est. Il regarde ensuite Sloan, adossé à une des fenêtres de la salle multimédia.

Sloan observe Reese d'un air pensif, et Rylan marche vers lui en se demandant si ce molosse silencieux, qui marche perpétuellement dans l'ombre de Reese, voudra bien lui donner des indications sur la meilleure manière de briser l'armure de la cheffe. Si Rylan pensait qu'elle ne voulait vraiment plus de lui, alors il la laisserait tranquille. Mais après hier soir, il lui faudra davantage que quelques maigres refus pour lui faire lâcher l'affaire.

Toutefois, son projet de rassembler des infos sur elle tombe à l'eau quand Nash, un des hommes de Reese, ouvre la porte de la salle multimédia pour s'adresser à Sloan.

– Tu as une minute ?

– Ouais, de quoi tu as besoin ? répond l'autre sans quitter Reese des yeux.

– Le camp de Connor vient de nous donner l'inventaire de ce qu'on a saisi au dépôt d'armement. Conn est au téléphone et il veut savoir comment on va distribuer les armes.

– J'arrive, répond-il en se tournant vers Nash.

Toutefois, avant de passer la porte, il croise le regard de Rylan et fait un signe de tête en direction de Reese, qui vient d'entrer dans son immeuble.

S'il y a une personne qui sait ce dont Reese a envie, c'est bien Sloan. Rylan ne perd pas une seconde. Il traverse la rue jusqu'à l'immeuble de brique et entre sans prendre la peine de frapper. Mieux vaut demander un pardon qu'une permission.

Il la trouve à l'étage, dans sa petite cuisine, les mains appuyées sur le plan de travail, regardant par la fenêtre la petite cour derrière l'immeuble. Elle est mal entretenue et vide, si ce n'est la petite balançoire suspendue à une barre rouillée.

– Quand tu mourras, dit-elle sans se retourner, je te nommerai saint Rylan, patron des causes perdues.

Rylan se rapproche jusqu'à sentir la chaleur de son corps, mais pas assez pour qu'elle n'ait pas la possibilité de s'échapper.

– Comment tu as su que c'était moi et pas Sloan ?

– Vos pas sont différents.

– Ah.

Il y réfléchit un moment et, s'il interprète sans doute cela de façon trop sérieuse, il est encouragé par le fait qu'elle distingue ses pas de ceux d'un autre.

– Tu es sacrément impressionnante, Reese.

– Pourquoi ? Parce que j'arrive à vous différencier, Sloan et toi ? demande-t-elle d'une voix fatiguée, presque résignée.

Rylan se surprend à s'inquiéter. Connor n'a jamais parlé sur ce ton, mais il n'a jamais eu la charge de quatre-vingts personnes non plus. Conn a fait en sorte que son campement reste petit. Il avait même rechigné à accueillir Hudson, au départ.

À l'inverse, Reese ouvre ses portes à tous les marginaux, vagabonds et mendiants qui viennent chez elle.

Rylan se demande un instant comment aurait été son enfance si Reese avait été là. Peut-être qu'alors, ses nuits n'auraient pas été ponctuées par les larmes de sa mère ou les cris furieux de son père. Peut-être qu'il aurait évité les sanglots pleins de regrets et les *je t'aime* dénués de toute sincérité.

– Pour ça, mais aussi parce que tu as une vision de l'avenir que peu de gens ont, répond-il en toute sincérité.

– Connor et toi pensez que je suis dingue, hein ?

– Non, plutôt que tu es courageuse.

Certes, peut-être est-elle un peu naïve aussi mais, bon sang, si Reese ne leur avait pas mis un bon coup de pied aux fesses, ils seraient encore planqués dans leur campement, à éviter les Exécuteurs et à piller pour vivre. Le projet de Reese est grand et audacieux, et potentiellement suicidaire, mais l'alternative est de se tapir et Rylan en a eu assez.

Elle soupire et se tourne enfin vers lui.

– C'est Sloan qui t'a envoyé pour me remonter le moral ?

Est-ce que c'est un vent ? Il en a l'impression. En même temps, c'est vrai, Sloan l'a envoyé la voir. Ou du moins, il lui a fait savoir qu'il n'était pas complètement à côté de la plaque en courant après Reese.

Il fouille dans son regard à la recherche d'une trace de dérision, mais il n'y voit que fatigue et mélancolie, lui donnant envie de la prendre dans ses bras et de lui faire tant de bien qu'elle sera physiquement incapable de froncer les sourcils.

– Je suis là parce qu'hier soir, c'était le meilleur sexe de ma vie. Et parce que te tourner le dos n'est pas une option.

Un petit cri lui échappe, un mélange de rire et de grognement, et elle se frotte le front du revers de sa main.

– C'est tout ce à quoi tu penses ?

– Quand je suis près de toi ? Absolument. Dans la vie, je baise et je me bats. Ne creuse pas trop sous la surface parce que tu n'y trouveras rien.

Elle ricane d'un air incrédule.

– Dis ça à quelqu'un qui te croira, tu veux ?

Rylan fronce les sourcils. Il a toujours fui une trop grande intimité, profitant seulement de l'aspect physique du sexe, l'étreinte chaude, la friction féroce, le désir brûlant. Ce qu'il vient de dire est absolument vrai. Ses sentiments ne sont pas profonds. Il est heureux de voir l'amour des autres, mais il a été aux premières loges de la vacuité de l'amour. Il ne peut et ne veut donner que du plaisir, rien de plus.

– De quoi tu parles ? demande-t-il enfin, perturbé à l'idée que Reese voie en lui quelque chose qui n'existe pas.

Elle l'étudie un moment, puis elle balaie le sujet d'un geste de la main.

– C'est rien. Écoute, la nuit dernière était géniale, mais tu n'as plus rien à faire ici, répond-elle en lui tournant de nouveau le dos pour regarder par la fenêtre.

Est-ce un défi ? Ça en a tout l'air.

Il pose sa main sur le plan de travail, près de sa hanche, et regarde le sommet de son crâne. Ses cheveux auburn brillent dans la lumière du rayon de soleil qui entre par la fenêtre. Reese a une présence si forte que Rylan oublie parfois à quel point elle est petite, et il comprend mieux pourquoi Sloan est si protecteur avec elle.

En parlant de Sloan…

– Tu veux que Sloan soit là ? demande-t-il d'une voix prudente. Parce que ça ne me gêne pas qu'il nous regarde encore une fois.

– Non, ce n'est pas Sloan. Je n'ai pas le temps pour du sexe.

– Pourquoi ? Tu dois courir après un bataillon d'Exécuteurs ?

– Il y a plein de choses à faire, rétorque-t-elle.

– Il y a toujours plein de choses à faire. Tu sais, tu ne m'as pas donné l'impression d'être le genre de femme qui fuit ses désirs. Comme tu l'as dit à Eric, tout à l'heure, la raison première d'être Insurgé est de pouvoir choisir.

Il pose une main sur son ventre et la plaque contre lui de sorte que son érection est appuyée dans son dos. Il écarte ses doigts jusqu'à ce que son pouce effleure le dessous de son sein et que son petit doigt atteigne son nombril. Il dégage ses cheveux avec son menton et promène son nez dans son cou, sentant son pouls battre la chamade sous sa peau.

– Tu as de lourdes responsabilités, ma belle, chuchote-t-il dans son oreille. Je ne suis qu'un simple soldat. Une arme. Tu n'as qu'à me pointer dans la direction que tu veux et je mènerai à bien ta mission. Je ne suis pas le meilleur stratège, mais je sais lorsque quelqu'un est trop sous pression. Tu es tellement tendue que j'ai peur que tu n'arrives plus à respirer.

– Tu parles à Connor de cette manière ? l'accuse-t-elle d'une voix énervée qui trahit son agitation.

– Absolument. Je l'embarquerais pour le saouler ou, s'il le voulait vraiment, on baiserait. Cela dit, si j'avais le choix, je préférerais choisir les courbes douces d'une femme plutôt que les angles durs d'un homme.

Rylan remonte sa main libre sur son cou et appuie la tête de Reese sur son épaule.

– Tu crois que le sexe est la réponse à tout, n'est-ce pas ?

– Ça ne l'est pas ?

Il fléchit les jambes pour frotter sa queue sur ses fesses.

– Tu as demandé si je voulais Sloan parce que tu as besoin d'un public ? se moque-t-elle.

– Non, je t'ai demandé ça, parce que je veux être sûr que tu as tout ce dont tu as besoin.

Il ne lâche pas sa gorge et promène son pouce sur ses lèvres avant de le plonger dans sa bouche.

– Suce, chuchote-t-il.

Elle referme ses lèvres sur lui, l'aspirant dans sa bouche. Elle caresse le plat de sa langue sous son pouce et Rylan ressent le geste jusque dans sa verge. Quand elle le mord, il manque éjaculer dans son froc.

– Reese, grogne-t-il en enlevant son pouce de sa bouche. J'ai envie de toi. Je ne comprends pas pourquoi tu te refuses ce plaisir.

– Parce que je suis une adulte avec une tonne de responsabilités et que je ne peux pas passer ma vie au lit avec toi.

Ils savent tous les deux que c'est une excuse bidon, mais Rylan lâche néanmoins l'affaire. Quand elle se laisse aller contre le plan de travail, il a presque pitié d'elle. Il éloigne une chaise de la table et s'y assoit, puis il ouvre sa braguette.

– Qu'est-ce que tu fais ? demande Reese en se tournant vers lui.

– Je bande et je suis excité, et comme tu prétends ne pas être intéressée, je prends les choses en main.

Sa verge est pleine et douloureuse. Le toucher de sa main est bien trop familier pour être excitant, surtout parce que sa queue sait qu'il y a des choses bien plus douces, mouillées et chaudes dans cette pièce, mais il devra se contenter de sa main.

Cela dit, le fait que les yeux de Reese soient rivés entre ses jambes est un sacré bonus. Il sourit en coin et étale son liquide préséminal sur son gland.

– On sait tous les deux que tu as envie de moi, murmure-t-il.

– Continue de te dire ça, chuchote-t-elle en retour.

Cependant, chaque seconde l'en persuade encore plus. Après tout, personne ne l'oblige à rester là pendant qu'il se branle. Sloan n'est pas derrière elle, la tenant en place, la main sur le menton pour l'obliger à regarder. Elle est là parce qu'elle a envie de lui, bon sang. Parce qu'elle a envie de le toucher.

– Ça fait longtemps que je n'ai pas fait ça devant quelqu'un. En général, il y a toujours quelqu'un pour prendre le relais.

– Alors, pourquoi tu ne trouves pas quelqu'un à qui le donner, ce relais ? rétorque-t-elle.

– Parce que ça te plaît beaucoup trop.

Les veines de son bras se gorgent de sang tandis qu'il se caresse. Il s'arrête, porte sa main à sa bouche pour cracher dedans, puis il se saisit de nouveau, et pas une seule seconde Reese ne quitte sa verge des yeux.

Il sourit jusqu'aux oreilles et soulève son bassin pour baisser son treillis sur ses chevilles. Il dégage une de ses jambes puis il écarte les cuisses pour lui offrir une meilleure vue.

Il se caresse lentement, depuis la base jusqu'à son gland, et inversement. Reese suit le geste des yeux comme si elle était hypnotisée par sa façon de se toucher. Peut-être veut-elle s'en souvenir pour se rejouer la scène dans sa tête plus tard, ou peut-être cherche-t-elle à apprendre comment il aime qu'on le touche. Peut-être les deux.

– Quelle était ta position préférée, hier soir ? demande-t-il d'un ton nonchalant.

– Rien… répond-elle d'une voix rauque. Ce n'était rien de nouveau, ajoute-t-elle après s'être raclé la gorge.

– Ce n'est pas ce que je t'ai demandé. T'en fais pas, moi non plus je n'arrive pas à choisir ma préférée. Elles étaient toutes trop bonnes. Je suis surtout surpris d'avoir tenu aussi longtemps. Cela dit, j'avais tout ce qu'il me fallait pour m'inspirer.

– Sloan est un bel homme, se moque-t-elle.

– C'est vrai, mais on sait tous les deux que je ne parlais pas de lui.

Il empoigne ses testicules avec sa main libre, les faisant rouler délicatement dans sa paume, tirant dessus assez fort pour ressentir le mélange parfait de douleur et de plaisir.

– J'ai aimé quand tu m'as chevauché à l'envers. Tu as un superbe cul, et j'ai adoré le regarder, le serrer. Tes cheveux étaient comme un rideau de feu dans ton dos. Et j'ai adoré voir ta chatte avaler ma bite à chaque aller-retour. J'ai été un peu plus excité chaque fois que tu me griffais parce que je savais que tu étais perdue dans l'instant.

Ils baissent tous les deux les yeux sur ses genoux, décorés des marques rouges laissées par Reese lorsqu'elle les a agrippés en le chevauchant, tout ça sous le regard de Sloan.

Les testicules de Rylan se contractent en y repensant et il se branle plus fort.

– J'ai aussi aimé quand Sloan t'a tenue par les poignets. D'ailleurs, ce serait encore mieux si tu étais complètement ligotée pendant qu'on s'occuperait tous les deux de te donner du plaisir. À ton avis, à quel point tu tremperais ta culotte ? D'ailleurs, combien tu mouilles, maintenant ?

Les joues de Reese sont rouge écarlate, et elle n'est pas du genre à rougir. Elle est excitée et Rylan sait que s'il touchait sa peau, il la trouverait brûlante. Des perles de sueur naissent sur son front et coulent sur ses joues, et il se met à trembler de tout son corps à force de repousser son orgasme.

– Le pied serait qu'on te prenne tous les deux en même temps. T'imagines ce que tu ressentirais ? D'être aussi remplie ? Il n'y aurait plus de place dans ta tête pour ta culpabilité ou ton inquiétude. Il n'y aurait plus que moi et Sloan et toutes les sensations qu'on extorquerait à ton corps.

Elle ouvre légèrement la bouche et halète au même rythme que les caresses de Rylan. Doux Jésus, il rêverait qu'elle rampe jusqu'à lui et qu'elle le chevauche pour prendre sa verge épaisse en elle. Il voudrait s'emparer de sa bouche pour la mordre et l'embrasser fougueusement.

Mais il se contente de son regard de braise et se caresse frénétiquement jusqu'à ce qu'il éjacule dans sa main en éclaboussant ses abdos.

Et pas une fois Reese ne détourne la tête.

CHAPITRE 9

Il n'est pas facile de discuter avec un autre chef Insurgé. Alors, discuter avec quatre d'entre eux est un véritable casse-tête.

Cependant, Reese ne peut s'en prendre qu'à elle-même. C'est elle qui a organisé cette réunion. Cela dit, peut-être peut-elle s'en prendre à Rylan, aussi.

Son degré de frustration est à son maximum depuis son petit spectacle de l'autre jour. Elle a beau se dire qu'elle a avancé le rendez-vous avec les autres parce qu'elle est pressée de mettre en œuvre son projet, au fond, elle sait qu'elle cherche surtout une distraction. Elle était si pressée qu'elle a même autorisé Beckett à prendre l'hélicoptère, gaspillant une quantité précieuse d'essence, pour aller chercher Brynn sur la côte et Mick dans le Sud au lieu d'attendre qu'ils fassent le long trajet en voiture. Heureusement, Garrett, chef d'une petite communauté au nord, et Connor, dont le campement est proche, ont tous les deux moins d'un jour de route.

Toutefois, elle s'en veut de les avoir invités, à présent. Pour la centième fois en une heure, Reese regrette de ne pas pouvoir tous les renvoyer chez eux et mettre en œuvre son plan avec ses propres hommes. Hélas, ce n'est qu'un rêve stupide. Si elle veut détruire le Conseil et envahir la cité, il lui faut tous les alliés possibles.

Ils sont tous les cinq, six avec Sloan, réunis dans son appartement, occupés à étudier les cartes que les chefs ont apportées avec eux.

Reese regrette l'absence de Tamara, une trafiquante en qui elle a une confiance aveugle. Tam a des contacts partout dans les colonies, mais elle est occupée à rallier d'autres Insurgés à leur cause. Personne ne manie un poignard comme elle, et Dieu sait qu'il y aurait moins de chamailleries si elle était là, car elle a l'habitude de dégainer sa lame chaque fois que quelqu'un met sa patience à l'épreuve. Cela dit, si Tam était là, elle aurait envie de se taper Rylan, ce qui agacerait Reese encore plus.

– C'est stupide de disperser nos ressources, déclare Mick d'un ton agacé.

Mentalement, Reese se met une gifle pour se ressaisir et se concentrer.

– Pourquoi tu dis ça ?

Il pointe son doigt sur la carte étalée devant Connor.

– On sait où est situé leur quartier général. Et ta femme, ajoute-t-il en fusillant Connor du regard, est la sœur de Dominik. Tu as dit qu'ils étaient encore en contact, non ?

Connor hoche la tête, mais semble néanmoins récalcitrant.

– Ils communiquent, oui.

– Comment ? demande Mick.

– Grâce au téléphone satellite que Dominik lui a donné quand il l'a aidée à s'échapper de la caserne. Mais n'imagine pas qu'on va utiliser Hudson pour atteindre les Exécuteurs. Dominik fait ce qu'il peut pour éloigner les rafles de notre région, mais son temps est compté. Le commandant en chef ne lui fait plus confiance.

– Je ne lui fais pas confiance moi non plus, marmonne Brynn, une grande femme aux cheveux bouclés qui est adossée au mur, bras croisés.

– Moi non plus, déclare Garrett.

De tous les chefs, Garrett est le plus âgé. Il approche de la cinquantaine, son visage est parsemé de cicatrices de brûlure. Il n'a jamais dit à Reese ce qui lui était arrivé, mais quelqu'un lui a raconté qu'il avait été sévèrement brûlé dans un incendie après que des Exécuteurs avaient mis le feu à son campement. Garrett et son peuple vivent désormais dans le Nord, dans un bunker qu'ils ont trouvé en arpentant la colonie. En dehors des habitants de Foxworth et des hommes de Connor, ce sont les meilleurs combattants Insurgés de la colonie.

– Pas besoin de faire confiance à Dominik, dit Reese agacée, parce qu'il ne fait pas partie de notre plan. D'ailleurs, ajoute-t-elle en fusillant Mick du regard, le plan n'est pas d'attaquer la caserne des Exécuteurs. Du moins, pas pour l'instant.

– Et pourquoi pas ? On a les armes, on connaît sa localisation…

– Sa localisation ne vaut rien s'ils n'y sont pas tous réunis, interrompt-elle en s'efforçant de ne pas s'arracher les cheveux.

Cela fait dix fois qu'ils ont cette même conversation.

– Il n'y a que deux cents Exécuteurs à la caserne, mais il y en a encore plusieurs centaines postées partout dans la colonie. Ce sont eux qu'on doit cibler avant d'attaquer le QG. Sinon, le Conseil enverra une alerte et on devra se battre contre les renforts. Explique-moi, Mick, en quoi ton plan est meilleur que le mien.

Mick referme brusquement la bouche tandis que Connor reprend la parole d'un ton aussi agacé que Reese.

– Je suis d'accord avec Reese. Ce que tu dis est complètement idiot, Mick.

– Va te faire foutre, Mackenzie, rétorque l'autre en le fusillant du regard. Ça fait un an qu'on met cette stratégie au point pendant que toi, tu ne fais rien du tout.

– Rien du tout ? répète Connor, incrédule. C'est moi qui stocke des centaines d'armes volées et des milliers de balles dans mon campement, espèce d'enfoiré.

– Quoi, tu veux qu'on t'applaudisse ? Tu as enfin décidé d'aider ton peuple, ça n'excuse pas le fait que tu te sois joint à nous à la dernière minute, mec.

Connor lance un regard glacial à Reese.

– Seulement parce qu'on ne m'a pas invité avant.

Ok, elle a mis longtemps avant de décider de l'inclure, mais elle refuse de s'excuser pour ça.

– Ne me regarde pas comme ça, répond-elle d'une voix aussi froide que la sienne. Jusqu'ici, tu ne t'es jamais préoccupé des autres Insurgés. Tu as toujours préféré t'isoler et te planquer dans ton campement. Tu refusais d'héberger d'autres Insurgés, tu refusais d'être le leader de gens qui te suivaient déjà, pourquoi je t'aurais inclus dans un projet aussi important ?

– Eh bien, je suis leur leader maintenant, donc mon opinion compte. Mais, bon sang, cette conversation tourne en rond, Reese, et je suis d'accord avec toi, en plus.

Elle respire lentement pour essayer de calmer son pouls. Connor a raison. Pourquoi lui reproche-t-elle ses actions passées ? Il est là, maintenant, et ils doivent tous regarder ensemble vers le futur.

– On va cibler les avant-postes, déclare-t-elle d'une voix ferme qui cloue enfin le bec de Mick. Une fois qu'on aura éliminé les menaces en dehors de la cité, on se concentrera sur l'intérieur. Alors, vous êtes d'accord ? Oui ou non, bon sang !

Il y a d'abord quelques secondes de silence, suivies de quatre « oui » à voix basse.

Près de la porte, Sloan croise le regard de Reese et lui sourit. Ou plutôt, un coin de sa bouche se soulève un peu ce qui, pour Sloan, équivaut à sourire à pleines dents.

– Merci, marmonne-t-elle. Maintenant, est-ce qu'on pourrait passer ces cartes en revue et avancer ?

La réunion dure encore une heure avant que Reese ne mette tous les chefs dehors. Elle a mal à la tête, n'a plus aucune patience et a tant envie de sexe qu'elle en a l'eau à la bouche.

Cela fait deux jours qu'elle repousse les avances de Rylan. Si ça ne tenait qu'à elle, ce casse-pieds serait déjà rentré à son campement, mais maintenant que Connor est à Foxworth, ce n'est pas près d'arriver. Rylan ne partira pas tant que son chef sera là, Reese va donc devoir supporter encore un moment sa frustration sexuelle.

Cède-lui, chuchote une voix diabolique dans sa tête.

Mais non, c'est hors de question. Elle ne peut plus se le permettre. Une seule nuit avec Rylan l'a transformée en une bête en chaleur. Pire, ça l'a mise dans une position d'intimité avec Sloan, la personne qui compte le plus pour elle dans ce monde. Une partie d'elle-même est encore terrifiée à l'idée que Sloan prenne ses distances à cause de cette nuit, mais pour l'instant, il est resté à ses côtés. Comme toujours.

– Tu crois qu'ils vont y arriver ? lui demande-t-elle lorsque tout le monde est parti.

– Le peuple de Garrett, sans souci. Idem pour celui de Conn. Mais Brynn n'a que quelques bons combattants, et Mick a perdu la plupart des siens lors de la dernière rafle.

Elle hoche la tête.

– Mais on leur envoie dix des nôtres. J'espère que ça changera la donne.

– Je l'espère aussi.

Elle se mord la lèvre et se lève du canapé pour ouvrir la fenêtre. Le paquet de cigarettes de Sloan est posé sur le rebord, avec son briquet et un cendrier. Elle ne fume pas souvent, mais elle est beaucoup trop à cran pour résister maintenant.

Est-ce que vingt combattants suffiront, ou devrait-elle demander plus de volontaires ? Elle sait que les adolescents de Foxworth sauteraient sur l'occasion de rejoindre l'armée bigarrée qu'elle a rassemblée, mais elle se sentirait coupable de les inclure dans son plan. Certes, Rylan et Pike ont donné à tous un entraînement intensif en matière de tir et de combat à mains nues, mais ça ne signifie pas qu'elle veut que des gamins comme Randy, Sara ou Ethan soient envoyés au front. Elle veut seulement qu'ils soient capables de se défendre.

Elle allume une cigarette et tire longuement dessus, si fort que la fumée lui monte à la tête et lui donne le vertige. Elle expire le nuage de fumée et Sloan vient à ses côtés, appuyant un avant-bras sur le rebord de la fenêtre.

Il regarde le soleil couchant, à l'horizon, puis il tourne la tête vers elle.

– Tu veux que je mette la main sur Rylan ?

Elle tire une autre bouffée et ignore sa question.

– Teresa.

Elle se crispe des pieds à la tête. Elle déteste qu'il l'appelle par son prénom. Seul Jake pouvait l'appeler ainsi sans que ça l'agace, et avant lui, sa mère. Et maintenant, ce privilège en incombe à Sloan.

Il sait parfaitement combien ça l'agace d'être confrontée au souvenir de la femme, ou plutôt de la fille, qu'elle était, mais ça ne l'empêche pas de l'appeler Teresa. En général, il s'en sert quand elle se montre particulièrement têtue.

– Ne joue pas à ce petit jeu maintenant, je ne suis pas d'humeur, marmonne-t-elle. Et je ne suis pas d'humeur à voir Rylan, non plus. Je t'ai dit que cet enfoiré s'est branlé devant moi, l'autre jour ? Je lui ai mis un vent, alors il a pris les choses en main. Littéralement.

Sloan ricane et elle le fusille du regard.

– Je n'ai pas besoin que tu te moques de moi, Sloan, gronde-t-elle.

Elle n'obtient qu'un autre éclat de rire.

– Va te faire foutre ! grogne-t-elle.

– Tu aurais dû l'aider, dit-il en haussant les épaules. Ne me dis pas que tu n'as pas aimé coucher avec lui.

Justement, c'est une des choses qui la met en colère. Elle se déteste d'avoir tellement désiré Rylan. Elle a détesté perdre le contrôle, détesté avoir eu besoin de Sloan pour l'empêcher de dépasser les limites. Ça en dit long sur elle de ne pas pouvoir baiser sans un chaperon, non ?

– Le contrôle t'échappe de nouveau, chérie.

– Non, c'est faux, répond-elle.

Mais il a raison. Elle n'a jamais été douée pour garder le contrôle. Même gamine, elle avait du mal à maîtriser ses émotions, sa colère, son désir. Dès qu'elle a compris combien sa vie était merdique, elle a nourri une rage et une rancœur inouïes qui ont menacé de la ronger de l'intérieur.

Reese se souvient encore d'avoir pris les crayons que lui avait offerts sa mère pour dessiner les membres du Conseil morts, les immeubles du QG en feu, des Exécuteurs pendus aux fils électriques qui survolent la cité. Sa mère avait beau lui répéter qu'elle devait être reconnaissante envers le CM, Reese le haïssait de lui avoir pris sa mère. Reconnaissante. Ah ! Pourquoi ? Parce qu'il avait autorisé Sylvia à garder sa première fille ? On ne peut pas dire qu'il se soit montré très généreux, chaque génitrice est autorisée à garder son premier-né.

Ce sont tous les bébés suivants qu'ils leur prennent sans pitié.

Reese ne s'autorise jamais à penser aux neuf frères et sœurs qu'elle a dans la cité. Tous sont engendrés par un géniteur différent, bien sûr, mais ils ont tous la même mère. Sa mère.

La vue du ventre rond de sa mère mettait Reese dans une colère noire. Pendant les douze premières années de sa vie, sa mère avait été enceinte. Enceinte en permanence. Cela la rendait malade de la voir, et même la jolie petite maison qu'ils avaient donnée à Sylvia en échange de son « service » n'avait pas rendu la situation plus acceptable. Elle détestait cette maison. Elle détestait être bannie dans sa chambre toutes les semaines, quand les médecins de la cité venaient examiner la dernière grossesse de sa mère. Elle détestait la dépression dans laquelle plongeait sa mère après chaque grossesse.

Reese n'avait jamais vu quelqu'un pleurer autant que sa mère. Sylvia pleurait quand elle découvrait qu'elle était enceinte, quand les bébés lui étaient enlevés. Elle a été inconsolable le jour où ils lui ont ordonné d'emmener sa fille à la clinique. Mais Reese s'y était préparée. Elle avait été prévenue de ce qui se passerait lorsqu'elle deviendrait une « femme ». Le processus de stérilisation était censé être indolore, et ça l'était. Physiquement, en tout cas.

Toutefois, cela l'a laissée avec une souffrance qui ne l'a jamais quittée.

Une rage et une peine surgissent en elle, même maintenant, en repensant aux souvenirs qu'elle s'est forcée à réprimer. Elle a envie de crier. D'empoigner son arme et de vider le chargeur dans la tête de quelqu'un. Or, Sloan est la seule personne dans les parages, et elle ne peut bien sûr par le tuer.

– Reese.

Son regard est inquiet. Il tend la main vers elle et peut-être l'aurait-il touchée, cette fois-ci. Peut-être l'aurait-il caressée, mais elle fait un pas en arrière avant qu'il ait pu le savoir.

– Je vais bien, marmonne-t-elle.

– Non, c'est faux, rétorque-t-il avant de pousser un juron. Bon sang, je savais que ça arriverait à mesure que l'exécution du plan approcherait.

Il le savait ? Eh bien, il aurait pu la prévenir. Elle n'a raconté à Sloan que d'infimes détails de son enfance dans la cité. Il sait qu'elle est née là-bas et que sa mère était génitrice. Le reste ne le regarde pas, mais Reese n'est pas naïve au point de penser qu'il ne l'a pas compris tout seul.

Bon sang, pourquoi a-t-il toujours raison ? Ils se rapprochent du moment où elle pourra buter les gens qui ont détruit sa vie, et c'est vrai que cela fait jaillir de vieux souvenirs.

– Le plan fonctionnera, répond-elle en écrasant sa cigarette dans le cendrier.

– Et c'est précisément pour ça que tu devrais accepter la proposition de Rylan. Tu pourrais lâcher prise et regagner une part de contrôle.

Ouais, peut-être, mais elle a besoin de se maîtriser avec Rylan, aussi. Ensemble, ils se consument trop vite, ils sont trop sauvages, comme elle l'était avec Jake. D'ailleurs, c'est pire, car elle était insatiable avec Rylan. Et elle sait que la seule chose qui l'a empêchée de perdre pied était la présence de Sloan. Or, combien de fois pourra-t-elle lui demander d'être avec elle alors qu'elle sait combien il la désire ? Ce serait injuste envers lui et elle ne peut pas risquer de perdre Sloan. Elle préfère faire vœu de célibat plutôt que de se retrouver sans lui.

C'est pour cela qu'elle ne pourra plus coucher avec Rylan, même si le simple fait de mentionner son nom la fait frissonner.

– Non, dit-elle fermement.

– Je ne comprends pas pourquoi tu te fais du mal. Ton envie de lui était inextinguible, l'autre soir…

– Bon sang, Sloan ! rugit-elle. Si Rylan te plaît à ce point, t'as qu'à te le taper, toi !

Elle plaque le paquet de cigarettes contre son torse et dévale le couloir jusqu'à sa chambre.

Sloan ne la suit pas. Elle entend ses pas se diriger jusqu'à la porte et, quelques secondes plus tard, la porte se referme doucement.

Sloan sort une cigarette froissée du paquet et la met entre ses lèvres avant même d'être dans la rue. Il l'allume et longe le trottoir en direction de… Dieu sait où il va. Il ne sait pas ce qu'il fait.

Bon sang, quelle peste ! Aucune femme ne l'a jamais autant affectée. Il est tombé amoureux d'elle dès qu'il l'a vue, mais parfois il se demande s'il ne la déteste pas autant qu'il l'aime.

Il déteste la façon qu'elle a de faire battre son cœur plus vite.

Il déteste que le son de sa voix suffise à le faire bander.

Il déteste qu'elle pense devoir être forte pour lui.

Mais surtout, il déteste qu'elle ait choisi Jake. Qu'elle ait demandé à Jake de mener leur groupe à ses côtés. Qu'elle ait passé ses nuits dans les bras de Jake.

Elle a choisi Jake, bon sang !

Sloan respire un nuage de nicotine et le garde dans ses poumons jusqu'à ce que sa poitrine lui fasse mal. Il recrache la fumée en toussant et marche plus vite jusqu'à l'immeuble de brique où se trouve l'infirmerie. Frank, un des soigneurs, lui a dit que le groupe électrogène y fait des siennes. Sloan avait prévu d'y jeter un œil demain matin, mais tant pis, autant le faire maintenant. Après tout, ce n'est pas comme s'il avait mieux à faire.

Sa rancœur lui noue l'estomac, car il devrait avoir mieux à faire. Il devrait être enfoui jusqu'aux couilles dans quelqu'un plutôt que de se laisser flétrir dans un célibat qui ne lui est imposé par personne d'autre que lui-même.

Trois ans. Cela fait trois ans qu'il n'a couché avec personne, depuis que la lame de son poignard a tranché la gorge de son meilleur ami.

Il met le souvenir de côté en ouvrant la porte du bâtiment et en marchant d'un pas ferme jusqu'à l'escalier. Il ne peut plus se faire ça. Cette torture masochiste doit prendre fin. Son désir incontrôlable, son amour ardent pour Reese doivent prendre fin.

Le problème est qu'aucune autre femme ne l'intéresse dans cette ville. Quand Jake était en vie, quand Jake était avec Reese, Sloan s'était tourné vers Cassie pour trouver du réconfort. La petite brune réservée avait perdu son homme peu de temps après leur installation à Foxworth, et Cassie avait été lourdement affectée par sa mort.

Sloan savait qu'elle imaginait qu'il était Ken quand ils couchaient ensemble, mais ça ne le gênait pas car lui imaginait qu'elle était Reese. Cela fonctionnait, car ils se servaient l'un de l'autre. Toutefois, Cassie est intouchable à présent. Il ne peut même pas la regarder sans repenser à ce que Jake lui a fait.

Et puis, il se sentirait coupable de se servir d'une autre femme pour libérer les émotions turbulentes que Reese a fait naître en lui.

Ainsi, plus tard, quand il sera seul dans sa chambre, il se contentera de sa propre main. Il attendra que Reese dorme, pour qu'il n'ait pas à l'entendre bouger dans leur maison. Et puis, si elle dort, il pourra l'imaginer allongée dans son lit. Il pourra imaginer ses longs cheveux auburn étalés en éventail sur son oreiller, une jambe enroulée autour de sa couette, ses seins nus contre le…

– Sloan, attends-moi.

Il s'arrête au pied des escaliers et se crispe en entendant la voix de Rylan. Nom de Dieu. Il ne l'a même pas entendu approcher.

Une tête blonde apparaît en haut des escaliers et descend jusqu'à lui.

– Qu'est-ce que tu veux ? aboie Sloan.

Rylan écarquille légèrement les yeux.

– Qu'est-ce qui ne va pas ?

Sloan grince des dents, car d'habitude, il est doué pour cacher ses émotions.

– Tout va bien. De quoi t'as besoin ?

Rylan ne répond pas.

– Allez, crache le morceau, j'ai des trucs à faire.

Rylan se passe la main dans les cheveux.

– J'espérais que tu pourrais me filer un coup de main.

Sa colère bouillonne sous la surface. Il n'est pas bête, il sait pour quoi Rylan veut son aide.

– Si c'est à propos de Reese, va harceler quelqu'un d'autre. J'ai un groupe électrogène à réparer.

Il fait un pas vers la porte, mais Rylan lui bloque le passage.

– Que dis-tu de ça : je t'aide à réparer le groupe électrogène, et toi tu me files un coup de main en venant à une petite fête privée.

Il lève les yeux au ciel.

– Laisse-moi deviner, nous serons trois à la fête ?

Quand Rylan sourit jusqu'aux oreilles, la patience de Sloan vole en éclats.

– Ça ne m'intéresse pas. Maintenant, pousse-toi de mon chemin.

Le grognement agacé de Rylan rebondit sur les murs en béton. Sous la lumière fluorescente des néons, ses yeux sont encore plus bleus, aussi vifs que les bleuets que Reese fait pousser sur le rebord de sa fenêtre.

– Sans rire, c'est quoi votre problème, à tous les deux ? demande Rylan d'une voix exaspérée. Je n'ai jamais rencontré deux personnes qui soient à ce point contre les orgasmes. Vous y êtes allergiques, ou quoi ?

Sloan grince de nouveau des dents, mais ne dit rien.

– On sait tous les deux que t'étais dur comme fer, l'autre soir, Sloan, que t'as adoré notre petit spectacle. Tu as adoré la tenir pendant que je la prenais par-derrière. J'ai vu ton visage. J'ai vu ça, dit-il en souriant et en saisissant son paquet. Tu étais dur comme fer, répète Rylan. Alors, pourquoi tu luttes ? C'est quoi ton problème ?

Sloan dégage sa main, mais pas avant que Rylan ne le sente durcir. Quand il sourit de plus belle, il pousse un grognement féroce.

– Quel est mon problème ? C'est quoi ton problème, à toi, espèce d'abruti ?

– Moi ? dit Rylan en clignant des yeux.

– Tu es accro au sexe, c'est ça ? Tu as une sorte de maladie qui t'empêche de garder ta queue dans ton froc ? demande Sloan en serrant les poings.

Tu ne peux pas passer trois jours sans baiser ? Bon sang, mec, t'as joui une demi-douzaine de fois, l'autre soir. Puis t'as remis le couvert en te branlant devant Reese…

– Elle t'en a parlé ? dit-il en souriant.

L'air enjoué de Rylan ne fait que décupler la colère de Sloan. Son souffle accélère et il plaque ses mains sur le torse de l'autre pour le faire reculer contre le mur, ne s'arrêtant que lorsque leurs visages sont à quelques centimètres l'un de l'autre.

– Tu peux m'expliquer pourquoi tout est une blague pour toi ?

Les yeux bleus de Rylan plongent dans les siens, puis ils se posent sur ses mains aplaties sur ses pecs.

– Qu'est-ce que tu fais, frangin ? demande Rylan d'une voix curieuse.

– Je te donne ce que tu veux, crache Sloan. Tu veux du sexe, c'est ça ? Des orgasmes ? Apparemment, ta petite tête n'est capable de penser qu'à ça, hein ?

– Va te faire foutre, rétorque Rylan en empoignant son épaule pour se dégager. J'aime baiser, et alors ? Où est le problème ? Tout le monde n'est pas aussi coincé que toi…

Sloan s'empare de la bouche de Rylan avant que cet enfoiré n'ait fini sa phrase.

Le baiser est brutal, sans pitié. C'est une collision frontale de leurs bouches qui arrache un grognement à Rylan et un sifflement à Sloan. Il plonge sa langue entre les lèvres de Rylan pour approfondir le baiser, frottant son bassin contre l'érection grandissante de Rylan.

Son désir embrase son sang, brouillant ses sens et ses pensées. Cela fait une éternité que sa langue n'a pas été dans la bouche d'un autre et que sa bite ne s'est pas frottée au corps d'un autre.

– C'est ce que tu voulais, non ? grogne-t-il contre les lèvres de Rylan. La fête est assez privée pour toi ?

– Sloan… siffle Rylan d'une voix rauque.

Il lui coupe la parole en l'embrassant avec autant de violence que la première fois. Le grognement de Rylan se précipite jusque dans ses testicules qui pulsent. Sloan pose une main sur la taille de l'autre puis la plonge dans son jean. Sa langue caresse celle de Rylan, encore et encore, et lorsque leurs bouches se séparent enfin, ils sont tous les deux pantelants.

– C'est tout ce dont t'es capable ? demande Rylan d'un air amusé et excité.

Sloan est à deux doigts de lui en coller une, parce que ce type s'amuse vraiment de *tout*. Rylan n'a pas la moindre idée de l'état de frustration dans lequel il est. Il est à deux doigts de craquer.

– Ne me pousse pas, Rylan, gronde-t-il en reculant. Je suis de mauvais poil, alors à moins que t'aies envie de te pencher en avant pour me laisser me défouler entre tes fesses, je te suggère de dégager.

Rylan retient son souffle, puis il promène ses phalanges sur ses lèvres encore mouillées par le baiser de Sloan. Sa main retombe, puis il tourne les talons et remonte l'escalier sans un mot ni un regard.

Sloan éclate d'un rire jaune en le regardant partir.

– Ouais, dit-il. C'est bien ce que je pensais.

CHAPITRE 10

Reese ravale son grognement quand elle ouvre la porte pour tomber sur Hudson. Sloan n'est pas encore revenu, et elle le soupçonne de faire exprès de ne pas rentrer. Elle ne peut pas lui en vouloir, elle n'avait pas le droit de lui hurler dessus comme elle l'a fait.

– On peut parler ? demande Hudson timidement.

Elle doit se retenir de lui répondre « non », même si elle n'est pas d'humeur à parler avec la femme de Connor. Elle ne la connaît pas et, honnêtement, elle n'est pas certaine de l'apprécier. Conn a peut-être réussi à oublier qu'Hudson était la sœur jumelle d'un Exécuteur, Reese ne l'oublie pas, elle.

Toutefois, son rôle de chef implique que, parfois, elle doive interagir avec des gens qu'elle ne choisirait pas nécessairement pour amis. Et Connor pourrait changer d'avis et refuser d'attaquer les avant-postes s'il apprenait que Reese avait manqué de respect à sa femme.

– Bien sûr, dit-elle en ouvrant plus grand la porte pour laisser entrer la jeune femme.

Hudson regarde autour d'elle en entrant dans le salon. Une autre pourrait penser qu'elle admire l'appartement, mais Reese ne manque pas son regard rusé. Elle n'admire pas, elle jauge.

– Tu veux boire quelque chose ? demande Reese, s'efforçant d'être accueillante.

– Non, merci, répond Hudson en désignant le canapé. Je peux m'asseoir ?

– Fais-toi plaisir.

La blonde s'assoit sur le canapé, mais Reese reste debout, les bras croisés. Au bout de quelques secondes, le regard curieux d'Hudson revient sur Reese, qui l'étudie en retour.

Elle ne peut pas nier qu'Hudson est superbe. Elle a de grands yeux gris, une peau de poupée et des cheveux dorés qu'elle a relevés dans un chignon fouillis. Reese comprend pourquoi Connor est dingue d'elle. Ce qu'elle ne comprend pas, en revanche, c'est comment il peut faire confiance à quelqu'un qui est aussi étroitement lié au CM.

– Qu'est-ce que tu veux ? aboie Reese.

Hudson la regarde droit dans les yeux.

– J'aimerais ta permission pour informer Dominik de notre projet d'attaquer les avant-postes.

Notre projet ? Elle parvient à taire sa réponse cinglante en se rappelant qu'elle a besoin de Connor, ce qui implique d'être sympa avec sa femme.

Cependant, la requête d'Hudson est si absurde que Reese ne peut s'empêcher de rire.

– Absolument pas, répond-elle.

– J'aimerais que tu y réfléchisses, ajoute Hudson d'une voix calme.

– Non.

– Est-ce qu'au moins je peux t'expliquer mon raisonnement ?

Une nouvelle vague d'irritation s'empare d'elle. Si cette femme pense une seconde que Reese va inclure le commandant des Exécuteurs dans son projet de dégommer ses troupes, elle a perdu la tête.

Sois sympa, gronde une voix dans sa tête.

Elle respire lentement et s'assoit dans le fauteuil, face au canapé.

– Très bien. Explique-toi.

Hudson joint ses mains sur ses cuisses avant de commencer.

– Conn a dû te dire que Dominik et moi sommes en contact grâce au téléphone satellite qu'il m'a donné quand il m'a aidée à m'échapper.

– Je suis au courant, oui.

– Dom fait tout ce qu'il peut pour éloigner les rafles du campement de Conn, et je sais aussi qu'il œuvre en secret pour se débarrasser du commandant Ferris.

– Mais oui, je n'en doute pas ! se moque Reese en ricanant.

– C'est vrai, insiste Hudson. Ça fait deux ans que Ferris donne aux Exécuteurs un cocktail de médicaments qui les rend agressifs et de plus en plus violents.

– Mais oui, c'est bien sûr ! C'est pour ça que ce sont des psychopathes assoiffés de sang ! C'est à cause des médocs ! répond-elle d'une voix lourde de sarcasme.

– C'est pourtant vrai. La dernière fois que j'ai vu mon frère, il n'était pas le même. Il avait des éclats de colère qui disparaissaient aussi vite qu'ils surgissaient et il était confus quant à ce qu'il faisait et où il allait. J'ai entendu parler du médicament par un déserteur que j'ai rencontré cet été, et quand j'en ai parlé à Dom, il a arrêté de prendre les drogues. Certains de ses hommes ont arrêté aussi, des hommes en qui il a entièrement confiance. Ils sont fous de savoir ce que Ferris leur ordonne de faire aux Insurgés.

Reese éclate de nouveau de rire.

– C'est ça. Je parie qu'ils s'endorment en pleurant tous les soirs. Je suis désolée, chérie, mais tu ne me convaincras pas. Je me fiche que ce soit ton frère. On ne peut pas lui faire confiance. C'est l'ennemi.

– Reese…

Elle lève la main pour faire taire la jeune femme.

– Il tue des gens, Hudson. Il envoie ses troupes nous traquer et nous tuer !

Hudson fait non de la tête.

– Ce n'est pas Dom. C'est Ferris ! Dominik a toujours adhéré à la Politique de Capitulation.

Il laissait aux Insurgés la possibilité de se rendre volontairement pour vivre dans la cité de l'Ouest.

– Volontairement ? répète Reese. N'importe quoi. Tous ceux qui disaient non étaient exécutés.

– Mais au moins ils avaient le choix ! s'exclame Hudson avant d'inspirer lentement pour se calmer. Écoute. Je ne défends pas les Exécuteurs, d'accord ? Je ne défends pas le Conseil Mondial et ses lois stupides, ni la façon dont il traite tous ceux qui vivent en terre libre. Tout ce que je dis, c'est que Dominik n'est pas comme eux.

Reese comprend soudain que Connor n'a pas seulement été attiré par Hudson pour sa beauté. La jeune femme dégage le genre de force que Reese apprécie, une confiance explosive qu'on ne voit pas souvent chez les citoyens. Cela dit, Hudson n'est pas une citoyenne lambda. Elle est née dans la cité de l'Ouest, mais elle a grandi dans la caserne des Exécuteurs. Son père était membre du Conseil et, avant sa mort, il était commandant en chef des Exécuteurs.

– Dom déteste ce qui se passe dans la cité aujourd'hui, poursuit Hudson. Il déteste Ferris et le Conseil, et il veut nous aider. Si on le prévient de nos attaques, il peut nous faciliter la tâche. Il peut assigner certains postes à certains Exécuteurs… des hommes qui croient aux mensonges de Ferris. Et ceux qui sont fidèles à Dom travailleront avec nous pour dégommer les avant-postes.

– Aussi tentant que ce soit, dit Reese en se penchant en avant, je vais devoir dire non. Je ne fais pas confiance en ton frère. Point à la ligne.

Hudson soupire, vaincue.

– Très bien, ne lui fais pas confiance. Ça valait la peine d'essayer, dit-elle en se dirigeant vers la porte. (Elle s'arrête avant de l'ouvrir.) Mais j'ai une autre requête… J'essaie de protéger mon frère. Je me fiche que tu ne lui fasses pas confiance. J'ai confiance en lui, et Connor aussi. J'ai dit à Conn que je suivrais tes ordres, donc si tu ne veux pas que je prévienne Dominik, je ne le ferai pas. Mais il y a une chance pour que Dom soit à un des avant-postes, parce qu'il y fait un saut de temps en temps. Et s'il y est, et que votre attaque réussit, je te demande de l'épargner. Prends-le en otage, enferme-le, fais ce que tu veux de lui, mais s'il te plaît, ne le tue pas.

Reese hausse un sourcil. Bon sang, la femme de Connor a un sacré culot.

– Au moins, garde-le en vie assez longtemps pour que je lui dise adieu, supplie Hudson.

– Je vais y réfléchir, répond Reese avant de se lever et de rejoindre Hudson à la porte. Il y a autre chose dont tu voulais parler, ou on a fini ? demande-t-elle en feignant un ton de politesse.

– Une dernière, oui. Beckett m'a dit que tu te tapais Rylan.

– Ah bon, il a dit ça ? ricane Reese.

– Je suis sûre que Rylan finira par m'en parler, tôt ou tard, poursuit Hudson, et son expression durcit. Et quand ce sera le cas, je le féliciterai de t'avoir enfin convaincue de coucher avec lui.

Reese étudie la jeune femme en fronçant les sourcils. Où veut-elle en venir ?

– Mais je ne comprends pas pourquoi il est obsédé par toi, et crois-moi, je ne suis pas ravie qu'il se soit mis dans cette position.

– Quelle position ?

– Celle de souffrir, répond Hudson. Tu n'es pas une femme douce, Reese. Tu n'es pas particulièrement sympa non plus. Je comprends que tu doives te donner cet air froid et féroce face à ton peuple, mais Rylan n'a pas besoin de perdre sa bonne humeur à cause d'une garce froide et insensible…

Quoi ? Comment ose-t-elle ? Reese serre les poings pour s'empêcher de se jeter sur Hudson.

– Mais c'est aussi une façade, ça, dit Hudson d'un air pensif. Du moins, je le crois. Je ne sais pas si tu es une garce, Reese. Je ne sais pas si tu es aussi froide que tu en as l'air. Ce que je sais, c'est que Rylan n'est pas le joyeux luron qu'il veut qu'on croie. Il fait mine de ne pas avoir de sentiments, mais c'est faux. Et si tu lui fais du mal, je te jure sur la tête de ma mère que je…

– Que quoi ? se moque Reese. Tu demanderas à Connor de me casser la gueule ?

– Bien sûr que non, rétorque Hudson avec un sourire glacial. Je le ferai moi-même.

CHAPITRE 11

– Waouh, tu fais peur à voir, ricane Connor lorsque Rylan entre dans le restaurant, le lendemain soir.

Son meilleur ami est arrivé hier matin, mais il ne l'a pas vu plus de dix minutes. Conn a passé la journée d'hier et d'aujourd'hui avec Reese et les autres chefs, à mettre au point les attaques des avant-postes. Hier soir, lui et Hudson ont disparu dans une des maisons les plus éloignées de la rue Centrale, prouvant que si Connor a enfin accepté de diriger son petit groupe d'Insurgés, il n'est pas moins toujours aussi antisocial pour autant.

Rylan sait que le couple l'aurait accueilli à bras ouverts s'il s'était pointé sur le pas de leur porte, mais il était trop perturbé par sa rencontre avec Sloan. Au lieu de ça, il a dîné avec Beckett dans le loft que celui-ci partage avec Travis, puis il s'est barricadé dans le petit studio où il crèche et il a essayé d'oublier sa frustration dans le sommeil.

Avant, il n'avait qu'à supporter que Reese lui casse les couilles, maintenant il doit endurer Sloan, aussi ? Cet enfoiré a plongé sa langue dans la gorge de Rylan, qu'est-ce qui lui a pris, bon sang ?

– J'ai besoin d'un verre, marmonne-t-il. Ou plutôt, de plusieurs verres.

– C'est sans doute une mauvaise idée, mec. On attaque les avant-postes dans quelques jours. Tu dois avoir les idées claires, répond Connor d'un ton inquiet. Si tu as besoin de baiser, tu sais que notre porte t'est toujours ouverte, n'est-ce pas ?

– Ouais, je sais, répond Rylan en se tournant pour voir où est Bethany.

Il a faim, soif, envie de baiser, et il a comme l'impression que seuls deux de ses besoins vont être assouvis ce soir. En temps normal, il est plutôt détendu, mais tout l'agace ce soir, et il est sur les nerfs.

– Alors, Reese ne t'a accordé qu'une nuit avant de te jeter ? demande Connor.

– On dirait, ouais.

Son ami recule dans son siège et, s'il ne sourit pas, l'air satisfait qu'il affiche depuis qu'il est avec Hudson irrite un peu plus Rylan. Il fronce les sourcils. Si Connor ose esquisser le moindre sourire, même le plus infime, Rylan va se jeter sur la table et lui casser la gueule.

– Je suis à deux doigts de te mettre mon poing dans la tronche.

– Hudson ne serait pas contente, répond-il en haussant les épaules. En revanche, ce qui lui ferait plaisir, c'est que tu nous rendes visite ce soir. Tu lui manques.

Rylan attend que sa queue durcisse quand il repense à toutes les fois où il s'est joint à Connor et Hudson. Cependant, leurs visages sont sans cesse remplacés par d'autres, des gens contre qui il est furieux.

– Non ? insiste Connor quand Rylan ne répond pas. Eh bien. Reese t'a vraiment retourné le cerveau, on dirait. Alors, elle était comment ? Lennox dit qu'elle est sauvage au pieu.

Rylan grimace, surpris par l'instinct possessif qui le saisit. Il sait que Lennox a couché avec Reese, mais ça ne l'a jamais dérangé jusqu'ici. Et ça le dérange encore plus de savoir qu'il a couché avec elle de nombreuses fois, alors que lui s'est fait jeter après une seule nuit.

Rylan ne dit rien, Connor glousse doucement.

– Tu es sérieux ? Ça fait plus d'un an que tu parles sans arrêt de coucher avec elle, et maintenant que c'est fait, tu te tais ? Quoi, ça t'a pas suffi ?

– Non. C'était encore meilleur que dans mes rêves les plus fous, admet-il à contrecœur. Sloan était là.

Connor hausse les sourcils.

– Ah bon ? Comme spectateur ou participant ?

– Il a juste regardé.

Sauf lorsqu'il a tenu Reese pour que Rylan la prenne par-derrière… mais il garde ce détail pour lui.

– Ah bon, marmonne Connor d'un air pensif, ce qui finit d'énerver Rylan.

– Ils sont comme les deux doigts de la main, siffle-t-il. Tu es vraiment surpris que Sloan soit là quand elle baise ?

– Non, je ne suis pas surpris, mais je trouve bizarre qu'il ne participe pas. On a tous vu la façon dont il la regarde, comme s'il voulait la dévorer.

Ouais, Rylan est parfaitement conscient des regards voraces de Sloan. D'ailleurs, il en était la cible, hier soir, juste avant qu'il ne l'embrasse sauvagement.

– Si tu veux un conseil, n'essaie pas de comprendre leur relation tordue, dit-il en soupirant. C'est bizarre, Conn. Reese ne prend pas une seule décision sans consulter Sloan. Et je ne parle de décisions du type « quand devrait-on tuer la prochaine vache ? » ou bien « devrait-on poster deux gardes au portail ou trois ? ». Je parle de sexe, mec. Elle lui a demandé son avis avant d'écarter les cuisses pour moi.

Connor pouffe de rire, mais Rylan le fait taire d'un regard.

– Tu sais quoi ? Laisse tomber, grommelle-t-il, soulagé de voir Bethany se dandiner vers lui pour prendre sa commande. Salut ma belle, je voudrais un burger, des frites et le plus grand verre d'eau que tu aies.

– Pas de souci, répond-elle avec un sourire un peu forcé.

– Tu crois qu'elle devrait encore travailler ? demande Connor en la regardant s'éloigner.

– Ouais, ne t'en fais pas. Tant qu'elle bouge, c'est bon signe pour elle et pour le bébé.

– C'était plus facile quand on était à la ferme, répond Connor en se frottant le front. Tu te souviens du petit terrain qu'on avait dans le Sud ? Avant de s'installer dans les montagnes ?

– Je me souviens, ouais.

– C'était tellement plus simple, marmonne-t-il. Avec moins de gens, on avait moins de soucis. Quand il nous fallait une femme, on s'en trouvait une. On a survécu longtemps comme ça. Kade serait sans doute encore en vie si on y était restés.

La critique même légère du mode de vie de Reese et de sa vision ne plaît pas à Rylan et il se sent obligé de prendre sa défense.

– Sauf qu'on serait encore planqués, à se branler sur des magazines porno tellement vieux qu'ils étaient pratiquement fossilisés, attendant chaque jour qu'une troupe d'Exécuteurs vienne à notre porte. Le Conseil Mondial n'est pas près de bouger, mec.

– Tu as raison, acquiesce Connor. On ne peut plus rester assis sans rien faire. Les temps changent, et on va devoir changer avec.

– Tu ne dirais pas ça si tu n'étais pas avec Hudson, remarque-t-il.

– Ça ne fait aucun doute, mais ça fait partie des changements. Comme toi.

Rylan répond par un grognement.

– Je vois. Alors, tu en as fini avec ma femme et moi ? demande-t-il d'un ton amusé.

– Oui… Non. J'en sais rien.

Il soupire, exaspéré. Heureusement, Bethany arrive avec son assiette et il peut se concentrer sur autre chose que Reese, Sloan et le sexe en général.

Après plusieurs minutes d'un silence confortable, il se sent suffisamment apaisé pour parler de nouveau. L'invitation de Connor était-elle pure politesse ou manque-t-il vraiment à Hudson ?

– Hudson a besoin de quelque chose ?

Connor lui offre un rare sourire.

– Non, on survivra sans toi.

– Peut-être Pike ?

– C'est un trop bel enfoiré. Il n'aime que son petit chiot, répond Connor en mettant un cure-dent dans sa bouche. S'il fallait qu'on prenne une troisième personne, je serais tenté de choisir Sloan. Il a l'air prudent et attentif.

L'estomac de Rylan se noue. Sloan appartient à Reese et lui, et à personne d'autre.

Attends… Quoi ? Lui et Reese ? Il est complètement taré ou quoi ?

– Il faut que je picole, grogne-t-il.

Soudain, l'attitude détendue de Connor disparaît et il s'avance sur la table pour fixer Rylan d'un air on ne peut plus sérieux.

– Bon, ça suffit. Tu fais peur à voir, mec. On attaque des Exécuteurs dans quelques jours, et il faut que tu sois concentré. Ça implique que tu dois te débarrasser de ta frustration avant qu'on parte en mission, sinon quelqu'un va être blessé.

– Je sais, râle-t-il en passant une main dans ses cheveux. Le problème, c'est qu'il n'y a qu'une personne qui me fasse bander ces jours-ci.

– Alors, recouche avec elle, répond Connor en levant les yeux au ciel.

Sa queue, qui n'avait pas bougé d'un iota quand Connor l'invitait à un plan à trois avec sa femme, est désormais au garde-à-vous. Son sang s'embrase en pensant à Reese, à sa chatte étroite, à ses ongles aiguisés sur sa peau. Même si elle ne cesse de le rejeter, il ne peut ni l'oublier ni cesser de penser à elle.

– Ça ne l'intéresse pas. Ça ne les intéresse pas.

– Peut-être qu'elle doit redemander la permission à Sloan, ricane-t-il.

– Très drôle.

– Je ne plaisante qu'à moitié. À l'évidence, il exerce une influence sur elle, alors pourquoi tu n'irais pas simplement lui parler pour… Merde, tu l'as déjà fait ? se moque-t-il en voyant la mine déconfite de Rylan. Alors, je ne sais pas quoi te dire, mec. Faut croire qu'on ne peut pas toujours avoir ce qu'on veut.

N'importe quoi. Il est hors de question qu'il baisse les bras aussi facilement. Il boit son verre d'eau cul sec, le repose avec fracas sur la table et recule sa chaise en la faisant grincer sur le carrelage.

– Où tu vas ? demande Connor en réprimant un sourire.

– T'inquiète.

Il tourne les talons et marche d'un pas déterminé vers la porte.

– Embrasse ta femme pour moi, lance-t-il par-dessus son épaule.

Il trouve Sloan dans la salle multimédia, en train de discuter avec Nash et Beckett, son expression devient instantanément lugubre lorsqu'il voit Rylan.

– Tu as une minute ?

– Bien sûr.

Il salue les deux hommes, prend son verre et fait signe à Rylan de montrer la voie. Il l'emmène dans un coin sombre de la salle et Beckett lui tend une bière sans lui demander s'il en veut une. Lorsqu'ils sont assis aussi loin que possible l'un de l'autre sur le canapé, Rylan va droit au but, pensant qu'un homme aussi terre à terre que Sloan appréciera sa franchise.

– Je suis désolé de m'être comporté comme un enfoiré, hier soir.

Sloan hausse les épaules sans un mot.

– C'est tout ? Tu ne vas pas accepter mes excuses ? Me dire que tout est cool entre nous ?

Il hausse de nouveau les épaules sans un mot.

– Écoute, je suis sûr que tu as déjà vu plein de mecs perdre la tête à cause de Reese, dit-il d'une voix stressée qu'il essaie de détendre avec une gorgée de bière. Une fois avec elle ne m'a pas suffi. Je…

Il ne termine pas sa phrase, car il n'est pas sûr de ce qu'il attend de Sloan. Est-ce qu'il veut qu'il persuade Reese de recoucher avec lui ou… est-ce qu'il veut la convaincre de coucher avec les deux hommes ?

– Je suis sûr qu'elle apprécie ta ténacité, répond-il simplement.

– Tu parles !

– Ok, j'exagère sans doute un peu, admet Sloan en souriant.

Rylan ne peut s'empêcher de rire.

– Tu adores ça en fait, hein ? Tu adores me voir lui courir après, la langue pendue et la bite à la main. La ville entière doit trouver ça hilarant.

– Je ne crois pas que quiconque soit intéressé de coucher avec Reese, à part toi.

– Et toi.

Il est hors de question que Sloan s'en sorte aussi facilement.

– Tu veux que je te dise que je suis aussi misérable que toi, c'est ça ?

Il hoche la tête, savoir que quelqu'un d'autre est aussi désespéré de ne pas pouvoir coucher avec Reese apaise un peu sa souffrance.

Sloan ricane.

– Il va nous falloir beaucoup d'alcool avant que je n'admette ça.

– Ça me va, répond Rylan en faisant signe à Beckett. Eh Beck ! Apporte du whisky, tu veux ? On a besoin de picoler. C'est Sloan qui en prend la responsabilité, ajoute-t-il en désignant le grand barbu.

Beckett rit et abrège sa conversation pour leur apporter une bouteille de whisky et deux verres.

– Tu m'as pris pour qui, ton serviteur ?

– En même temps, c'est bien toi qui nous as servis, non ?

– T'as pas tort, répond Beck en donnant la bouteille à Rylan avant de retourner à son groupe d'amis.

– Qu'est-ce que t'espères obtenir, mec ? demande Sloan en suivant des yeux la main de Rylan qui remplit leurs verres.

– Rien du tout, répond-il en lui donnant un shot. J'ai pensé que ce serait bien qu'on apprenne à se connaître. Après tout, on a déjà un énorme point commun.

– Ah ouais ? Et c'est quoi ?

– Aucun de nous ne baise.

Sa blague lui obtient le rire qu'il voulait tant et il voit les épaules de Sloan se détendre.

– Santé ! grogne-t-il en vidant son shot.

Rylan boit à son tour et remplit de nouveau leurs verres.

– Alors, tu viens d'où ?

Sloan lève les yeux au ciel.

– Je suis sérieux ! T'es né où ? Dans la cité ou en terre libre ?

– En terre libre. J'ai grandi dans un campement sur la côte.

– Tu as de la famille ?

– J'en avais. Je les ai perdus.

Quand Sloan penche la tête pour vider son verre, Rylan ne peut quitter des yeux sa pomme d'Adam. Sloan est grand et gaillard et il a plutôt mauvais caractère, mais Rylan ne peut pas nier qu'il est beau. Il a une bouche sublime. D'ailleurs il sait s'en servir, aussi…

Merde. Rylan met le souvenir du baiser de côté. Il n'est pas venu ici pour le séduire, il est venu pour le convaincre.

Cela dit, qui a dit qu'il n'était pas possible de faire les deux ?

– Qu'est-ce qui leur est arrivé ?

Le regard de Sloan se fait lointain et il se racle la gorge avant de se servir un autre shot.

– Un tremblement de terre, marmonne-t-il. Notre campement était collé aux villes inondées. Ma mère aimait la côte et l'odeur de l'océan. Mais quand il y a eu le tremblement de terre, toute la zone a été engloutie. Ça t'est déjà arrivé d'être face à un immeuble qui, une seconde plus tard, a disparu ?

Rylan secoue la tête et continue de boire.

– Ouais, moi non plus. D'une certaine façon, c'était assez beau et lugubre à la fois.

Sloan abandonne son verre et décide de boire directement à la bouteille.

– Il y avait vingt personnes dans notre campement, en comptant mes parents. Seize d'entre elles sont mortes noyées. Avec quelques autres garçons, nous avons réussi à nager jusqu'à la terre ferme.

– T'avais quel âge ?

– Huit ans.

Merde. Rylan a entendu des tonnes d'histoires déprimantes au fil des ans, des récits de violence et d'épreuves. D'ailleurs, sa propre enfance a été… quel est le mot que Sloan a employé ? Ah oui, lugubre. Son enfance a été lugubre et sombre et merdique. Mais il y a quelque chose dans l'histoire de Sloan qui le touche tout particulièrement. Sans doute est-ce l'image de ce petit garçon, nageant pour se sauver alors que tous ceux qu'il aime se noient autour de lui.

– Je suis désolé, frangin, murmure-t-il.

Sloan ricane d'une voix grave et froide.

– Le sois pas. Tu n'as pas provoqué le tremblement de terre.

– Je ne sais pas…

Il s'arrête quand il remarque que le regard de Sloan s'est voilé de nouveau. Merde. Il cherche à convaincre ce type de passer dans son camp, pas à lui saper le moral.

– Alors, quand est-ce que tu as rencontré Reese ?

– Il y a quatre… non, presque cinq ans. Je l'ai croisée sur la route.

– Elle était seule ?

– Non, elle était avec des gens, des vagabonds qu'elle avait croisés en chemin. Bethy, Arch, Nash. Cole.

– Et toi, t’étais seul ?

Sa question était censée être innocente, mais Sloan se crispe immédiatement.

– Non. Je ne l’étais pas.

Rylan s’empresse immédiatement de limiter les dégâts. Peut-être qu’en révélant ses propres secrets, Sloan se détendra de nouveau.

– Je ne l’étais pas non plus quand j’ai rencontré Conn. Pike et moi arpentions la colonie, baisant toutes les femmes qu’on trouvait en s’attirant des ennuis. Avant ça, on était dans un camp de l’armée, on formait les recrues. C’est là que je me suis fait le piercing, ajoute-t-il en souriant. D’ailleurs, je vais te donner un conseil : si jamais tu veux te faire percer le gland, assure-toi d’être saoul. Ça fait un mal de chien.

– Et les tatouages ? Ça fait mal, aussi ?

Rylan cligne des yeux, momentanément confus, jusqu’à ce qu’il se rappelle que Sloan l’a vu à poil.

– Non, l’aiguille ne m’a pas dérangée. Pour être honnête, ça m’a excité. J’aime mêler une part de douleur à mon plaisir.

– J’ai remarqué, dit Sloan d’un ton sec.

L’air s’épaissit entre les deux hommes. Il se demande si Sloan repense au moment où Rylan a demandé à Reese de le griffer plus fort, de le chevaucher plus fort. L’éclat dans le regard de Sloan lui dit que oui, c’est justement ce à quoi il pense.

Rylan prend la bouteille des mains de Sloan et avale plusieurs gorgées qui ravivent le feu qui fait rage dans son ventre. Bon sang, ça y est, il est saoul. Mais pas ivre mort. Il a encore les idées claires et peut parler sans bafouiller.

– Je suis désolé de t'avoir énervé hier soir.

– Je suis désolé de t'avoir embrassé, rétorque Sloan.

– Pas moi. Reese passe son temps à me rejeter.

Un rire échappe à Sloan, et Rylan se dit qu'il doit être saoul aussi, car il ne l'a jamais entendu rire aussi sincèrement.

– Alors quoi, je suis mieux que rien, c'est ça ?

– Non, tu es largement mieux que rien, ricane Rylan.

Le baiser de Sloan était si brûlant et si féroce qu'il lui semble que son sang n'a pas encore fini de brûler.

– Fais pas le malin, tu n'es pas si chaud que ça au pieu, non plus, se moque Sloan.

– Pff, tu parles. J'ai fait ça cinq fois, l'autre soir.

– Et alors ?

– Et alors ? J'ai fait preuve d'une endurance exceptionnelle !

– Si tu le dis.

Rylan hésite en se demandant s'il n'est pas de nouveau sur un terrain glissant. Toutefois, la question le taraude depuis plusieurs jours maintenant, et le whisky a délié sa langue.

– Pourquoi tu ne t'es pas joint à nous ? Tu avais peur de toucher ma queue ?

En parlant du loup, sa verge durcit à l'idée de sentir la main de Sloan sur elle.

– Pas particulièrement, non.

– Est-ce que les queues te dérangent ?

– Ça n'a jamais été le cas par le passé, non.

– Alors c'est moi.

– J'ai jamais dit ça.

– Je sais tailler de super-pipes, dit-il en jouant des sourcils.

– Tu parles comme un poivrot qui se vante, ricane Sloan.

– Tu as peut-être besoin que je te le prouve.

– Tu n'as pas de partenaire, remarque Sloan.

– C'est faux.

– Ah bon ? Explique-moi.

Leurs regards se croisent, et Rylan reconnaît dans celui de Sloan le même désir qu'il y voit quand il est en présence de Reese. Il sait aussi que Sloan lit le même désir dans son propre regard.

Merde. Ils sont bien engagés sur un terrain glissant, mais au lieu de faire marche arrière, Rylan se jette en avant.

– Je t'ai, toi.

CHAPITRE 12

Sloan est poussé par quelque chose de pervers, un instinct primitif auquel il n'a pas l'habitude de céder. Les gens de Foxworth comptent sur lui pour être fiable et stable. Il est le garde du corps de Reese, son tueur de l'ombre, son soutien inébranlable.

Rylan, en revanche, est naturellement de bonne humeur et il est toujours prêt à sourire. C'est ce charme qui a attiré Reese à lui contre toute logique, et Sloan est forcé d'admettre qu'il est attiré aussi.

Je t'ai, toi.

Les paroles de Rylan restent suspendues entre eux, suscitant une décharge de chaleur dans l'entrejambe de Sloan.

– Ah ouais ? dit-il d'une voix rauque.

Rylan avale lentement son whisky et le fixe longtemps dans les yeux.

– Reese n'est pas la seule à avoir besoin d'une bonne baise.

Sloan pose son verre, puis il se lève et marche vers la porte. Il y est tout juste arrivé lorsque les pas de Rylan le rattrapent et ils sortent tous deux sans un mot.

C'est une mauvaise idée. Sloan le sait. Mais il est assez saoul pour ne pas s'en soucier, et tellement excité qu'il n'a pas les idées claires.

Aucun des deux ne parle en marchant jusqu'à l'immeuble de Sloan. Le rez-de-chaussée était une supérette, à l'époque, mais les étagères ont été vidées bien avant que Reese ne s'installe là avec son peuple. L'appartement que Sloan partage avec elle est situé à l'étage.

Il ne sait pas si elle est à la maison, et il s'en fiche. Pourquoi Reese serait-elle la seule à s'amuser ?

Sa queue est dure comme fer et il voit flou. Il ouvre brusquement la porte de sa chambre et entre, et Rylan a tout juste passé le seuil qu'il le plaque contre le mur. Sa bouche s'empare de la sienne dans un baiser affamé, énervé et violent. Ça n'a rien à voir avec le toucher d'une femme. Les mains de Rylan sont aussi calleuses que les siennes sur ses hanches.

Sloan se rend compte qu'il n'a pas besoin de se retenir. Il n'a pas à se soucier d'une peau tendre et fragile. Il ne peut rien faire que Rylan ne peut faire aussi. Ils s'arrachent leurs vêtements sans penser aux boutons ni aux braguettes.

Soudain, Sloan entend un cri aigu suivi d'un juron et il rompt le baiser à temps pour voir Reese dans l'embrasure de la porte. Ses yeux sont grands ouverts et confus en regardant les deux hommes nus se peloter contre le mur.

Un rire grave et rauque lui échappe, et il lèche le cou de Rylan sans la quitter des yeux.

– Alors, tu veux bien baiser Rylan, mais pas moi, demande-t-elle à Sloan.

– C'est l'hôpital qui se fout de la charité, non ? marmonne-t-il en plaquant sa bouche dans le creux du cou de Rylan.

Les mains de l'autre descendent sur ses fesses et il les serre assez fort pour le faire gémir.

– Tu as eu ta chance, ma belle, dit-il d'une voix éraillée.

– Vous êtes saouls, accuse-t-elle.

– Pas même un peu, ment Sloan en frottant son bassin contre celui de Rylan.

Leurs érections se massent l'une l'autre et il manque jouir sur-le-champ.

– N'importe quoi. Ton regard est vitreux.

Rylan lui lance un sourire machiavélique.

– Soit tu pars, soit tu t'assois en silence. Tu nous distrais avec tous tes bla-bla.

Elle le fusille du regard, mais les deux hommes ne lui prêtent plus aucune attention et Sloan replonge sa langue dans la bouche de Rylan. Leurs mains se promènent frénétiquement sur le corps de l'autre. Ils ne se battent pas pour savoir qui sera le dominant, mais plutôt contre un besoin intense de jouir que Sloan a senti venir depuis leur baiser d'hier.

Rylan frotte son corps contre le sien tandis qu'ils tombent sur le matelas. Pour la première fois, alors que le corps musclé d'un autre homme est pressé contre le sien, alors que des jambes poilues se glissent entre les siennes, il n'est pas sûr de la direction à prendre. Embrasser Rylan est bien mignon, mais ce n'est qu'un encas alors que Sloan a besoin d'un véritable repas.

Après des années de retenue, il ne sait pas par quoi commencer. Doit-il prendre Rylan dans sa bouche ? Préfère-t-il que sa queue soit entre les lèvres de Rylan ? Ou entre ses fesses fermes ?

Son ami prend la décision à sa place en glissant le long de son corps pour s'agenouiller au pied du lit.

– Tu devrais t'asseoir là-bas, dit Rylan en désignant la chaise près du lit. Tu auras une meilleure vue.

Reese s'y assoit sans un mot. Sloan n'est pas surpris qu'elle reste. Ce genre de comportement animal l'attire, cette imprudence sauvage qu'elle s'efforce de réprimer en elle.

Il plonge son regard dans le sien tandis qu'elle croise les jambes, il regrette qu'elle ne se soit pas assise sur son visage. Ç'aurait été parfait, la chaleur mouillée de Reese sur sa langue pendant que Rylan le sucerait jusqu'à l'orgasme. Mon Dieu, il durcit de plus belle en y pensant.

Rylan sourit en prenant sa longue verge dans ses mains et pointe la flèche épaisse et pulsante droit sur sa bouche. Il lui suffit de sentir son souffle chaud pour s'agripper aux draps, et une tension lourde et palpable les enveloppe tandis qu'il attend le prochain geste de son partenaire. Ce dernier empoigne sa verge et la branle sans la lubrifier.

– Tu sais ce que tu fais ? grogne-t-il en serrant les dents.

– Mieux que toi, je parie, répond Rylan en souriant.

– J'en doute.

Sloan a toujours été difficile dans le choix de ses partenaires, mais il y a bien eu un ou deux hommes ici ou là. Il a tendance à préférer les femmes, mais ce soir, il a besoin de ça, de la bouche chaude et virile qui se referme sur sa queue et l'avale presque entièrement.

Chez les femmes, tout est doux et petit, et Rylan n'est ni l'un ni l'autre. Au contraire, il est dur et musclé. Son dos et ses épaules sont clairement définis, se contractant lorsqu'il se penche sur le corps de Sloan. Les femmes aiment sans doute ses cheveux blonds et son sourire ravageur. Sloan aime sa force, ses gestes déterminés et expérimentés.

L'action de sa bouche envoie une décharge électrique dans le corps de Sloan, jusque dans ses orteils, mais il n'est pas prêt. Pas encore. Il veut faire durer le plaisir, parce qu'il n'a pas besoin de se retenir. Il n'a pas à s'inquiéter de faire la mauvaise chose au mauvais moment et avec trop de force.

Il se redresse sur les coudes et saisit la nuque de Rylan, qui recule la tête autant que possible.

– T’envisages de me remplacer par Reese ?

La voix de Rylan est suave après avoir pris la queue de Sloan dans sa gorge. Reese parlait comme ça aussi, le lendemain de sa nuit avec Rylan. Et le sexe de Sloan avait été douloureux pendant toute une semaine.

Toutefois, ce que dit Rylan ne lui a même pas traversé l’esprit. Il baisse les yeux sur la main calleuse qui le tient, puis les plonge dans ceux de Rylan.

– La dernière chose dont j’ai envie, c’est de te remplacer par Reese.

Rylan crache dans sa main et le caresse de nouveau, refermant sa main lorsqu’il arrive au gland avant de l’abaisser brusquement jusqu’à la base.

– Ah bon ? répond Rylan avec un sourire lourd de sous-entendus. Dans ce cas, tu penses à bouffer Reese pendant qu’elle s’assoit sur ta tronche.

La queue de Sloan le trahit en tressaillant.

Un cri étouffé provient de Reese, mais il s’interdit de la regarder. C’est une chose de l’imaginer se désaper, lancer une jambe par-dessus sa tête et placer ses genoux de chaque côté de ses oreilles. C’est une chose de rêver de ses jolies lèvres roses luisantes de désir et de l’entendre gémir son nom en se frottant à son visage. Mais c’en est une autre d’espérer que cela se produise vraiment.

– Non, ça va, murmure-t-il.

L’expression de Rylan devient purement diabolique et il continue de raconter son petit scénario.

– J'aime ton idée de la bouffer pendant que je te suce, mais je crois qu'on préférerait tous qu'on la pénètre tous les deux, non ? Tu choisirais sa chatte ou ses fesses ?

Les imaginer se mouvoir tous les trois les uns contre les autres, trempés de sueur, le rend dingue. Assez parlé. Il resserre sa poigne sur la nuque de Rylan et l'oblige à se baisser. Ses lèvres chaudes le reprennent et ses dents le raclent délicatement. Il soulève son bassin et force sur ses cuisses pour s'enfoncer dans la gorge de Rylan.

Un petit gémissement échappe à Reese.

Rylan accepte facilement chaque va-et-vient de son bassin. Il creuse ses joues et gonfle sa gorge, palpant les testicules de Sloan, conscient de la pression qu'il peut exercer dessus et quand il doit s'arrêter.

Sloan n'en peut bientôt plus. Il n'est plus conscient que de la bouche de Rylan, et il ferme les yeux lorsque son orgasme jaillit à la surface. Il recule le bassin, mais Rylan le suit, avalant sa semence jusqu'à ce que Sloan soit entièrement vidé.

– Putain, chuchote Reese.

Il tourne la tête sur le côté et voit son regard de braise.

Rylan se lève, les joues rouges et les lèvres enflées. Il s'essuie la bouche du revers de la main, étalant le sperme de Sloan sur sa joue, gloussant en entendant la surprise de Reese.

– Alors, tu as fini de lutter ? demande-t-il en avançant sur elle comme un rapace.

Elle ne bouge pas, épinglée à sa chaise par le désir de Rylan ou le sien, ou les deux. Elle ouvre la bouche, mais, quoi qu'elle se soit apprêtée à dire, sa réponse est interrompue par des coups à la porte.

Sloan se dépêche de se lever. La personne qui se trouve derrière cette porte a forcément entendu leurs grognements, donc elle doit avoir de bonnes raisons de les interrompre.

– Qu'est-ce qu'il y a ? aboie-t-il.

– Désolé, mec, répond Nash. On a un tuyau cassé au restaurant. On a essayé de le réparer, mais il n'arrête pas de fuir.

Sloan réprime son irritation, mais peut-être est-ce pour le mieux. Son cœur bat encore la chamade et tous ses muscles sont crispés. Par ailleurs, il est déjà en train de bander en dépit de l'orgasme énorme qui vient de lui faire perdre la tête.

Il a encore besoin de jouir.

Mais… s'il reste là, s'il jouit encore… il y a une chance que ce soit avec Reese.

Il se racle la gorge avant de répondre à Nash.

– J'arrive tout de suite.

En silence, Reese regarde Sloan ramasser ses vêtements. Ses yeux se posent sur ses fesses nues, fermes et parfaites, et qu'elle meurt d'envie de toucher. Elle a déjà vu Sloan à poil des tonnes de fois. La pudeur n'existe pas en terre libre, parfois on n'a d'autre choix que de se déshabiller devant un autre Insurgé, surtout quand on voyage et qu'il n'y a pas moyen de se cacher.

Donc oui, elle a déjà vu Sloan à poil. Elle a déjà admiré ses longues jambes puissantes et ses bras sculptés, son torse anguleux et ses larges épaules. Quant à son cul… mon Dieu, quel cul.

Cependant, c'est la première fois qu'elle le voit nu dans un contexte sexuel. La première fois qu'elle le voit jouir. Un frisson parcourt son échine. Elle vient de le voir jouir dans la bouche d'un autre, et elle n'a jamais été aussi excitée.

– Sloan, dit Rylan d'une voix rauque.

– Je dois y aller, rétorque-t-il en sortant et en refermant la porte derrière lui.

Après quelques secondes, Rylan dirige son regard frustré sur Reese.

– Tu vas partir aussi, je suppose ?

Elle secoue lentement la tête et il fronce les sourcils. Il étudie son visage pendant ce qui lui semble durer des heures, et Reese voit le moment où il comprend enfin.

– Putain, grogne-t-il en riant. Ce n'est pas que lui, alors.

– Je ne comprends pas.

Il s'assoit sur le lit de Sloan, parfaitement à l'aise avec sa nudité et l'érection qui pointe vers son nombril.

– Je croyais que le problème était à sens unique, dit-il lentement. Je croyais que c'était *son* problème.

Qu'il avait envie de toi et qu'il en devenait dingue parce qu'il ne pouvait pas t'avoir. Je supposais que tu lui avais mis un vent. Mais j'ai tort, n'est-ce pas ? Tu as autant envie de lui que lui de toi.

Elle essaie de lui mentir, mais sa bouche refuse de s'ouvrir et elle avale sa salive.

– Pourquoi tu ne veux pas coucher avec lui, ma belle ? demande Rylan, perplexe. Pourquoi est-ce qu'il ne te touche pas ?

Parce que…

Elle déglutit de nouveau, plus fort, cette fois.

Parce que…

Bon sang, non. Elle ne veut pas réfléchir à la réponse. Elle ne veut pas rouvrir ces vieilles blessures qui…

Parce que Jake nous l'interdit.

Merde, merde. La voilà, la triste vérité que ni elle ni Sloan n'ont jamais prononcée à voix haute.

Elle n'a admis son attirance pour Sloan qu'une seule fois, il y a quatre ans, quand elle était dans son lit avec Jake, après une folle partie de jambes en l'air. D'une voix basse et menaçante, Jake lui avait avoué que Sloan avait envie d'elle, puis lui avait demandé si elle ressentait la même chose.

Reese avait répondu que oui. Et ce soir-là, elle avait découvert que Jake n'aimait pas partager.

Il avait complètement craqué. Il avait hurlé que tant qu'il serait en vie, aucun homme ne poserait la main sur elle. Son regard était sauvage et sa queue dure comme fer quand il lui avait démontré qu'elle n'aurait jamais besoin que de lui, qu'il était le seul homme à pouvoir la satisfaire.

Aussi pervers que ç'ait été, sa réaction possessive et animale l'avait excitée. Tout chez Jake l'excitait. Après qu'il l'avait prise, cette nuit-là, il lui avait fait promettre qu'elle ne toucherait jamais Sloan.

Et même si Jake est mort depuis trois ans, c'est une promesse que Reese continue de tenir, même si c'est pour une tout autre raison, maintenant.

– Tu sais quoi ? Peu importe la raison, dit Rylan d'une voix douce. Viens ici, bébé. Je vais te donner toutes les réponses dont tu as besoin.

Ses yeux bleus s'adoucissent lorsqu'il lui tend la main, et Reese se demande ce qu'il a vu dans son visage pour s'attendrir ainsi. De la culpabilité ? De la peur ? Des regrets ? Quoi qu'il en soit, elle n'aime pas l'idée que Rylan ait eu un aperçu de ce qu'elle cache derrière son masque.

– Les réponses dont j'ai besoin… ? répète-t-elle d'une voix inquiète.

Que veut-il dire par là ? C'est lui qui pose toutes ces questions, rouvrant des blessures qui ne le regardent absolument pas.

Malgré son irritation, sa confusion et sa réticence, elle se surprend à se lever de la chaise et à s'approcher du lit. Elle s'arrête lorsqu'ils sont à trente centimètres l'un de l'autre.

Alors, il saisit le bas de sa chemise de nuit et la tire vers lui. Il remonte lentement le tissu fin sur sa taille, mais il ne s'arrête pas là.

– Enlève ça, chuchote-t-il lorsque la nuisette se coince sous ses seins.

Elle lui obéit instinctivement, passant la chemise par-dessus sa tête et la laissant tomber sur le parquet. Elle aime un homme autoritaire dans sa chambre, parce que c'est elle qui dirige tous les autres aspects de sa vie. Elle est soulagée de ne pas avoir à prendre de décision lorsqu'il s'agit de sexe.

Elle ne porte pas de sous-vêtements, et Rylan pose immédiatement une main entre ses jambes, effleurant son clitoris avec ses phalanges.

Sa respiration accélère tandis qu'elle repense à l'énorme verge de Sloan s'enfonçant dans la bouche de Rylan, à la façon de ce dernier de creuser ses joues pour le prendre aussi loin que possible dans sa gorge. Elle repense aux grognements rauques de Sloan quand il s'est déversé dans la bouche de Rylan… et aux gémissements de Rylan lorsqu'il a avalé toute sa semence.

– Je vais te donner tes réponses, répète-t-il.

Il saisit son jean, met sa main dans la poche arrière et la ressort avec une capote, qu'il ne perd pas de temps à dérouler sur son énorme érection.

– Tu veux savoir comment sont ses lèvres, n'est-ce pas ? demande-t-il.

Il l'attire sur ses genoux de sorte qu'elle chevauche ses cuisses musclées. Son érection frotte son sexe pulsant et lorsqu'un sifflement lui échappe, il saisit ses fesses et la rapproche encore de lui. Malgré le préservatif, elle sent le piercing argenté au sommet de sa verge caresser son clitoris chaque fois qu'il avance et recule son bassin.

– Ses lèvres sont fermes, chuchote Rylan avant d'approcher sa bouche de son cou pour en sucer la peau fine. Elles sont dures et chaudes.

Il embrasse délicatement sa mâchoire avant de remonter jusqu'à son oreille, et elle frissonne lorsqu'il capture son lobe entre ses lèvres.

– Tu veux savoir comment sont ses mains ? demande-t-il en levant la tête pour étudier sa réaction.

Reese se surprend à hocher la tête sans le vouloir.

– Ses mains sont râpeuses, répond-il en posant les siennes sur ses seins. Elles sont dominatrices.

Il serre un globe assez fort pour lui arracher un petit cri, et sa peau rêche érafle ses tétons ultrasensibles.

– Mais peut-être qu'avec toi, ces mains pourraient être tendres.

Rylan desserre aussitôt son étreinte et ses doigts effleurent ses tétons de façon infiniment légère. Reese gémit, mais elle ne sait même plus ce qui l'excite, les mains de Rylan ou la description de celles de Sloan.

– Tu veux savoir comment est sa queue ?

Elle hoche de nouveau la tête en silence, et elle n'a même pas cligné des yeux que Rylan la soulève, aligne son érection sous elle et l'empale dessus.

Reese pousse un cri aigu, mais ce n'est pas un cri de douleur. Elle est trempée et tellement excitée que Rylan la pénètre facilement. Sa verge épaisse la comble et son piercing frappe ce point si sensible en elle, c'est aussi bon que dans ses souvenirs. Elle se frotte lentement à lui et les yeux de Rylan se voilent momentanément avant de redevenir perçants.

– On en était où ? Ah oui. La queue de Sloan.

Il saisit ses hanches pour l'immobiliser, mais il dessine des cercles avec les siennes qui lui font recroqueviller les orteils et font trembler ses genoux.

– Elle est dure comme fer, lui dit-il. Épaisse. Elle se met à pulser quand elle touche ta langue. Elle a un goût…

Il s'arrête un instant, un sourire machiavélique s'étend sur ses lèvres.

– Tiens. Tu n'as qu'à le découvrir par toi-même.

Soudain il l'embrasse, longuement, langoureusement, et bon sang, elle le sent vraiment. Sa chatte se contracte douloureusement et son clitoris hurle d'excitation en goûtant l'essence salée de Sloan sur la langue de Rylan. C'est la chose la plus excitante qu'elle ait jamais connue, et il lui semble une seconde qu'elle goûte réellement Sloan. Pas à travers Rylan, mais directement à la source. C'est à la fois exaltant et terrifiant, et elle se met à le chevaucher plus vite et plus fort.

Il la prend dans ses bras et promène ses mains sur son dos trempé.

– Bon sang, chuchote-t-il, tu es tellement étroite.

Elle s'enfonce sur lui, pousse son torse pour qu'il s'allonge sur le lit et le chevauche plus vite encore. Elle se cambre lorsqu'une vague de plaisir déferle en elle pour se précipiter dans ses orteils, ses doigts, son clito et ses tétons. C'est si bon qu'elle peine à respirer.

Rylan la regarde derrière des yeux scintillants.

– Si tu imagines que c'est lui que tu chevauches, alors arrête, ordonne-t-il.

Son ton autoritaire la prend par surprise. Reese ne sait si elle doit s'excuser, mais en vérité, elle ne croit pas s'imaginer avec Sloan. Elle sent sa présence dans cette pièce, avec eux, mais il ne remplace pas Rylan. Il est avec eux.

Ses doutes disparaissent quand Rylan sourit.

– Tu peux imaginer qu'il est là, bébé, du moment que tu te souviens que je suis là aussi. On est tous les deux là. Ma queue est en toi, Reese. Sa place est en toi. On n'a qu'à donner ton cul à Sloan, qu'en penses-tu ? Continue de me chevaucher et imagine que Sloan est derrière toi, en train de te prendre entre les fesses.

Un gémissement lui échappe.

– Ça te plaît ? demande-t-il en ricanant.

Elle n'a plus la force de répondre ni même de bouger. Elle se laisse tomber sur le torse de Rylan et il prend le relais, soulevant son bassin pour s'enfoncer en elle, encore et encore, frappant ce point sensible, lui arrachant un gémissement après l'autre. Une de ses mains est sur son dos, l'autre tire fort ses cheveux, et c'est précisément ce dont elle a besoin, de cet éclat de douleur.

Dans sa vie à lui, il n'y a jamais eu de plaisir sans douleur.

Son orgasme s'abat violemment sur elle et Rylan mord fort son épaule, la tourmentant assez pour prolonger sa jouissance. Elle est allongée sur lui, tremblante, gémissante et en sueur, et il la tient contre lui pendant tout l'orgasme, sans jamais ralentir ses va-et-vient.

– Je jouis, grogne-t-il avec un dernier coup de bassin qui le fait trembler à son tour sous elle.

Reese ouvre les yeux pour le regarder. Ses joues sont rouges, ses lèvres sont entrouvertes, et les muscles de son visage sont tendus tandis qu'il jouit en grognant. Elle l'embrasse de nouveau, et cette fois c'est pour le goûter lui, et non Sloan. Pour goûter sa faim, son désir, son imprudence.

Elle ferme de nouveau les yeux et savoure la magie qu'ils ont créée tous les trois, même si cette magie n'a existé que dans sa tête.

CHAPITRE 13

Sloan avait raison à propos d'une chose : le sexe l'a détendue. Occupée à étudier des cartes avec les autres chefs, Reese est reconnaissante d'avoir soulagé une partie de la tension qui l'accaparait, hier, sinon elle aurait sans doute étranglé quelqu'un. Après être tombés d'accord, durant la dernière réunion, pour dire qu'ils allaient attaquer les avant-postes, ils se chamaillent comme des enfants pour savoir qui va frapper quoi.

– On a quatorze hommes, dit Mick. On peut prendre les postes les plus au nord ainsi qu'un sur la côte. Tu ne pourras jamais en faire autant, Brynn.

– J'ai plus d'hommes que toi et je connais mieux la région. En plus, j'ai des contacts dans tous les camps le long de la côte. C'est plus logique qu'on s'en charge, répond-elle d'une voix exaspérée.

Garrett est assis, silencieux, occupé à aiguiser son poignard sur une pierre. Chez un autre, cela passerait pour une posture stupide mais, couplé à l'expression lugubre de Garrett, le geste fait savoir à Reese qu'il est temps de passer à autre chose.

Elle prend les balles peintes en bleu que Sloan lui a données avant la réunion et elle en pose deux sur la carte.

– D'après nos informations, il n'y a que deux avant-postes dans le nord-est. Le Conseil garde un escadron d'environ deux cents soldats dans la cité, et avec leurs murs épais, ils n'ont pas ressenti le besoin de renforcer les postes éloignés. Mick, je sais que t'es parfaitement capable de t'attaquer aux postes de la côte, mais ceux-là sont à deux pas de chez toi.

Elle retient son souffle en attendant la réponse de Mick. Il est encore persuadé qu'ils devraient prendre toute leur artillerie et se concentrer sur la cité. Toutefois, le groupe a voté en faveur de l'idée de Reese, qui a passé un an à identifier les avant-postes, à traquer les Exécuteurs qui se relaient dans les tours de guet et à compter les soldats et leurs armes. Il leur faudra encore un an pour attaquer le Conseil, et ça n'intéresse personne.

Le silence perdure, et Sloan remue derrière elle, mal à l'aise. Le regard de Mick se pose sur lui, puis sur Reese.

– Ouais, on s'en charge.

– Contente que tu sois avec nous, répond-elle sèchement avant de poursuivre comme s'il n'y avait jamais eu d'hésitation. Si vous y allez avant la relève de la dernière garde de nuit, vous pourrez entrer et sortir sans que la cité ne soit alertée. Les Exécuteurs seront fatigués et prêts à déguerpir.

Elle désigne ensuite le block à l'est de la cité.

– Brynn, tu t'occupes de la côte. Trois troupes y sont stationnées.

Reese dépose des balles rouges sur quatre points le long de la côte.

– Il y a celle-ci au nord-est, puis deux dans la baie, et encore une plus au sud. Tu vas devoir séparer ton équipe. Je t'envoie encore deux hommes de Foxworth en plus des dix qu'on t'a déjà attitrés.

– Je diviserai le groupe en équipe de dix. On devrait pouvoir descendre chaque tour de guet sans trop de problèmes.

– Ça me laisse le sud, alors, dit Garrett d'une voix calme.

Le bruit régulier de sa lame contre la pierre cesse tandis qu'il s'empare des balles vertes. Il les aligne dans le sud, presque le long de la vieille frontière que Reese avait vue sur des cartes avant-guerre.

Il les met exactement à l'endroit où Reese les aurait situées. Apparemment, Garrett a fait ses propres recherches.

Elle réprime son irritation à l'idée qu'il ait mené des activités en secret, car elle ne révèle pas non plus toutes ses informations aux chefs.

– Tu as de bonnes infos, Garrett, dit-elle.

– On n'en a jamais assez, admet-il. Mais je t'ai dit tout ce que je savais. Ne t'en fais pas, je ne suis pas assez bête pour te cacher quoi que ce soit.

Reese ne le contredit pas. À ce stade, si elle ne lui fait pas confiance, ils sont tous cuits.

– Ça laisse huit troupes à l'ouest. Connor et toi ne pourrez jamais vous en charger seuls, proteste Mick.

– Sept. À ce stade, on ne va pas s'occuper de celle-ci, dit-elle en tapotant le coin le plus au sud-ouest de la carte. C'est une tour de guet sans munitions, on n'a rien à gagner à l'attaquer, pour l'instant. On s'en occupera une fois qu'on aura décimé les avant-postes les plus importants.

– Très bien, sept alors. Mais c'est quand même trop pour Conn et toi.

– Tu es un expert sur ce que je peux accomplir ou pas ? dit Connor en haussant un sourcil.

– Ces postes ne vont pas être un problème, dit Reese à Mick. Ils sont tous fortifiés de la même façon. Des mines terrestres sont disposées pour former un carré à trois cents mètres de la tour, et le mur est exactement comme celui du dépôt d'armement qu'on a attaqué l'autre jour. Le Conseil n'est pas très inventif.

Certes, en prêtant vingt-deux hommes et femmes à Brynn et Mick, l'escadron de Reese se trouve amoindri, mais les hommes de Conn peuvent sans doute dégommer la moitié des cibles à eux seuls, et Reese a choisi elle-même son équipe.

Toutefois, aussi confiante qu'elle soit quant à leur capacité à gérer la situation, la tension dans ses épaules refuse de s'alléger. Ça n'a rien à voir avec le nombre d'ennemis auxquels elle va devoir faire face, cependant, mais avec l'ami qu'elle va devoir affronter à la fin de cette réunion. Étant une poule mouillée, elle a repoussé le moment où elle dirait à Sloan qui sera dans l'équipe de Foxworth.

– Le Conseil compte sur des systèmes de défense passifs pour ces avant-postes, ajoute Connor quand Mick se prépare à les contredire de nouveau. La plupart ne sont guère plus que des tours de guet utilisées pour relayer des signaux et servir d'endroit où dormir aux Exécuteurs.

– Combien y a-t-il d'homme par avant-poste ? demande Brynn.

– Entre cinq et dix, répond Reese en déposant des grains de maïs à côté des balles colorées. Peut-être plus si une rafle passe par là, mais le Conseil préfère garder la majorité de ses troupes près du QG.

– Et vos informations, elles sont fiables ?

Mick essaie de soulever des problèmes partout où il le peut, mais ça ne dérange pas Reese. Elle préfère passer la journée à se disputer avec Mick plutôt que d'affronter la bataille qui l'attend avec Sloan.

– On les vérifie régulièrement.

– Donc, elle date de votre dernière mission d'espionnage.

– Bien évidemment, on peut renvoyer des hommes pour surveiller les postes, et le temps qu'ils reviennent, le CM aura pu modifier leurs positions. On n'a aucune garantie, mais on a fait du mieux qu'on pouvait.

Ils attendent tous que Mick se rebiffe de nouveau, et quand il ne répond rien, Reese décide de mettre fin à la réunion.

– Brynn et Garrett devraient partir d'abord, parce qu'ils ont la plus longue distance à parcourir. On ne veut pas que tout le monde arrive au campement de Connor en même temps, donc espacez vos visites. Conn et ses hommes vous donneront les armes et les munitions dont vous aurez besoin pour vos attaques.

– C'est-à-dire ? demande Mick en se frottant les mains, clairement excité à l'idée de passer à l'attaque, ou peut-être d'avoir de nouveaux joujoux.

– Assez pour faire sauter vingt avant-postes, mais on espère que vous n'aurez pas besoin de tout utiliser. Tout ce qu'il restera sera stocké jusqu'à ce qu'on soit prêts à frapper la cité.

Brynn et Garrett parlent brièvement de leurs plans respectifs et quand Garrett range son poignard, Reese sait que la réunion est terminée. La partie la plus facile est derrière elle.

– Embrassez ceux que vous aimez et couchez avec vos amants. La mission est on ne peut plus risquée, je ne vais pas prétendre que nous rentrerons tous à la maison.

– Tes discours sont toujours aussi encourageants, ricane Brynn.

Elle sourit, prend rapidement la jeune femme dans ses bras et serre la main de Mick. Garrett vient à ses côtés, la serre contre lui et chuchote dans son oreille.

– C'est la bonne chose à faire.

Reese s'accroche à lui plus longtemps qu'elle ne l'avait prévu avant de reculer. Les trois chefs de camp sortent de chez elle pour se procurer à boire et manger, Brynn ayant prévu de partir aujourd'hui même.

– Connor, attends une minute, dit Reese avant qu'il ne puisse partir.

Sloan s'est positionné près de la porte, à l'affût d'une menace inexistante, mais elle sait qu'il entend tout ce qu'elle dit.

– Qu'est-ce qu'il y a ?

– J'aimerais prendre Rylan avec moi.

Sloan tourne la tête si vite qu'elle pourrait jurer qu'elle sent une brise sur son visage. Elle l'ignore et se concentre sur Connor, qui semble confus.

– Pourquoi ?

– À nous deux, on doit attaquer sept postes. Je peux en prendre trois, et toi aussi. Je vais mener une des équipes et confier les deux autres à Nash et Beckett. J'aimerais que Rylan se charge du septième poste.

Derrière eux, Sloan pousse un grognement de protestation, mais Reese s'interdit d'y prêter attention. Elle savait qu'il n'allait pas être d'accord, mais elle refuse de se disputer avec lui devant Connor.

– Ok, si c'est ce que tu veux, répond Connor après avoir réfléchi quelques secondes.

– Ça l'est.

– J'espère que tu sais ce que tu fais, répond-il en chuchotant quelque chose à l'oreille de Sloan.

Est-ce qu'il invite Sloan dans son équipe ? C'est hors de question.

Reese ne lui laisse pas le temps d'intervenir.

– Sloan reste ici, gronde-t-elle.

Les deux hommes sursautent, surpris par le ton de sa voix.

– Sloan va rester à Foxworth, répète-t-elle en fermant les poings.

– De quoi tu parles, Reese ? rugit Sloan, oubliant que Connor est encore là.

– J'ai besoin que tu restes ici, répond-elle.

Elle s'oblige à affronter son visage vexé, qui est mille fois pire que toute la colère qu'il pourrait lui cracher à la figure.

– Pour faire quoi ? Tricoter des chaussons pour le bébé de Bethany ?

Sloan n'oserait jamais la critiquer devant qui que ce soit, et le fait qu'il lui réponde ainsi montre combien il est blessé. Ils s'efforcent toujours d'avoir l'air unis, en public. En privé, il n'hésite pas à lui dire que ses décisions sont stupides, mais jamais en public.

– Je vais y aller, dit Connor.

Ni elle ni Sloan ne font attention à lui et elle remarque à peine le bruit de la porte qui se referme sur lui.

– C'est le meilleur moyen d'utiliser nos ressources limitées, dit-elle, s'apprêtant à réciter la liste d'excuses qu'elle a dressée ce matin.

– Tu prends Rylan à Conn, diminuant son équipe, alors que je suis là ? Est-ce que sans le savoir je me serais cassé le doigt avec lequel j'appuie sur la gâchette ? rétorque-t-il.

– C'est notre ville. Il faut que quelqu'un reste ici pour la protéger.

– N'importe quoi. Il y a des tonnes de gens que tu pourrais laisser ici pour ça : Nash, Travis, Jordan, Vaughn, répond-il. Tu pourrais même laisser Randy en charge.

– Ouais, c'est ça. Randy est un ado de seize ans qui a tué son premier Exécuteur il y a deux mois à peine.

– Mais ils ne sont pas toi.

Bon sang, il ne comprend pas pourquoi il est crucial qu'il reste ici ?

Sloan marche vers elle et ne s'arrête que lorsque son visage est à quelques centimètres du sien.

– Tu ne vas nulle part sans moi.

Sa gorge se noue tandis qu'elle s'oblige à répondre.

– Tu ne me dis pas ce que je peux ou peux pas faire, Sloan.

– C'est à cause de Rylan, n'est-ce pas ? Tu as recouché avec lui et maintenant tu ne supportes pas d'être séparée de lui ?

– Tu crois vraiment que je prends les décisions avec ma chatte ? Tu réalises combien c'est insultant ? s'exclame-t-elle, indignée.

Sloan est si furieux qu'elle voit une veine pulser sur sa tempe. Il dégage tant de véhémence que le sang de Reese s'embrase. Elle rêve qu'il l'empoigne, arrache ses vêtements et plonge en elle avec la même violence jusqu'à ce que tout son corps soit anesthésié.

Son désir menace de prendre le dessus sur son cerveau, effaçant les excuses qu'elle avait trouvées ce matin.

– Cette ville est notre cœur. Si quoi que ce soit lui arrive, tous nos projets auront été vains.

– Je suis d'accord avec toi.

Il se rapproche encore d'elle, et elle recule jusqu'à être adossée contre le mur et n'avoir nulle part où aller. Jusqu'à ce qu'elle n'ait rien d'autre à regarder que son torse haletant et son visage mécontent.

– Il y a au moins quinze hommes et femmes qui sont largement capables de protéger la ville, grogne-t-il. Tu as besoin de moi sur le terrain.

Non. Elle n'a besoin de rien. Elle veut. Elle veut qu'il soit avec elle sur le terrain. Elle le veut dans son lit. Elle a tant envie de lui que ça la démange. Le sexe avec Rylan lui a retourné la tête. Elle n'a jamais eu d'orgasme aussi intense, et elle s'est contentée d'imaginer que Sloan était là. Ce matin, elle s'est réveillée en nage après avoir fait le rêve le plus érotique de sa vie avec Sloan, Rylan et elle, entremêlés dans des positions qu'elle croit impossibles. Quand elle s'est levée, elle s'est surprise à s'arrêter devant la porte de Sloan et elle était à deux doigts de frapper. Mais pour faire quoi ? Se jeter dans son lit, prendre sa queue dans sa bouche et le supplier de baiser sa tronche comme il l'a fait avec Rylan ?

Et ensuite ? Reese sait qu'elle est parfois égoïste, mais elle essaie de se corriger.

Elle refuse de tuer un autre homme aussi bien que lui.

– Quand tu es arrivé ici, tu as juré de ne jamais remettre en question mon autorité. Je vous ai accueillis, Jake et toi, parce que vous me l'avez promis.

Sloan grimace en entendant le nom de Jake associé au sien. Elle sait ce qu'il pense, qu'elle ne pourra jamais les séparer dans son esprit. Il croit que les péchés de Jake n'ont pas été enterrés avec lui mais qu'ils planent encore entre eux, sur les épaules de Sloan.

– Tu dis n'importe quoi. Tu nous as accueillis parce que tu voulais te taper Jake.

Elle recule comme s'il l'avait giflée. Ce n'est pas vrai du tout. Ils lui avaient tous les deux plu, mais c'est Jake qui a fait le premier pas. Elle n'avait même pas réalisé que Sloan était attiré par elle jusqu'à ce qu'il ne soit trop tard. Beaucoup, beaucoup trop tard.

– Reparle-moi encore comme ça, et tu pourras faire tes valises, gronde-t-elle.

– Ah bon ? Alors, je suppose que ce n'est pas grave si je fais ça.

Il saisit son visage dans ses mains et s'empare violemment de sa bouche.

CHAPITRE 14

Ce n'est pas le baiser d'un amant. Ce n'est ni doux, ni tendre, ni romantique. C'est une attaque féroce menée par l'animal sauvage que Sloan garde en cage. Celui qu'elle a vu avec Rylan. Celui qui fait les cent pas à la frontière de son contrôle.

Il l'oblige à ouvrir la bouche et la dévore avec sa langue. Elle reste immobile un moment, choquée par le pouvoir du baiser, puis toutes ses inhibitions disparaissent avec la chaleur et la pression du désir de Sloan. Un gémissement lui échappe et elle plante ses ongles dans son épaule pour grimper sur lui et entourer sa taille avec ses jambes.

Sloan plaque leurs torses contre le mur et empoigne sa mâchoire pour tourner sa tête sur le côté et approfondir encore le baiser. Elle enfonce les talons de ses bottes dans le bas de son dos pour frotter son bassin contre lui, et ses ongles griffent son cou et son crâne, le marquant par tous les moyens possibles.

– Putain, grogne-t-il dans sa bouche.

Il saisit alors ses fesses et la tient en place pour frotter son bassin contre le sien, lui faire sentir son érection dure comme fer.

Elle a toujours eu peur de le perdre. Elle a toujours compté sur sa retenue quand la sienne lui faisait défaut. Or, il a perdu tout contrôle et, pour survivre à ce qui leur arrive, elle va devoir trouver la force d'y mettre fin.

Cependant, tout semblant de raison est pulvérisé à chaque coup de langue, à chaque pulsation de sa verge contre son sexe. L'attraction fervente qui frémit entre eux depuis si longtemps jaillit à la surface, et elle les dévorera si l'un d'entre eux ne met pas les freins.

Comme toujours, c'est Sloan qui trouve la force nécessaire. Ses lèvres ralentissent et la main sur ses fesses disparaît. Il rompt le baiser et appuie son front sur le sien, pantelant comme un cheval de course. Le cœur de Reese bat à tout rompre dans sa poitrine. Sloan finit par se redresser et fait un pas en arrière.

La sensation de manque est si vive qu'elle est à deux doigts de le saisir pour le ramener contre elle. Toutefois, s'il peut se maîtriser, elle le doit aussi.

– Vas-y et sois prudente, dit-il d'une voix rauque.

– Toujours, chuchote-t-elle.

Il passe une main tremblante dans ses cheveux et tourne les talons. Lorsqu'il ouvre la porte, Rylan se trouve derrière, la main levée et un sourire aux lèvres. Il lui suffit de voir le visage colérique de Sloan pour que son sourire disparaisse aussitôt.

– J'ai interrompu quelque chose ?

Sloan ne tourne pas la tête vers Reese, mais elle ne manque pas la façon dont ses épaules s'affaissent et elle réalise qu'il pense qu'elle le remplace.

Mais pourquoi ? Pourquoi maintenant ? Sloan s'est toujours fiché de savoir avec qui elle couchait, par le passé. Il a toujours su qu'elle comptait plus sur lui que sur quiconque, or ses épaules voûtées révèlent sa peur. Sa peur d'être remplacé par l'homme dans son lit.

Elle ne sait si elle doit corriger ce qu'il pense. Si elle le fait, elle risque de répéter ce qui vient de se passer. Sloan est son cœur, encore plus que cette ville, et elle refuse de laisser ses envies égoïstes lui coûter l'unique et dernière chose à laquelle elle tient.

Ainsi, elle se lèche les lèvres et répond à la question de Rylan.

– Non, Rylan, j'ai besoin de toi.

Ses paroles ont l'effet d'une balle dans le dos de Sloan. Ou peut-être d'un poignard. Il n'empoigne pas Rylan par la gorge, mais c'est tout comme.

– Si elle revient avec ne serait-ce qu'une égratignure, je te dépouille un centimètre à la fois, siffle-t-il. Si elle meurt, tu peux courir, parce que quand je te rattraperai, tu regretteras de ne pas être mort avec elle.

Rylan grimace en attendant que la porte claque, mais Sloan la referme doucement, ce qui s'avère être bien pire qu'un violent éclat de colère.

– Qu’est-ce qui se passe, bon sang ? demande Rylan d’une voix gênée. Connor a dit que tu voulais me voir.

Reese va dans la cuisine à la recherche d’un verre de bourbon et d’une cigarette.

– Il t’a dit pourquoi ?

– Il a dit que tu voulais que je mène une des équipes.

– C’est ça, répond-elle en saisissant un verre d’une main tremblante.

Elle ferme les yeux et respire lentement. *Ressaisis-toi, bon sang !*

– J’en déduis que Sloan ne dirige pas d’équipe, lui ?

Rylan reste dans le salon, comme s’il devinait que Reese a besoin de temps pour retrouver ses esprits.

– C’est ça, répond-elle en allumant une cigarette, oubliant le whisky pour l’instant.

– Waouh. Écoute, je ne vais pas prétendre deviner ce qui se passe dans ta tête, mais rassure-moi, tu as conscience que cette situation est une bombe à retardement ?

Reese tire sur sa cigarette et tapote la cendre dans le cendrier avant de lui répondre.

– Ouais, je sais. Bref, Conn et moi te donnons ta propre équipe et ton propre poste à attaquer. Joyeux anniversaire en retard.

Elle prend les deux verres, la bouteille, et retourne dans le salon, où Rylan étudie la carte.

– Merci, mais mon anniversaire est dans trois semaines, répond-il sans lever la tête.

– Alors, joyeux anniversaire en avance, rétorque-t-elle en s'asseyant.

– Écoute, je ne remets pas tes ordres en question, mais j'ai vu Sloan en action. Le laisser ici me paraît une grave erreur.

Il verse une quantité généreuse de bourbon dans chaque verre, en donne un à Reese et s'installe dans un fauteuil.

– C'est un des meilleurs combattants en terre libre.

– Et c'est pour ça que je veux qu'il reste ici pour protéger Foxworth.

– Ouais ? Tu vas me dire que Sloan est le seul à pouvoir garder le portail ?

– Il l'est.

Rylan éclate de rire.

– C'est quoi la vraie raison ? Je sais que tu ne me donnes pas une troupe parce qu'on a couché ensemble. Tu n'es pas ce genre de chef.

Reese regarde le fond de son verre d'un air lugubre. Quand l'a-t-elle vidé ?

– Je suis ravie que quelqu'un le reconnaisse enfin.

– Ah, il y a de l'eau dans le gaz ? demande-t-il en tapotant son genou. Pourquoi tu ne viens pas sur les genoux de Papa Rylan pour en parler ?

Elle l'ignore et se sert un autre verre de whiskey.

Ils boivent en silence pendant plusieurs minutes. Reese est soulagée qu'il ne la pousse pas à parler, car elle se sent encore à fleur de peau après sa dispute avec Sloan et elle n'est pas certaine de ce qui se passera quand elle craquera. Elle pourrait vouloir lui casser la figure comme lui arracher ses vêtements, et aucune des options n'est adaptée à la situation.

– Tu crois qu'ils fument et boivent dans la cité ? demande Rylan de but en blanc.

Elle hoche la tête.

– En cachette, oui. L'alcool, les cigarettes et la drogue sont interdits dans la cité, mais je sais que Tamara leur en fait parvenir.

Elle recrache sa fumée et regarde le nuage se dissiper au-dessus de sa tête.

– En gros, tout ce qui peut rendre les citoyens heureux est banni, à moins d'être de la famille d'un des membres du Conseil ou d'un Exécuteur. Ces gens-là peuvent faire ce qu'ils veulent sans encourir la moindre sanction.

– C'est comment, dedans ?

Reese hésite à répondre. Son passé n'est pas secret, donc elle ne perdrait rien à se confier à Rylan. Et puis, l'alcool la réchauffe et sa compagnie est agréable. Il n'y a pas de mal à vouloir quelques moments de camaraderie, même si elle doit se livrer à lui pour ça.

– C'est une société totalitaire. Tout le monde est contrôlé par le Conseil Mondial. L'électricité n'est autorisée qu'à certains moments de la journée et pour des périodes définies. Ils disent que c'est parce qu'ils ne peuvent pas la générer, mais je doute que ce soit vrai. La nourriture est bonne et les appartements sont propres. Ils assignent à tout le monde un métier à un très jeune âge. Tu deviens boulanger ou mécanicien ou technicien. Tu vis chez tes parents pendant qu'ils te forment, et à dix-huit ans, on te donne ton propre appartement et tu commences à travailler. Tu as pas mal de temps libre, par contre.

– Et toi, c'était quoi ton métier ?

Rylan étire ses jambes devant lui, elles sont si longues que ses bottes atteignent presque les orteils de Reese.

– Je n'en avais pas. J'étais le premier-né d'une génitrice.

Il hausse un sourcil, confus.

– Comment ça ?

– Ma mère était une des rares femmes à être choisies pour se reproduire. Pour les encourager à continuer, chaque femme est autorisée à garder son premier enfant.

– C'est… barbare.

– Et c'est nous qu'ils traitent de sauvages… répond-elle en souriant. Ma mère gardait l'enfant jusqu'à ce qu'il soit sevré, puis ils lui enlevaient.

– Il y a combien de premiers-nés ?

– Je ne sais pas. Pas mal, je suppose.

Elle n'a jamais vraiment pensé à ceux qui sont comme elle. Lorsqu'elle s'autorise à y penser, elle ne s'attarde que sur ses frères et sœurs. Parfois, quand les Exécuteurs viennent, elle cherche dans leurs visages des traits familiers. Elle a toujours peur que l'un d'entre eux soit un des enfants portés par sa mère. En fait, peut-être est-ce pour cela qu'elle préfère conclure des deals avec les Exécuteurs plutôt que de les tuer, comme le font les autres campements.

Toutefois, lorsqu'ils attaqueront les avant-postes, aucun Exécuteur ne sera épargné, qu'elle ait des liens de sang avec eux ou non.

– C'est sans doute pour leur régulation démographique qu'ils ne veulent pas que les Insurgés aient des enfants, dit Rylan en jouant avec une des balles colorées. Si on se reproduit, et plus vite qu'eux, on finira par être plus nombreux. Un million de gens avec des cailloux finiront forcément par avoir le dessus sur une plus petite communauté, même armée.

– Et puis, on utilise des ressources. Le Conseil contrôle les colonies par l'accès aux vivres.

Il jette la balle en l'air et la rattrape.

– Tout ça n'explique pas pourquoi tu punis Sloan. D'ailleurs, ça prouve qu'il devrait être avec nous. Je veux bien mener une équipe, mais on ne devrait pas réduire notre effort en laissant un de nos meilleurs combattants au campement.

– Je ne le punis pas. Foxworth a besoin de Sloan.

– Il y a des dizaines de gens derrière les grilles de la ville, et il y a assez de nourriture, d'eau et de bois à brûler pour tenir un siège de plusieurs mois.

– Foxworth est plus qu'un amas d'immeubles. Ce sont les habitants qui comptent, et c'est pour ça que je serais stupide de laisser qui que ce soit d'autre que Sloan aux commandes.

Rylan lance la balle en l'air, la rattrape et la repose. Il se penche en avant, glisse ses mains entre ses cuisses et la regarde d'un air sérieux.

– Tu m'as toujours semblé franche, ma belle. Tu prends ce que tu veux et tu ne t'excuses pas. C'est une des choses qui me plaît le plus chez toi. Mais tu es différente quand il s'agit de Sloan. Si tu as besoin d'en parler… dit-il d'une voix hésitante, je sais écouter.

– Tu as demandé à Conn de te raconter son passé avant d'accepter de te battre pour lui ? marmonne Reese, fatiguée d'avoir à justifier ses décisions.

– C'était pas nécessaire. On se connaissait depuis suffisamment longtemps.

– Tu vas me dire que tu ne veux pas mener d'équipe tant que je ne t'aurai pas confié tous mes secrets ?

– Non, je n'ai pas dit ça. Tu as quelque chose contre le fait qu'on apprenne à se connaître un peu mieux ?

– Mais bien sûr, parce que toi, tu n'as aucun mal à raconter ton passé aux gens.

Elle s'attendait à ce qu'il se referme sur lui-même, mais c'est tout l'inverse.

– Il n'y a pas grand-chose à dire. J'ai grandi dans une ferme isolée. On peinait à vivre parce qu'on était de mauvais fermiers. Papa prostituait maman en échange de nourriture, de matériel, de bougies et de trucs de ce genre. On restait assis sur le porche pendant que le matelas de maman et papa se faisait secouer.

Il raconte son passé d'un ton nonchalant, mais ces quelques phrases en disent long sur lui. Malgré ses sourires faciles, Rylan est aussi secret que Reese, et soudain elle s'en veut de l'avoir poussé à parler. Elle sait ce que c'est que de se sentir écorché vif.

– Mon passé n'est pas un secret non plus, admet-elle. Si tu demandes aux habitants de Foxworth, ils te le raconteront. Jake et Sloan sont arrivés il y a cinq ans. Le groupe était plus petit à l'époque, et mes projets n'étaient pas encore très clairs. Je voulais dégommer le Conseil, mais je n'avais pas les hommes pour le faire, alors j'ai commencé à faire savoir que Foxworth était une communauté ouverte à tous ceux qui voulaient combattre le CM. On accueillait les gens, leurs familles, leurs amants… peu importent leurs faiblesses. Je me disais qu'il devait forcément y avoir des gens en terre libre qui avaient été rejetés d'autres campements parce qu'ils étaient perçus comme des handicaps, les jeunes, les vieux, les faibles, les malades.

– Sloan et Jake n'étaient rien de tout ça.

– Non, mais Jake était facilement excitable. Tu me fais penser à lui.

– Sympa !

– Crois-moi, si tu me faisais trop penser à lui, on ne coucherait pas ensemble.

– C'est pour ça que tu m'as repoussé, au début ? Mince, il est bien trop perceptible.

– Pas du tout, ment-elle.

– Ah, j'ai compris. Alors, c'est parce que t'avais peur de devenir accro à moi. Je comprends. Ça arrive.

Reese remarque que son sourire moqueur est de retour.

– Bien sûr, t'as tout compris.

– Alors… Pourquoi Jake était-il un obstacle ?

– Il avait déjà été viré de plusieurs communautés. C'était un combattant hors pair, mais il s'énervait vite. Il ne savait pas se taire, et il faisait vite regretter aux gens de l'avoir accueilli. En revanche, le duo qu'il formait avec Sloan était irrésistible. Ils m'ont donné de super-conseils sur le meilleur moyen de construire nos défenses. Ils m'ont aidée à transformer cet endroit en une vraie ville. C'était mon idée, mais Sloan était un véritable magicien lorsqu'il s'agissait de trouver du matériel.

– Comme la table de billard, dit Rylan.

– Ouais, exactement, répond Reese en riant. On a dû monter un raid juste pour trouver ce fichu tapis. Jake et Sloan ont changé la situation, pour moi. Foxworth a grandi. D'autres combattants sont arrivés. Et mon projet a enfin semblé réalisable.

– Personne ne parle jamais de Jake, ici, remarque Rylan.

– Non. C'est un mauvais souvenir.

Elle s'efforce encore une fois de ne pas penser à cette nuit horrible et à toutes les nuits affreuses qu'elle a essayé d'oublier.

– Sloan a retenu Jake aussi longtemps qu'il l'a pu, mais Jake était comme un chien enragé qu'il a finalement fallu abattre.

– Alors… c'est ça ? Tu évites de coucher avec Sloan parce qu'il te rappelle trop Jake ?

– Sloan n'est en rien comme Jake, rétorque-t-elle.

– Je ne comprends rien. Tu ne veux pas m'éclairer un peu ?

Elle soupire, agacée, mais quelque chose la pousse à s'expliquer.

– Écoute, toi et moi… on se ressemble. Je crois qu'aucun de nous ne croit à l'amour. On peut tenir à quelqu'un, on peut lui être fidèle, mais on ne peut pas lui donner plus.

– Ah, je comprends maintenant. Tu as peur que si Sloan et toi cédez enfin à votre envie de baiser, il voudra quelque chose que tu ne peux pas lui donner et il finira par te quitter.

Reese tire fort sur sa cigarette. Le résumé de Rylan n'est pas entièrement juste, mais il se rapproche de la vérité.

En toute sincérité, elle s'est toujours demandé si, d'une façon ou d'une autre, elle n'était pas responsable d'avoir fait craquer Jake. Après tout, elle a fait ça à sa propre mère. C'est elle qui a provoqué sa mort. Elle lui avait supplié d'arrêter de se reproduire, de s'enfuir, de vivre pour sa fille plutôt que pour le Conseil. C'est son égoïsme qui a poussé sa mère à mettre fin à sa vie.

Quant à Jake… elle l'a poussé à devenir fou. Parce qu'elle voulait trop. Parce qu'elle voulait toujours plus.

Elle n'a jamais dit à Sloan ce qu'elle avait dit à Jake pour déclencher sa spirale infernale. Elle n'est même pas certaine que Sloan la soupçonne d'en être responsable. Tout ce qu'elle sait, c'est que ses désirs égoïstes ont causé l'agression de Cassie et la mort de Jake.

Parfois, quand elle est seule face à la lune, elle s'avoue que son souhait d'anéantir le Conseil provient du même désir égoïste. Avec les autres, elle explique son projet en parlant de révolution et elle cache sa colère derrière des idéaux de liberté. Mais ce plan n'existerait pas sans sa soif de vengeance.

Rylan finit son whisky et se lève.

– Je suis content de prendre la tête d'une des troupes, dit-il en se penchant pour l'embrasser sur le front. Mais je pense que tu as tort de croire que tu n'as pas assez à offrir. Pire, tu as tort de croire qu'un homme peut se contenter des restes que tu veux bien lui jeter.

Il sort calmement de son appartement et elle se demande s'il parle de Sloan… ou de lui-même.

CHAPITRE 15

Lorsque Reese part en mission, tôt le matin, Sloan n'est pas là pour lui souhaiter bonne chance. Il s'est obligé à aller en périphérie de Foxworth pour ne pas être tenté de la regarder s'éloigner, la mine déconfite et l'air abattu.

Il a marché une dizaine de kilomètres, traversant la communauté qui, autrefois, avait été bien entretenue. Loin du centre-ville, les maisons sont plus grosses, mais identiques, à tel point que ça en devient bizarre. Elles ont toutes des pièces à vivre ouvertes sur une cuisine géante avec vue sur le jardin, lui-même accolé à celui du voisin. Certaines maisons sont entourées d'un grillage, Sloan se demande s'il servait à garder les gens dedans ou dehors.

Cela fait longtemps que les Insurgés de Foxworth ont fouillé chacune de ces maisons pour prendre tout ce qui avait de la valeur, ne laissant que des carcasses de bois, des moquettes moisies et du ciment. Un jour, il ne sait quand, la nature prendra le dessus une bonne fois pour toutes et il ne restera plus rien.

Il se demande si ce n'est pas une métaphore de sa vie, s'il n'est pas lui aussi un lotissement abandonné rempli des squelettes de son passé. Depuis la mort de Jake, la routine de Sloan n'a pas changé.

Il a désiré Reese dès le premier regard. Il n'avait pas connu beaucoup de femmes depuis le tremblement de terre qui a tué presque tout son groupe. Il a perdu sa virginité à l'âge de douze ans avec une suiveuse de campement, une femme qui échangeait son corps contre de la nourriture, un toit et sa protection. En vieillissant, Jake et lui se sont parfois tournés l'un vers l'autre pour trouver du réconfort. À dix-sept ans, Sloan avait eu le béguin pour une fille vivant dans un campement, au Sud, mais elle était morte d'une maladie. La vie en terre libre est souvent dure et courte.

Jake et lui ont quitté les montagnes de l'Ouest pour regagner la côte, à l'Est, puis les océans du Sud. Un vieil homme leur avait dit que l'eau rongeait la terre, marée après marée. Ils avaient ri et s'étaient moqués lorsque le vieil homme avait insisté en disant que des kilomètres de terre avaient tout simplement disparu.

Mais, plus tard, lorsque les étoiles brillaient dans le ciel, Sloan avait repensé au tremblement de terre et à la manière dont le sol s'était dérobé sous ses pieds pour être englouti par l'océan.

Il avait ressenti la même chose en voyant Reese, comme l'impression que le sol sous ses pieds s'était volatilisé. Il l'avait dit à Jake, qui avait ri en lui disant que toutes les chattes se valaient. Déjà, loin dans le Nord-Est, ils avaient entendu parler de Reese et de son campement, et du fait qu'elle était prête à accueillir tous ceux qui savaient se battre, quel que soit leur handicap.

Le handicap de Sloan, c'était Jake. Après le tremblement de terre, les deux garçons étaient devenus une famille. Jake était celui qui prenait le risque et poussait Sloan à sortir de son existence tranquille. Quant à Jake, il se reposait sur Sloan et comptait sur lui pour être toujours là et le retenir lorsqu'il s'approchait trop du bord.

Toutefois, Sloan n'avait pas compris que son ami devenait de plus en plus fou, sinon il ne l'aurait jamais amené à Foxworth. Mais peut-être est-ce faux. Peut-être l'aurait-il quand même emmené avec lui. Dieu sait qu'il en avait assez d'arpenter la terre libre, de toujours chercher un endroit où prendre racine.

Après la mort de Jake, Reese avait dit qu'elle avait besoin de lui, et ses paroles avaient suffi à le lier à elle, à faire de lui son chien de garde.

A-t-il tort de vouloir plus ? Et puis, que signifie sa nuit avec Rylan ? Il y a beaucoup de Jake chez Rylan, un humour irrépressible, une imprudence contagieuse. D'ailleurs, si Sloan est honnête, il doit reconnaître que Rylan a toutes les qualités de Jake, sans ses défauts. La seule chose qu'il n'aime pas, c'est qu'il prenne sa place aux côtés de Reese. En même temps, perd-il vraiment Reese ? Ou Rylan est-il la clé qui lui manquait pour la conquérir ?

Eh merde, il n'en sait rien, mais il ne trouvera pas de réponse dans le goudron craquelé ni dans la poussière, c'est certain. Bredouille, Sloan retourne en ville l'humeur lugubre.

– Je suis contente que tu sois là, dit Bethany en souriant lorsqu'il s'installe à une table du restaurant.

Il a envie de lui répondre qu'elle est bien la seule, mais il se retient.

– Merci, marmonne-t-il.

– Tu es de mauvaise humeur parce que tu n'as pas eu le droit de partir avec les autres ?

Bethany va être une mère géniale. Elle a déjà compris comment faire en sorte que Sloan se sente ridicule.

– Je suis juste inquiet, répond-il.

Il se force à tendre ses jambes et à dégainer un semblant de sourire.

Elle lève les yeux au ciel et crie par-dessus son épaule.

– Graham, il va nous falloir un steak.

Le chef à la barbe coupée passe la tête par la fenêtre de la cuisine et fait un signe de tête à Sloan pour le saluer.

– Et cuis-le bien comme il faut, poursuit Bethany. Donne-lui quelque chose à mâcher pour se calmer.

– Je suis si affreux que ça ? demande Sloan en souriant sincèrement.

– Ton visage est si sombre qu'il absorbe toute la lumière autour de lui, confirme Bethany.

Elle s'étire, non sans mal, et se masse l'épaule.

– Ne t'inquiète pas mon chéri. Tout le monde va revenir en un morceau.

Il se demande comment elle peut dire ça alors que son homme a été tué sur la place centrale de la ville, à une dizaine de mètres à peine d'ici. Elle détourne la tête, et il aperçoit sa tristesse : Bethany s'efforce d'avoir l'air aussi joyeuse que possible, mais il est évident qu'elle est terrorisée.

Sloan sent peu à peu la honte l'envahir. Il n'y a pas de mal à rester là pour protéger les gens comme Bethany et Graham et les enfants, au contraire.

Il se dépêche de prendre la main de Bethany avant qu'elle ne tourne les talons.

– Tu as raison. Tout va bien se passer.

– Bien sûr, répond-elle, et son expression s'adoucit.

Elle retourne à la cuisine en se dandinant et revient quelques minutes plus tard avec son repas. Elle pousse un grognement en lui donnant son burger et ses frites, le burger est petit et la pile de frites énorme, mais Sloan sait que les pommes de terre seront épicées et délicieuses.

– Ça va, chérie ? demande-t-il en mettant son assiette de côté.

Bethany pose une main en bas de son dos et se cambre autant que son corps énorme le lui permet.

– J'irai mieux quand le bébé sera sorti. Tu sais, Reese m'a dit un jour que dans la cité, ils ont une machine qui permet de connaître le sexe du bébé avant qu'il ne soit sorti.

– Ça ressemble surtout à de la magie noire, si tu veux mon avis, répond-il en souriant. Je peux te dire ce que ce sera, moi.

– Ah bon ? Et ce sera quoi ?

– Une citrouille.

– Une seule ? J'ai l'air assez grosse pour en avoir tout un champ, répond-elle en frottant son ventre rond.

– Peut-être pas un champ, non. Mais un beau potager.

– Quoi qu'il en soit, je serai contente de lui donner la vie.

Elle lui offre un grand sourire, fait un pas vers la cuisine et revient aussitôt.

– Reese t'aime, tu sais, chuchote-t-elle.

Sloan se crispe, mais si Bethany le remarque, elle ne s'en préoccupe pas.

– Elle ne pourra peut-être jamais te le dire, mais elle serait perdue sans toi. C'est pour ça que tu es ici. Pas parce qu'elle ne veut pas de toi mais parce qu'elle te veut trop. On veut tous que les gens qu'on aime le plus soient en sécurité. C'est pour ça qu'Arch m'avait amenée ici.

Sloan grimace en entendant le prénom de son ami défunt.

– Il regretterait sans doute sa décision, aujourd'hui.

– Pas du tout, répond Bethany en secouant la tête. Il me regarde et il se dit qu'il a pris la bonne décision, parce qu'il n'y a pas d'endroit plus sûr pour avoir son bébé, et tu y es pour beaucoup.

Deux jours passent sans qu'il n'ait de nouvelle des différentes équipes parties en mission, et Sloan devient insupportable. Les habitants de la ville cessent de lui parler et beaucoup des adolescents traversent la rue pour l'éviter.

Le troisième jour, Bethany l'attrape devant le restaurant et lui dit de partir.

– Pour aller où ?

– Je ne sais pas. N'importe où. Mais pars, tu fais peur aux enfants.

Sloan regarde Christine, tête baissée, qui passe devant lui en courant sans le regarder. Merde. Bethany a raison. Il fait vraiment peur aux enfants.

– D'accord, je vais aller voir Scott et Anna, marmonne-t-il.

– Quelle merveilleuse idée ! s'exclame Bethany l'air sincèrement soulagé.

Scott et Anna sont un couple plus âgé qui vit à la ferme à environ six kilomètres de Foxworth. Ils habitaient là quand Reese est arrivée, et elle les a plus ou moins adoptés. En échange de leur viande et de leurs légumes, Scott et Anna sont protégés par les deals que Reese a conclus avec les Exécuteurs. L'arrangement est bénéfique pour tout le monde. Enfin, tout le monde qui n'est pas une vache, puisque le bétail n'a pas pu suivre la demande et le troupeau ne compte plus que trois têtes, à présent.

Vingt minutes plus tard, Sloan coupe le moteur de sa moto et part à la recherche de Scott, qu'il finit par trouver en train de labourer un des champs les plus éloignés de la ferme. Bien qu'ils aient une grange remplie d'engins et d'outils agricoles, l'essence coûte trop cher pour s'en servir et Scott fait la plupart du travail à la main, les années de dur labeur ont permis au sexagénaire de rester en forme.

– Comment ça va ? demande Sloan.

Scott sort un mouchoir en tissu de sa poche et s'essuie les mains avant de serrer celle de Sloan.

– Ça va, frangin. Des nouvelles ?

Reese était venue prévenir le couple de son projet avant de partir, si bien que la question ne surprend pas Sloan.

– Aucune, non. Je ne sais pas si je devrais être inquiet ou content.

– C'est dur de ne pas être inquiet.

– Et vous deux, ça va ?

Scott enlève son chapeau et s'essuie le front du revers du bras.

– Ouais. Anna a fait une tarte l'autre jour avec les prunelles que j'ai trouvées dans les bois. Viens en manger un bout.

Peu importe sa mauvaise humeur, Sloan n'est jamais trop triste pour refuser une part de tarte faite maison. Il s'essuie les pieds et suit Scott dans la maison, puis ils enlèvent leurs manteaux qu'ils suspendent au crochet de l'entrée.

Ils trouvent Anna dans la cuisine, aussi radieuse que d'habitude.

– Tu es plus belle chaque fois que je te vois, dit Sloan en l'embrassant sur le front.

Et il ne ment pas. Son visage est marqué par le soleil, ses cheveux blonds sont désormais entièrement gris et son corps musclé s'est couvert de courbes généreuses au fil des années, mais Sloan a le souffle coupé chaque fois qu'il la voit. Elle est perpétuellement entourée d'une aura de sérénité, et il règne dans leur maison une ambiance paisible que Sloan ne trouve nulle part ailleurs.

Anna sourit et se tourne de nouveau vers le plan de travail.

– Scott a trouvé des prunelles dans les bois. C'est encore trop tôt, alors elles sont un peu acides, mais le miel que j'ai gardé de l'an dernier les a bien adoucies.

Elle dépose une grosse part de tarte dans une assiette, qu'elle donne à Sloan.

– Quand vas-tu enfin t'enfuir avec moi, Anna ? demande-t-il en regardant la pâte s'émietter sur sa fourchette.

– Oh, chéri, tu sais bien que je ne peux pas faire ça. Mon homme te tuerait, et on commence à être à court de place pour enterrer les corps.

Sloan s'étouffe en avalant sa première bouchée. Il avait oublié qu'Anna avait l'humour aussi noir.

– Très bien, répond-il en lui lançant un clin d'œil. Ne t'en fais, je mange ma tarte et me tais à propos de nos plans secrets.

Scott s'installe sur une chaise à côté de lui, le bois craque sous son poids. Sa femme lui a donné une assiette avant même qu'il ait enlevé son chapeau. Elle pose une main ridée sur son épaule et Scott la tapote avant de retourner à ses occupations.

Sloan observe chaque petite marque d'intimité avec une jalousie à peine masquée. Même pour quelqu'un qui ne les connaîtrait pas, il serait évident qu'ils forment un couple heureux et soudés. Ils ont leur propre langage. Tout est dans leurs gestes silencieux, dans les petits mouvements de leurs corps et leurs hochements de tête.

C'est ce dont Sloan a toujours rêvé.

Il mange sa tarte pour ne pas mettre Anna et Scott mal à l'aise en les observant. Ils parlent tous les trois de la ferme, de la ville, des projets de Reese, jusqu'à ce que Sloan ait mangé la dernière miette de gâteau.

Lorsqu'il repose sa fourchette, Scott le frappe dans le dos.

– Viens à la grange. J'ai quelque chose à te montrer.

Sloan recule sa chaise et pose son assiette dans l'évier.

– Merci beaucoup, Anna, c'était délicieux. Surtout, dès que tu décides de quitter Scott, viens me trouver. Je ne suis qu'à deux pas d'ici.

– Je tâcherai de ne pas l'oublier, dit-elle sèchement en le poussant vers la porte.

– T'es un sacré veinard, dit Sloan au vieil homme.

– Tu crois que je ne le sais pas ? répond Scott en souriant.

– Comment tu as convaincu une femme aussi belle et géniale de rester avec toi ?

– Tu me demandes comment satisfaire les femmes au lit, mon garçon ? Tu me déçois.

– Tu parles ! répond Sloan en secouant la tête, s'il suffisait de donner des orgasmes, j'aurais un harem.

Scott éclate de rire.

– Faut quand même croire que tu n'es pas assez doué, sinon tu ne demanderais pas à un vieil homme comment satisfaire une femme. Tu lui fais assez de cunnis ? Tu sais, il faut d'abord s'occuper d'elle avant de lui demander de s'occuper de toi.

– Merci du conseil, répond Sloan en secouant la tête.

Il n'est pas certain de vouloir connaître les détails de la vie sexuelle de Scott et d'Anna.

Dans la grange, il leur faut quelques secondes pour s'habituer à l'obscurité. Scott s'arrête devant le troisième box, où une vache les regarde d'un œil sauvage et apeuré. Lorsqu'ils s'approchent, elle recule brusquement.

– Qu'est-ce qui lui arrive ?

– Elle attend un veau.

Sloan retient son souffle. Ils n'ont plus que trois vaches et tout le monde s'était fait à l'idée de ne plus manger de bœuf. Un veau change tout, pour eux. Une naissance signifie qu'une croissance est possible. Foxworth s'épanouit, et ça ne fait que confirmer ce que Sloan savait déjà, que tout ce que Reese a fait par le passé, ainsi que ses projets pour l'avenir, ne sont pas inutiles. Les morts n'auront pas été vains s'il y a une autre génération pour profiter des bénéfices.

Il lui faut quelques secondes pour ravaler le nœud dans sa gorge et réussir à parler.

– C'est bon signe.

– Ouais.

– Vous avez une belle vie, ici.

Scott hoche la tête et met une poignée de grain dans le seau de la vache avant de retourner vers la sortie.

– Je sais, dit-il. Et crois-moi, je ne prends jamais ce bonheur pour acquis.

– Anna et toi n'avez jamais regretté de ne pas avoir eu d'enfants ?

– Peut-être, à une époque. Mais la vie qu'on mène est exigeante. Les bébés meurent. Les enfants meurent. C'est un miracle qu'Anna et moi soyons encore en vie, en fait. Je n'ai pas besoin d'enfants, dit Scott en haussant les épaules. Tant que je suis avec elle, je n'ai besoin de rien d'autre.

Les paroles sont lourdes de sincérité et Sloan serait fou de les remettre en question, mais c'est ce qu'il fait.

– Même si elle ne ressentait pas la même chose vis-à-vis de toi ?

Scott penche la tête sur le côté et transperce le regard de Sloan.

– Chaque homme doit décider de ce qui lui suffit. Moi, je serais satisfait même de n'être qu'en périphérie de la vie d'Anna. Je n'aurais besoin que de ça pour continuer. Si elle grimpait en haut d'un arbre et que je n'avais droit qu'aux miettes du pain qu'elle mange, je me dépêcherais de les engloutir parce qu'elles auraient touché sa bouche. Je ne pourrais cesser de l'aimer, même si elle ne m'aimait pas en retour. Je crois que c'est ça, l'amour. Je crois que c'est pour ça que c'est à la fois aussi douloureux et aussi bon.

– Ouais, répond bêtement Sloan.

– Quelqu'un arrive, déclare soudain Scott.

Il désigne un nuage de poussière à l'horizon qui révèle bientôt Randy sur une moto.

– Les Exécuteurs sont là ! crie-t-il lorsqu'il est assez près.

– Combien ? demande Sloan.

– Un camion, répond Randy.

Il descend de la moto et la tient pendant que Sloan prend sa place.

– Dave pense que c'est ceux qui étaient là la dernière fois, ajoute l'adolescent.

Sloan met les gaz et disparaît à toute vitesse.

Il arrive à peine cinq minutes plus tard, la bouche pleine de poussière.

– Ils sont déjà là ? demande-t-il lorsqu'il passe le portail arrière, attrapant le chiffon que lui lance Davis.

– Ouais, mais Cole est avec eux.

– Les enfants sont en sécurité ? Bethany ?

Davis hoche la tête.

– On les a envoyés dans le cellier dès qu'on a vu le nuage de poussière.

Ils courent tous deux à l'autre bout de la ville. Au portail principal, Cole est seul face à six Exécuteurs et Sloan réprime un juron en reconnaissant Eric.

– Enfin, marmonne Eric. Où est Reese ?

– Elle est partie au sud d'ici pour échanger des graines. Qu'est-ce qu'il vous faut ?

– Je suis là pour refaire une fouille.

Eric semble fatigué et de mauvaise humeur, et ses hommes n'ont pas l'air plus en forme. Leurs uniformes sont froissés, comme s'ils avaient passé trop de nuits roulés en boule sur le sol d'une tente. L'odeur virile qu'ils dégagent confirme à Sloan qu'Eric et ses hommes ont passé trop de temps sur la route.

– Après vous, finit par dire Sloan en faisant un pas de côté.

Les Exécuteurs avancent au pas de charge et Sloan reste derrière eux.

Merde. Il espère qu'Eric ne va pas remarquer qu'il manque du monde à Foxworth. Toutefois, il devrait faire plus confiance à son peuple, car tandis qu'il suit les Exécuteurs, les habitants de la ville vont et viennent dans la rue, créant une fausse effervescence qui masque parfaitement leur nombre réduit.

Sloan réprime un sourire satisfait, Reese a bien entraîné son peuple.

Heureusement, Eric ne pose pas beaucoup de questions. Il fouille rapidement chaque maison sans trop s'y attarder. Sloan voit qu'il est épuisé et qu'il n'a aucune envie de faire ce qu'il fait.

– C'est bon, allons-y, déclare Eric quand ils ont fouillé la dernière maison.

– Et la cheffe du camp ? demande un soldat. On ne devrait pas s'inquiéter qu'elle ne soit pas là ?

Eric regarde Sloan et lève les yeux au ciel.

– Non. Son chien de garde est là, et je sais qu'elle n'oserait même pas pisser sans qu'il ne soit là pour lui tenir la main.

Eric ricane et part en direction du portail. Sloan reste quelques secondes où il est, faisant son possible pour cacher son soulagement.

Bon sang, Reese avait raison de lui ordonner de rester ici, car si les Exécuteurs étaient venus et avaient découvert qu'ils étaient tous les deux partis, ils auraient tout de suite compris que quelque chose se tramait.

Il soupire tristement. Ouais. Ce n'est pas pour rien que Reese est la meilleure cheffe pour cette ville. Il regrette simplement de ne pas le lui avoir dit avant qu'elle ne parte.

CHAPITRE 16

Il a beau avoir mis seize kilomètres de distance entre eux et le poste d'Exécuteurs qu'ils viennent de détruire, Rylan sent encore le sang, la fumée et la poudre à canon dans l'air. Surtout le sang, qui remplit ses narines et se colle au fond de sa gorge, mais il n'est pas pressé d'enlever son sweat qui en est couvert ni de mettre un manteau pour cacher l'odeur de fer.

Il n'existe pas de victoire sans que du sang soit répandu. Et ils en ont fait couler beaucoup ce soir.

Un sourire s'étend sur ses lèvres tandis qu'il regarde par-dessus son épaule à travers la vitre teintée. Un second camion le suit, conduit par Trace, ramenant les quatre autres habitants de Foxworth qui ont aidé Rylan et Xander dans leur mission. Toutefois, Rylan regarde plus loin encore, en direction de la colonne de fumée qui se fond dans la nuit noire. L'odeur de suie et de cendre poursuit les pick-up qui dévalent la route craquelée pour s'éloigner de la scène du crime.

Ils ont mené quatre attaques séparées, ce soir. Deux un peu plus tôt dans la soirée, et deux à la nuit tombée. Les équipes de Beckett et de Nash sont déjà en route pour Foxworth après avoir tué tous les Exécuteurs qu'ils ont trouvés et mis le feu aux avant-postes dont ils étaient chargés.

Rylan et Xan ont rencontré le même succès et ils filent désormais en direction du point de rendez-vous où ils sont censés retrouver l'équipe de Reese, dont ils n'ont toujours pas de nouvelles.

Rylan ne peut réprimer l'angoisse qui le ronge et qui s'aggrave au fur et à mesure que le silence radio se prolonge, il finit par ne plus en pouvoir.

– Alpha Un, répondez, murmure-t-il dans la radio.

Pas de réponse.

Xander le regarde depuis le siège conducteur.

– Ça ne fait que dix minutes. Elle va bientôt répondre, dit-il.

Rylan n'est pas du tout apaisé. Dix minutes sont une éternité, bon sang. Il ne cesse d'imaginer le pire, Reese étendue dans une flaque de sang, ses longs cheveux étalés en éventail autour de sa tête, l'impact d'une balle au milieu du front.

Ses mains sont plus faibles que celles d'un nouveau-né lorsqu'il allume une cigarette.

– Tu es amoureux d'elle.

La remarque de Xander le surprend à tel point qu'il lâche sa cigarette sur le siège passager.

– Merde, gronde-t-il en se dépêchant de la ramasser avant qu'elle ne fasse un trou dans le cuir du siège. Pas du tout, répond-il en fusillant Xander du regard.

– D'accord, si tu le dis.

Son ami ne le croit pas. Eh bien, Xander a tort. Il n'est pas amoureux. Son désir pour elle augmente, il veut bien l'admettre. Mais il n'est pas amoureux. L'amour n'existe pas.

Il tire sur la cigarette et expire un épais nuage de fumée.

– C'est juste du sexe, mec.

– La première fois que tu couches avec quelqu'un, d'accord, c'est juste du sexe. Peut-être même les deuxième et troisième fois. Mais que tu le veuilles ou non, il arrive toujours un moment où le sexe devient autre chose.

Xander parle d'une voix si lugubre que Rylan est forcé de se demander de qui il parle. De Reese… ou de Kade ?

Il n'a jamais compris la relation qu'entretenaient ses deux amis. À l'évidence, ils étaient meilleurs amis. Ils partageaient leurs femmes, ils se défendaient l'un l'autre. Xan était aussi protecteur de Kade que Sloan l'est de Reese. Et Rylan n'est pas bête, il sait que Sloan est amoureux de Reese.

Peut-être Xander l'était-il de Kade.

Merde, revoilà cette notion d'amour. Or, elle n'a aucun sens. Ce n'est qu'un mot, sans doute le plus dangereux de tous, car les gens s'en servent pour excuser des actions impardonnables. C'est comme ça que son père justifiait ce qu'il faisait à sa mère.

Il n'y a aucun mal à être une prostituée. En terre libre, vendre son corps pour obtenir des vivres, une protection et un lit chaud n'est guère différent de vendre son arme pour les mêmes raisons.

Or, sa mère était une prostituée involontaire. Elle n'avait jamais pu choisir pour qui elle écartait les jambes ni ce qu'elle demandait en échange. Parfois, il ne s'agissait même pas de besoin ni de survie. Il suffisait que le père de Rylan n'ait plus de whisky pour qu'il envoie sa femme au campement le plus proche, ou encore qu'il n'ait bientôt plus de cigarettes pour que sa mère suce la queue du premier homme qu'ils croiseraient avec un paquet plein.

À ce jour, Rylan n'a pas oublié ses sanglots étouffés lorsqu'elle essayait de les cacher à son fils pour qu'il ne sache pas combien elle souffrait. Mais il le savait, comment aurait-il pu l'ignorer ?

À quatorze ans, il avait affronté son père et demandé pourquoi il faisait cela.

– Parce que j'aime ma famille, avait-il répondu.

Puis il avait demandé à sa mère pourquoi elle le laissait faire.

– Un jour, mon chéri, tu sauras qu'il n'y a rien qu'on n'accepte de faire par amour.

L'amour. Ce fichu amour.

Bon sang, même Reese est d'accord avec lui quant à la stupidité d'une telle notion.

Cependant… au fond, une part de lui regrette qu'elle n'ait pas dit l'inverse. Qu'elle n'ait pas insisté pour dire que l'amour existe. Au lieu de ça, elle lui a clairement fait comprendre qu'il n'était rien d'autre qu'un bon coup. Il n'est même pas son ami, comme Sloan, dont l'amitié compte tant pour elle qu'elle refuse de la gâcher en couchant avec lui.

Rylan ravale sa rancœur naissante et jette son mégot par la fenêtre. Il fixe la route noire devant lui, illuminée par le clair de lune plutôt que par les phares de la voiture, qu'il serait trop dangereux d'allumer. Ils ne peuvent pas risquer d'attirer l'attention sur leur véhicule après qu'ils ont mis le feu aux avant-postes du Conseil et tué sept Exécuteurs, plus, si on compte ceux que Nash et Beckett ont descendus. Et qui sait combien Reese en a éliminé ?

Reese. Bon sang, pourquoi ne donne-t-elle pas de nouvelles ?

Il n'aime pas se sentir ainsi. Il n'aime pas se torturer l'esprit en imaginant les pires scénarios. Par ailleurs, il n'y a pas que Reese qui occupe ses pensées. Depuis qu'ils sont partis de Foxworth, Sloan le préoccupe, aussi. Il l'apprécie, et ce n'est pas seulement parce qu'il lui a taillé une pipe.

Rylan sait que Sloan peut se débrouiller tout seul, mais ils ne lui ont pas laissé assez de renforts. Les meilleurs combattants de Foxworth ont tous été assignés à la mission, ce qui laisse Sloan comme seule ligne de défense entre les portails de la ville et les dangers qui s'étendent au-delà.

Soudain, le ciel semble enfin décidé à le rassurer, et la radio crépite.

– On est en route pour le point de rendez-vous, dit la voix douce de Reese. On devrait y être dans une heure.

– Tout va bien ? demande Rylan en espérant cacher son soulagement.

– Tout va bien. On a juste eu un léger contretemps.

– Quel genre de contretemps ?

– Nos infos étaient fausses. Les gardes n'étaient pas là où ils auraient dû être et on a perdu l'effet de surprise. On a dû y aller frontalement.

– Vous avez des morts ?

– Aucun.

Il se détend un peu plus, jusqu'à ce qu'il se rappelle à quel point Reese sait être indirecte.

– Vous avez des blessés ?

Il y a une légère pause avant qu'elle ne réponde.

– Non, tout le monde va bien.

– Bon sang, bébé, tu es blessée ? s'exclame-t-il en paniquant de plus belle.

– Je vais bien.

Elle semble agacée et, l'instant d'après, la radio redevient silencieuse.

– Quoi ? gronde-t-il lorsqu'il remarque l'air moqueur de Xander.

– Comme ça, tu ne tiens pas à elle ?

– Tais-toi. Je serais inquiet si n'importe lequel d'entre vous était blessé.

– Et est-ce que tu nous appellerais *bébé*, aussi ?

Rylan fronce les sourcils, mais Xan a raison. Bien sûr que non, il n'appellerait personne d'autre que Reese *bébé*.

L'angoisse le ronge pendant le reste du trajet. Ce sont les trente minutes les plus longues de sa vie, suivies par trente minutes encore plus longues lorsqu'il attend que l'équipe de Reese arrive au point de rendez-vous. Le projet est que Xander prenne les vivres que l'équipe de Reese a volées au poste et qu'il les rapporte chez Connor. Quant à Rylan, qui devrait sans doute retourner chez Connor, lui aussi, il a néanmoins prévu de repartir à Foxworth, ce que ni Conn ni Xan n'ont compris. S'il était honnête, il leur avouerait que ça ne lui paraît pas logique non plus.

S'il veut du sexe, il a tout ce qu'il faut à l'autre campement. Hudson et Connor, Layla et Piper… Mais il ne croit pas que ses raisons de rentrer à Foxworth aient quoi que ce soit à voir avec le sexe. Lui, Reese… et Sloan, ont encore des choses à régler, même s'il ne sait pas vraiment quoi.

Un moteur vrombit et il tourne la tête en direction du bruit, soulagé lorsqu'il voit la Jeep couverte de rouille et de terre arriver, suivie d'un 4×4 noir.

Rylan identifie le contretemps dès que Reese descend de la voiture. Elle ne porte pas de manteau, et il peut voir sans problème le tissu trempé de sang noué autour de son bras tandis qu'elle parle au conducteur. Ses hommes se dépêchent de descendre les vivres du coffre pour les mettre dans les autres véhicules.

– Tout s'est passé comme prévu ? demande-t-elle à Rylan, l'air de rien.

Il hoche la tête et cherche à saisir son bras, mais elle l'évite.

– Qu'est-ce qui s'est passé ?

– C'est rien, répond-elle froidement en surveillant les environs. Il faut qu'on se dépêche. Chargez tout dans vos voitures et foutez le camp.

– Montre-moi, dit-il.

– Plus tard.

Elle lui tourne le dos et va parler à Xander.

Dix minutes plus tard, les deux convois se sont remis en route. Cette fois, Rylan est à l'arrière de la Jeep avec Reese qui pousse un juron lorsqu'il ouvre la trousse de premiers secours qu'il a prise dans le coffre.

– Je vais très bien.

– Laisse-moi faire.

Il défait le tissu noué sur son bras, réalisant que c'est un bout de t-shirt de quelqu'un. Il est soulagé de voir qu'en dessous, la blessure n'est pas sérieuse. Ce n'est qu'une égratignure qui ne saigne même plus.

– Tu survivras, déclare-t-il en prenant le flacon d'antiseptique.

– Sans rire, rouspète Reese, je t'ai dit que ça allait.

Il nettoie la plaie aussi doucement que possible et, s'il sait que le désinfectant doit piquer, Reese ne tressaille pas une seule fois.

– Qu’est-ce qui s’est passé ?

– Une balle m’a éraflée, grommelle-t-elle.

– T’es sérieuse ? s’exclame-t-il. Ces enfoirés t’ont tiré dessus ?

– C’est une éraflure, répète-t-elle, exaspérée. Il y avait trois Exécuteurs au portail arrière. Selon nos infos, il ne devait y en avoir qu’un, donc j’étais censée le descendre seule.

Le cœur de Rylan bat à tout rompre.

– Tu as attaqué trois Exécuteurs seule ?

– Je n’avais personne pour me couvrir. D’habitude, c’est le rôle de Sloan, explique-t-elle d’un air triste. Ou plutôt, c’est moi qui le couvre et c’est lui qui court vers le danger.

Bien évidemment, car c’est ce que fait Sloan de mieux, il protège Reese coûte que coûte.

– Tu regrettes de lui avoir dit de rester à Foxworth ? demande Rylan.

Il s’oblige à prendre un ton nonchalant alors qu’au fond, il est rongé par le stress en attendant sa réponse.

Or, la réponse ne viendra pas. Reese regarde devant elle et ne dit plus rien.

Il jette la compresse sale par terre et panse son bras en silence, regrettant qu’elle ne se confie pas plus à lui. Il se fiche même qu’elle veuille passer huit heures à parler de Sloan et de rien d’autre. En fait, il l’écouterait parler de la météo si cela impliquait qu’elle lui fasse part de ses pensées, si cela impliquait qu’elle remarque sa présence.

Cependant, elle ne lui accorde même pas un regard. Ses yeux restent rivés sur la route, et son silence le rend dingue. En fait, ça l'énerve à tel point qu'il finit par saisir son menton pour lui faire tourner la tête vers lui.

– Qu'est-ce que…

Il ne la laisse pas finir. Il s'empare de sa bouche fougueusement, déversant toute sa frustration dans le baiser. Il plonge sa langue dans sa bouche et saisit sa gorge. Reese pousse un petit cri, mais elle ne le repousse pas. Elle lui retourne son baiser avec la même ferveur, plaquant ses mains sur son torse, le caressant par-dessus sa chemise.

Lorsqu'ils se séparent enfin, ils respirent tous deux si fort que les vitres arrière de la Jeep sont couvertes de buée. À l'avant, Trace et Daniel ne disent rien. Ni l'un ni l'autre ne fait de commentaire sur la passion dont ils viennent d'être témoins.

– Rylan… commence-t-elle d'une voix hésitante.

– Tu devrais dormir, dit-il d'une voix rauque en l'attirant vers lui.

Lorsqu'elle essaie de se dégager, il l'oblige à appuyer sa tête sur son épaule.

– Dors, Reese. On a une longue route devant nous.

Après quelques secondes, elle finit par se détendre et son souffle devient calme et régulier contre son cou.

Quant à Rylan, il est loin d'être détendu. Son angoisse refuse de le quitter. Au contraire, elle augmente chaque fois qu'il regarde le pansement sur le bras de Reese.

Elle aurait pu mourir, ce soir. La balle aurait pu faire bien pire qu'érafler sa peau. Elle aurait pu trouer son crâne, son abdomen ou un poumon, et elle serait morte dans une flaque de sang. Et qu'est-ce qu'il aurait dit à Sloan ? « *Désolé, frangin, mais notre femme s'est fait descendre par un Exécuteur. Toutes mes excuses.* »

Putain.

Soudain, Rylan comprend pourquoi Connor regrette leur vieille ferme, l'époque où il n'y avait que lui, Conn et Pike. L'époque avant que Xander, Kade, Hudson, Reese, Sloan et les autres Insurgés fassent partie de leur vie.

Connor a raison. La vie est bien plus simple quand on ne doit s'inquiéter pour personne.

CHAPITRE 17

Le convoi ne passe le portail de Foxworth que le lendemain matin. Reese s'attendait à ce que Sloan les attende dans la cour mais, à sa grande tristesse, il n'y est pas.

Il doit encore lui en vouloir.

Et il a raison.

Elle descend de la Jeep, donne quelques ordres à ses hommes et va voir Vaughn et Davis qui, contrairement à Sloan, sont là pour l'accueillir. Elle sent le regard de Rylan dans son dos pendant qu'elle leur parle, mais elle ne se retourne pas. Elle ne va pas non plus le voir lorsqu'elle a fini, préférant rentrer chez elle, dans l'appartement qu'elle partage avec Sloan.

Il n'y est pas non plus.

Bon sang, mais où est il ?

Elle espère qu'il n'a pas prévu de l'éviter toute la journée, parce qu'elle a des choses importantes à lui dire.

Dans sa chambre, elle enlève son jean poussiéreux et le jette par terre. Elle est en train d'enlever son t-shirt lorsqu'elle entend des pas derrière sa porte.

Sloan entre sans frapper. Son regard se pose brièvement sur ses seins, cachés par un simple soutien-gorge noir, puis se pose sur le pansement qui couvre son bras.

– Ça va ?

– Ce n'est qu'une éraflure, répond-elle en hochant la tête.

– Laisse-moi voir.

Reese ne rouspète pas lorsqu'il l'emmène au lit et l'oblige délicatement à s'y asseoir. Il s'installe à côté d'elle et enlève son bandage pour examiner la plaie, effleurant du bout des doigts la longue griffure rouge.

Peut-être qu'avec toi, ces mains pourraient être tendres.

Sans le vouloir, Reese se remémore les paroles de Rylan. Le toucher de Sloan est doux, en effet. Infiniment tendre. Mais il ne l'a pas été lorsqu'elle est partie en mission. Ses mains ont été violentes quand elles ont agrippé ses fesses, assez pour y laisser leur trace.

Elle frissonne en y repensant, et Sloan prend cela pour de la douleur.

– Je reviens, dit-il en quittant la chambre d'un pas décidé.

Reese entend ses pas dans le couloir, puis dans le salon et dans la cuisine. Lorsqu'il revient, il tient un flacon de médicaments.

– Non, dit-elle immédiatement. On ne va pas gaspiller d'antibiotiques pour une simple égratignure.

– Elle est aussi susceptible de s'infecter que n'importe quelle autre blessure, répond-il d'une voix ferme. Maintenant, ouvre la bouche, dit-il en prenant deux cachets dans le flacon.

Elle serre les dents.

– Teresa.

– Bon sang, Sloan, c'est gaspiller nos ressources…

Il profite qu'elle ait la bouche ouverte pour enfoncer les médicaments dans sa gorge. La peau calleuse de son pouce caresse sa langue en ressortant, et il referme sa bouche en l'empêchant de la rouvrir.

– Avale.

Reese rouspète en grognant mais, étant donné qu'il n'enlève pas sa main de sa bouche, elle n'a d'autre choix que d'ingérer les médicaments. Sans eau, les pilules raclent le fond de sa gorge et sa bouche se remplit d'un goût amer.

– Enfoiré ! gronde-t-elle, lui tirant un léger rire.

Elle soupire, puis se penche pour attraper la bouteille d'eau sur sa table de chevet.

– Tu n'étais pas au portail quand on est revenus, dit-elle doucement.

– Je m'occupais du tuyau de la cuisine. Il s'est remis à fuir.

– Ah. Tu l'as réparé ?

– Ouais, c'est bon.

– Ok, super. Merci.

Il répond en hochant la tête.

Un long silence gênant s'installe entre eux et ils restent assis sur le lit, les yeux sur le mur en face.

Il y a tant de choses qu'elle veut lui dire, mais elle a du mal à faire marcher ses cordes vocales. Elle n'avait jamais peur de parler à Sloan, avant. Elle pouvait toujours lui dire ce qui la tracassait, le bon, le mauvais, le terrifiant. Sloan était la seule personne à l'avoir vue vulnérable, la seule personne dans ce monde pourri avec qui elle n'est pas obligée de cacher qui elle est vraiment.

Bon sang, pourquoi a-t-il fallu qu'il l'embrasse ? Pourquoi a-t-il ouvert cette porte ? Ce n'est pas pour rien s'ils l'avaient gardée fermée pendant toutes ces années, bon sang.

Elle inspire profondément et s'oblige à parler.

– J'avais tort…

– Tu avais raison…

Ils se regardent, surpris de parler en même temps.

– Quoi ? dit-elle bêtement.

– Tu avais raison, répète Sloan.

– À propos de quoi ?

Il se frotte la barbe, et Reese frissonne de nouveau en se rappelant la sensation de sa barbe piquante contre sa peau lorsque sa bouche a dévoré la sienne. Ses baisers brûlants avaient laissé des marques rouges sur ses joues, son cou, ses clavicules.

– Il fallait que je reste ici, dit Sloan.

– Non. J'avais tort. Tu aurais dû être avec moi, dit-elle avant de désigner son bras. Ça ne serait pas arrivé si tu avais été là pour me couvrir. Eh oui, ce n'est qu'une simple égratignure, mais… je n'ai pas aimé être sur le terrain sans toi.

– Mais non, ma place était à Foxworth. Ces fichus Exécuteurs se sont pointés, chérie.

– Merde, répond-elle.

– Ils ont encore fouillé la ville. Personne d'autre n'aurait pu gérer ça, Reese. Et ils n'auraient pas cru au mensonge que je leur ai fourni s'il était venu de quelqu'un d'autre que moi. Ils nous surveillent depuis des années. Ils savent que je suis toujours avec toi et que si tu prévoyais une attaque, je serais à tes côtés. C'était malin d'y aller sans moi.

– Ça ne m'a pas semblé malin quand on était à l'avant-poste. Ça m'a semblé… déséquilibré. Comme s'il me manquait un membre. Tu es mon bras droit, soupire-t-elle.

– Et toi, tu es le mien.

Son cœur bat plus vite lorsque Sloan prend sa main pour entrelacer leurs doigts.

– Mais parfois, les mains doivent travailler indépendamment l'une de l'autre, poursuit-il. Et ce n'est pas grave. Elles peuvent chacune avoir leur tâche, du moment qu'elles comprennent qu'elles sont plus fortes lorsqu'elles sont ensemble.

– Eh bien, tu es sacrément poétique, ce matin.

– Qu'est-ce que tu veux, tu fais ressortir ce côté-là chez moi.

Reese regarde leurs mains jointes. Ses doigts sont longs et virils et ses mains tellement plus fortes que les siennes. À côté, celles de Reese paraissent fragiles.

– Il faut qu'on parle de ce baiser, chuchote-t-elle.

– On n'est pas obligés.

– Si, il le faut. On n'évite aucun sujet, toi et moi. Sauf… un.

– Ouais, sauf un, ricane-t-il.

Un court silence s'installe entre eux.

– Je n'aurais pas dû t'embrasser, dit-il enfin d'une voix pleine de remords. Tu n'en avais pas envie.

– Je… j'en avais envie, Sloan… j'ai toujours eu envie de toi. Tu le sais forcément, non ?

Elle l'entend retenir son souffle.

– C'est vrai, dit-elle à voix basse. Quand je vous ai rencontré, Jake et toi, je ne sais vraiment pas lequel de vous deux m'a attirée le plus. Jake, avec son sourire en coin et ses cheveux blonds, ou toi, si fort et puissant, avec ton regard intense qui paraissait lire en moi comme dans un livre ouvert.

Elle lève la main pour caresser sa barbe et quand son pouce suit la courbe de sa lèvre inférieure, il se remet à respirer.

– Mais Jake a fait le premier pas.

– Je sais. C'est pour ça que je me suis fait discret, répond-il en caressant ses phalanges. J'ai mis de côté mon désir et ma déception, et j'ai essayé d'être le meilleur ami possible pour toi. Je ne t'en voulais pas de l'avoir choisi, ma chérie. Jake a toujours brillé plus fort que moi.

– Mais vous me plaisiez tous les deux. Ce n'était pas que lui, dit-elle.

– Tu n'as jamais rien dit, répond-il d'un air triste.

– Si.

Il fronce les sourcils.

– J'ai dit quelque chose à Jake, explique-t-elle, et sa poitrine se resserre douloureusement. Le soir avant que Cassie ne se fasse agresser.

– Le soir avant que Jake n'agresse Cassie, tu veux dire.

– Oui.

Elle déglutit pour faire disparaître le nœud dans sa gorge. Elle ne sait pas pourquoi elle a tourné sa phrase ainsi, comme si une force extérieure et invisible avait attaqué Cassie, alors que cette force, c'était Jake.

– Il m'a demandé si tu m'attirais, et j'ai répondu oui, poursuit Reese en serrant plus fort sa main. Je lui ai dit que j'avais envie de toi et il a craqué. Il a dit qu'il tuerait le premier homme qui mettrait la main sur moi et que lui seul avait le droit de me toucher. Il est devenu fou, ce soir-là. Il m'a prise plus fort que jamais, dit-elle, et une vague de honte la saisit, l'obligeant à tourner la tête vers le mur. Et j'ai adoré.

Elle sursaute quand il saisit son menton pour l'obliger à le regarder.

– Tu as le droit d'aimer la violence, chérie. Tu as le droit d'aimer ce qu'il t'a fait.

– Mais ce qu'il a fait à Cassie… c'était mal. Mon Dieu, Sloan, tu aurais dû entendre ce qu'il criait. Il disait que c'était son droit de toucher qui il voulait, de prendre qui il voulait. Cassie était allongée dans notre lit, et elle saignait à tous les endroits où il l'avait touchée. Elle pleurait, elle me suppliait de l'aider.

– Et c'est ce que tu as fait.

– Mais c'était trop tard, répond Reese en se mordant la lèvre. C'est moi qui l'ai poussé à faire ça. Je lui ai dit que j'avais envie de toi, et il a eu besoin de me montrer que si moi je n'avais le droit de toucher aucun autre homme, lui, il avait le droit de toucher toutes les femmes qu'il voulait, même contre leur gré. C'est moi qui ai fait ça.

– Non, c'est faux, répond Sloan d'une voix ferme. Si c'est la faute de quelqu'un, c'est la mienne.

Elle cligne des yeux plusieurs fois, surprise.

– De quoi tu parles ?

– J'ai dit quelque chose à Jake, moi aussi, admet-il.

– Ah bon ? demande-t-elle alors que son cœur bat la chamade.

– Quand il t'a séduite, j'ai fait de mon mieux pour mettre mes sentiments de côté. Mais c'était pas facile, explique-t-il d'une voix lourde de remords.

Plus je passais de temps ici, plus je t'admirais. Et plus je t'admirais, plus j'avais de mal à contrôler mon désir. J'avais tellement envie de toi que je ne supportais plus ta présence.

Sa voix est si pleine de culpabilité que Reese en a les larmes aux yeux.

– J'ai réussi à garder ma queue dans mon froc. J'ai réussi à garder ma bouche fermée. Mais… Jake a commencé à regarder autour de lui.

Reese se mord la lèvre. Elle s'en était toujours doutée.

– Alors je lui ai demandé s'il y avait de la place pour une troisième personne dans votre lit. On avait déjà partagé des femmes, alors ça n'était pas si choquant. Mais… bon sang, ça ne lui a pas plu. Il m'a dit qu'il te trancherait la gorge plutôt que de laisser un autre homme te toucher.

Elle écarquille les yeux.

– C'est là que j'ai cessé d'être fidèle envers Jake pour l'être envers toi, admet Sloan. À partir de ce jour-là, je suis devenu ton homme. Quand je me levais le matin, mon but était de m'assurer que ta journée se passerait sans problème. Quand je me couchais le soir, je pensais à tous les moyens par lesquels je devais te protéger pour que tu puisses aider les autres. Mais surtout, je surveillais Jake.

Reese cligne rapidement des yeux pour empêcher les larmes de couler. Elle a toujours su que Sloan lui était loyal, mais… elle ne s'attendait pas à tout ça.

– Mais je ne l'ai pas surveillé d'assez près, marmonne-t-il d'une voix lugubre. Toutes les femmes avec qui il couchait alors qu'il était avec toi n'étaient pas consentantes. J'aurais dû le savoir, bon sang. J'aurais dû savoir que les femmes de la ville t'aimaient, toi, Reese, et qu'elles ne laisseraient jamais Jake les prendre derrière ton dos.

Quand il touche de nouveau sa joue, Reese se laisse aller contre sa main. La nausée qui tourbillonne dans son ventre devient plus forte et elle ne sait si elle pourra la contrôler. Elle avait vu Jake forcer des femmes à lui servir à manger et à boire. Elle l'avait vu les punir dès la moindre transgression. Il avait même installé un pilori sur la place centrale où les hommes et les femmes se faisaient fouetter pour les crimes dont il les accusait.

Mais les viols… prendre des femmes et même des hommes sans leur consentement, c'était un tout autre degré de violence. Il leur avait dit qu'il était de leur devoir de le servir, mais Jake devait savoir que c'était mal, sinon il ne les aurait pas fait jurer de ne rien dire.

Jake était malade.

– Je ne savais pas, chuchote-t-elle. Je ne savais vraiment pas.

– Je sais, lui assure Sloan. Et moi non plus. Si j'avais su, je l'aurais tué bien avant et j'aurais évité à tout le monde toute cette souffrance.

– Je ne sais pas si tu aurais réussi, tout seul. Je ne crois pas que j'en aurais été capable, admet-elle.

– Tu l'aimais, dit-il simplement.

– Ouais, je l'aimais… jusqu'à ce que je le déteste.

Un sourire triste s'étend sur ses lèvres quand elle prend conscience de la triste vérité. En fin de compte, ils l'avaient tous les deux aimé jusqu'à ce qu'ils le détestent.

– Tu regrettes ? demande Sloan. De l'avoir tué ?

Elle fait non de la tête.

– Et toi ?

Il secoue la tête à son tour.

– Pourtant, je n'ai toujours pas l'impression qu'il est mort, dit-elle en riant froidement. On l'a tué il y a trois ans, mais il est encore là. Son fantôme est en ville, il nous regarde, il nous juge.

– Alors, laisse-le regarder, répond Sloan. Jake était ma seule famille et mon meilleur ami, mais ce n'était pas un homme bon. Il n'est pas le résultat de quelque chose que toi ou moi avions fait, ma chérie. Il était malade et il est devenu accro au pouvoir. Tu ne l'as pas obligé à faire ce qu'il a fait. Et moi non plus. Alors, s'il veut être là avec nous, qu'il le soit, dit Sloan en désignant le vide qui les entoure. Laisse-le nous regarder. Mais toi et moi, on ne pensera plus à lui.

Son regard de braise lui coupe le souffle. Elle l'a déjà vu quand il l'a embrassée, quand il a laissé Rylan le sucer. Ce genre de passion ne doit pas être retenue. Il devrait avoir le droit d'être libre, et Reese se retrouve à haïr Jake plus que jamais d'avoir obligé Sloan à réprimer ses envies.

Lorsqu'il l'embrasse, elle l'accueille avec un enthousiasme qui est presque gênant. Sa langue glisse dans sa bouche, et elle retient son souffle car elle a le goût de… Sloan. Un goût de whisky et d'homme, et de quelque chose de si entêtant qu'elle en perd la tête.

Elle s'agrippe à son torse et plante ses ongles dans ses pectoraux. Quand elle effleure son téton, il soupire en sifflant longuement. Son corps puissant se met à trembler, mais elle sait qu'il n'a pas peur et qu'il n'est pas nerveux. C'est simplement que, comme elle, il lutte pour ne pas perdre le contrôle.

– Sloan, chuchote-t-elle sans savoir ce qu'elle veut dire.

Peu importe. Sloan continue de l'embrasser, longuement, profondément, lui faisant tourner la tête en caressant sa langue avec la sienne, en mordillant ses lèvres. Il l'allonge sur le lit et baisse son soutien-gorge pour révéler son sein, qu'il prend aussitôt dans sa bouche.

– Reese, grogne-t-il contre sa peau.

Toutefois, il ne finit pas sa phrase, lui non plus, préférant titiller son téton du bout de la langue.

Mon Dieu. Son corps entier s'embrase. Tout chez lui la pousse vers quelque chose d'animal, sa langue féroce, ses cheveux courts sous sa main, sa barbe contre son sein, sa queue dure comme fer contre sa cuisse.

Elle veut la libérer de son jean, la prendre dans sa bouche, dans son corps. Son envie de lui est si puissante qu'elle en devient folle. Soudain, elle s'attaque à sa braguette et pousse un grognement lorsqu'elle se coince.

Sloan rit doucement et décide de l'aider.

– Tu veux ma queue ?

Reese n'arrive même pas à répondre. Un désir pur et désinhibé l'empêche de parler, et elle ne réussit qu'un hochement de tête désespéré.

Son excitation pulse entre ses jambes tandis qu'il finit d'ouvrir sa braguette. Il plonge sa main dans son jean et saisit l'objet de ses désirs. Cependant, il ne l'a pas encore sorti que quelqu'un frappe à la porte.

Ils grognent tous les deux, mécontents.

– Reese, on a besoin de toi.

C'est Nash, il doit encore avoir tiré la courte paille, car il semblerait que ce soit toujours lui qui les interrompt.

– Qu'est-ce qu'il y a ? aboie-t-elle, parfaitement consciente que Sloan et Nash doivent entendre le désir dans sa voix.

– Euh… on a besoin de toi, répète Nash d'un ton qui leur dit qu'il aimerait être n'importe où sauf là.

– Tu ne voudrais pas nous dire pourquoi, par hasard ? gronde Sloan d'une voix agacée.

Il y a une courte pause.

– Bethany a commencé le travail.

CHAPITRE 18

Bethany fait peur à voir.

L'espace d'un instant, Reese est tentée de tourner les talons et de demander à quelqu'un d'autre de s'en charger, mais elle se force à rester. La femme pantelante et souffrante devant elle fait partie de son peuple. Elle ne peut pas tourner le dos à quelqu'un qu'elle a juré de protéger.

– Elle rentrait du restaurant et, tout à coup, elle s'est pliée en deux. Quelque chose… de l'urine, je suppose, a coulé le long de ses jambes et elle s'est mise à pleurer. On l'a portée ici et…

Nash grimace, confus, comme tous les hommes lorsque quelqu'un souffre et qu'ils ne savent pas quoi faire pour aider.

– Et… ça a commencé. On ne savait pas quoi faire, conclut-il en suppliant Reese du regard.

Elle regarde Bethany qui se cambre sous l'effet d'une contraction qui la laisse épuisée et en larmes.

Sloan a suivi Reese dans la chambre, mais il s'est tout de suite arrêté et il s'est adossé contre un mur, à l'écart. Son visage normalement stoïque est déformé par la peur. Au moins, il est encore là. Travis et Beckett se cachent en bas, et Nash est déjà en train de repartir.

Bethany regarde le plafond, des larmes coulent sur ses joues.

– Je n'y arriverai pas, pleure-t-elle. Où est Arch ? Pourquoi Arch n'est pas là ?

Le cœur de Reese se brise en mille morceaux. Arch n'est pas là, parce qu'il a pris une balle à la place de Reese. Bon sang, elle ne peut pas être là, elle non plus. Elle a envie de suivre Nash et de s'enfuir en courant. Elle préfère affronter mille Exécuteurs plutôt que de faire naître un bébé sans la moindre assistance médicale.

– Reese ? sanglote Bethany.

– Je suis là, ma chérie.

Sloan la pousse en avant, elle le fusille du regard.

– C'est normal ? Ce que je ressens est normal ? demande Bethany en essayant de se redresser sur ses coudes, retombant aussitôt sous le poids de l'effort.

Reese repense aux accouchements de sa mère. À chaque fois, il y avait au moins trois hommes en blouse blanche. Ils entraient dans la chambre de Sylvia et en ressortaient quelques heures plus tard avec un nouveau-né dans les bras. Il n'y avait ni bruit, ni cri de terreur, ni angoisse. Lorsque Reese avait le droit d'aller voir sa mère, parfois un jour après, Sylvia était radieuse et folle de joie.

– Bien sûr que c'est normal, dit-elle à Bethany en s'approchant du lit.

Cependant, elle n'a pas la moindre idée de ce qui est normal ou pas durant un accouchement.

– Je crois que tu devrais bientôt commencer à pousser ?

– Pousser ? C'est tout ? C'est tout ce que tu vas me dire ? demande Bethany avec tant de colère qu'elle parvient à se redresser.

– Je…

Reese est trop près du lit, et Bethany saisit son poignet.

– J'ai une pastèque dans le ventre et tu me dis de la faire sortir par mon vagin ? Où sont les médicaments ? Il me faut des médicaments !

Reese sait qu'il doit exister des antidouleurs spéciaux, mais dans toutes les pharmacies et les cliniques qu'ils ont dépouillées au fil des ans, rien n'a jamais été étiqueté « à utiliser en cas d'accouchement ». Les bons médicaments sont sans doute stockés dans l'hôpital de la cité, pas ailleurs.

Merde. Ils ont utilisé les derniers antidouleurs sur Kade, d'abord pour essayer de le sauver, puis pour mettre fin à ses jours.

– Ok, voilà ce qu'on va faire, dit-elle en tirant sur son bras, mais Bethany refuse de la lâcher. Je vais m'asseoir à côté de toi, et tu vas me dire où ça fait mal. Je te masserai pendant que tu pousseras.

– Où ça fait mal ? crache la douce Bethany. Tu me demandes où ça fait m…

La fin de sa phrase est interrompue par un autre cri de douleur durant lequel Bethany plante ses ongles dans le poignet de Reese. Bon sang, ça fait mal, mais ce n'est sans doute rien, comparé à ce qui se passe dans le corps de Bethany.

– Il nous faut Rylan, dit Sloan.

– Pourquoi ? marmonne Reese.

– Il a grandi dans une ferme. Il m'a dit qu'il savait quoi faire pendant un accouchement.

– Va le chercher. Va le chercher tout de suite ! s'exclame Bethany.

Sloan court à la porte et appelle Nash.

– Il nous faut Rylan. Tout de suite !

Un autre cri les interrompt, les deux hommes tressaillent.

– Il devrait déjà être là, corrige Sloan.

Nash part en courant aussi vite que possible.

– Heureusement qu'Arch est parti, ricane Bethany, sinon je l'aurais tué pour m'avoir mise dans cette situation.

Encore une fois, Reese pense à sa mère. Est-ce que Sylvia avait souffert ainsi pour chaque bébé ? Et sa récompense avait été de les perdre ? Il n'est pas étonnant qu'elle soit devenue folle et qu'elle se soit tuée.

Bethany supporte deux nouvelles contractions, chacune plus affreuse que la précédente, avant que Rylan n'arrive, aboyant des ordres dès qu'il a passé la porte.

– Il me faut de l'eau bouillante et trois bouteilles de whisky.

– Trois ? demande Sloan d'une voix inquiète.

– Deux pour désinfecter mes mains et une que vous vous partagerez pour ne pas vous évanouir, explique-t-il avant de se tourner vers Bethany. Tu as perdu les eaux ?

Elle hoche la tête.

– C'est bien. Ça veut dire que le bébé est bientôt prêt à sortir, explique-t-il avant de tapoter le matelas au pied du lit. Vous deux, aidez-la, poussez-la jusqu'ici pour que ses jambes pendent dans le vide.

Reese et Sloan se lèvent d'un bond et obéissent aussitôt. Rylan s'agenouille entre les jambes de Bethany, regarde entre ses cuisses, puis il la fait rallonger sur le lit. Il pose ses mains sur son ventre et appuie plus fort que Reese ne l'aurait cru nécessaire, mais elle est surprise lorsque Bethany pousse un cri soulagé.

– C'est bien. La tête est en place. Il ne te reste plus qu'à pousser. Ce sera peut-être plus simple si tu te lèves.

– Tu es fou ? s'exclame Reese. Elle ne tient même pas assise. Et si le bébé tombe ? Et si…

Rylan hausse les épaules et lui coupe la parole.

– Dans la vie, les choses tombent. Je le rattraperai.

– Aidez-moi, dit Bethany en s'efforçant de s'asseoir.

Reese se met à droite de Bethany et Sloan, pâle comme un drap, se place à sa gauche. Ils tiennent la jeune femme debout et regardent Rylan, qui reste à genoux par terre.

– Imagine que tu es constipée et que tu n'as jamais eu autant envie de chier, dit-il en souriant.

– Tu es la pire sage-femme au monde, rétorque Reese.

Rylan ne répond pas, car Bethany pousse en hurlant et en s'accrochant à Reese et à Sloan aussi fort que possible. Bethany est une femme minuscule, mais ils découvrent soudain qu'elle a la force de dix hommes. Reese craint sincèrement qu'elle ne leur arrache la main.

Rylan, en revanche, est d'un calme olympien. Il encourage Bethany en lui disant qu'elle fait du bon travail et que tout va bien se passer, que tout est normal. Il se lève pour lui frotter le dos et le ventre, puis il se remet à genoux.

Les heures passent et il ne baisse jamais les bras, même quand sa voix devient rauque. C'est un côté de Rylan que Reese n'a jamais vu. Un côté que Jake n'a jamais possédé. Et sous son regard confiant et sa voix calme, Reese trouve enfin la paix. Elle jette un coup d'œil en direction de Sloan et découvre qu'il ressent la même chose. Rylan les apaise tous. Cet homme au sourire si facile et aux remarques si insolentes les emmène tous dans un état de sérénité que Reese n'aurait jamais cru possible.

Ce Rylan est une révélation, et soudain la fissure que Sloan a provoquée en elle, tout à l'heure, s'agrandit.

Bethany est un désastre. Une veine a rompu dans son œil droit, le teintant d'un rouge effrayant. Ses cheveux sont trempés par la sueur et elle est rouge comme un coquelicot des pieds à la tête.

Mais elle n'a jamais été aussi belle.

Rylan et Sloan la regardent tous deux avec une admiration et une dévotion toutes nouvelles.

Quant à Reese… elle ne peut quitter le bébé des yeux.

Rylan a attrapé le nouveau-né, comme il l'a promis, dans ses mains lavées au whisky. Il a coupé le cordon ombilical et encouragé Bethany à pousser une dernière fois pour se débarrasser du placenta, puis il a donné le bébé à Reese pour que Sloan et lui puissent préparer le lit et aider Bethany à s'allonger. Sloan a tenu Bethany pendant que Rylan a enlevé les draps trempés de sueur. Quelqu'un leur en a donné d'autres, et Bethany, épuisée, a pu se recoucher.

Reese sait qu'elle devrait donner le bébé à sa mère, mais elle n'en a pas envie. Elle est amoureuse de lui et elle aimerait l'emporter. Elle aimerait le prendre dans son hélicoptère, trouver une des îles dont Tamara lui parle toujours et se cacher avec ce bébé.

Elle regarde ses yeux bleus et caresse la petite touffe de cheveux roux qu'il a clairement héritée de son père. Une petite main fripée saisit son sein, il ouvre et referme la bouche, cherchant quelque chose à sucer, et Reese rapproche son nez de bébé pour respirer le parfum de la vie.

Elle est désespérée à l'idée que ce que connaît Bethany, elle ne pourra jamais l'avoir.

– Reese…

Elle lève la tête et découvre Rylan à ses côtés. Elle tient le bébé plus fort et se tourne pour le protéger des mains de Rylan.

– Reese, chérie.

Cette fois, c'est Sloan qui l'appelle.

Les deux hommes la regardent patiemment, tout comme Bethany.

Rylan tend les mains, et Reese lui donne l'enfant à contrecœur.

Sloan se penche sur Bethany et lui caresse la tête.

– Ton bébé est magnifique, Bethy. Je parie qu'Arch n'a jamais autant souri.

La jeune maman se blottit contre son torse et appuie sa tête sur son épaule, et Rylan se met de l'autre côté du lit pour déposer le bébé dans ses bras. Bethany soulève son t-shirt et l'enfant tourne la tête vers son sein. Aussitôt, des bruits de succion se mêlent aux acclamations de Sloan et Rylan complimentant Bethany pour la perfection du petit Archer.

Reese est affreusement jalouse. Elle ne pourra jamais offrir cela à Sloan ou à Rylan. Elle ne pourra jamais les émerveiller à ce point et elle ravale sa rancune, tournant brusquement les talons pour s'enfuir.

Au rez-de-chaussée, elle découvre qu'une dizaine de personnes attendent des nouvelles.

– C'est un garçon, déclare-t-elle. Tout le monde va bien.

Des applaudissements retentissent et les gens se prennent dans les bras. Certains vont même jusqu'à pleurer. Mais personne ne remarque que Reese s'est éclipsée.

Elle pensait pouvoir respirer, une fois dehors, mais même l'air frais ne la débarrasse pas de la jalousie qui l'étrangle.

Elle court jusque chez elle et ne se préoccupe pas de refermer la porte. Elle va dans la cuisine, ouvre le placard où ils rangent l'alcool, et, d'une main tremblante, saisit une bouteille. Cependant, le verre se cogne sur le bas de l'étagère et, glissant entre ses mains, la bouteille s'écrase par terre. L'odeur entêtante de whisky embaume l'air et Reese pousse un grognement frustré, elle ne peut même pas se servir un verre, bon sang.

Un juron enragé lui échappe et elle empoigne la dernière bouteille, qu'elle ouvre brusquement pour boire une bonne gorgée avant de céder aux larmes. Des gouttes salées coulent sur ses joues et des sanglots la secouent avec tant de force qu'elle ne tient plus debout. Elle se laisse glisser par terre et ne sent même pas le bout de verre couper sa main lorsqu'elle la pose sur le carrelage.

– Reese, chérie, qu'est-ce qui ne va pas ?

Elle lève la tête et découvre Sloan dans l'embrasure de la porte.

– Va-t'en, aboie-t-elle.

Son visage se tord d'inquiétude. Derrière lui, elle découvre Rylan. Tous deux la regardent comme si elle était folle, et elle déteste ça. Elle déteste qu'ils la voient ainsi. Elle est forte, bon sang. C'est elle qui a la vision de l'avenir. Elle n'est pas du genre à s'effondrer parce qu'elle ne peut pas avoir d'enfant, or la voilà assise dans une flaque de whisky, une bouteille à la main.

Soudain, un éclat de colère parcourt son corps et elle jette la bouteille à la tête de Sloan, qui se baisse, laissant la bouteille se casser sur le mur.

– C'était pour quoi, ça ?

– Je ne pourrai jamais te donner ça ! hurle-t-elle.

– Me donner quoi ? Un traumatisme crânien ?

– Un bébé ! Je ne pourrai jamais vous donner de bébé !

Sloan se retourne pour demander de l'aide à Rylan, qui hausse les épaules, impuissant et confus.

– Allez, sors de là ma chérie, dit Sloan d'une voix douce en lui tendant la main.

Elle regarde le désastre qui l'entoure, le verre cassé, le whisky partout, sa vie, et elle secoue la tête. Que peuvent bien vouloir ces deux hommes beaux, forts et géniaux avec elle ? Elle est défectueuse, en partie femme, en partie rien du tout. Elle est un bon coup mais, en fin de compte, elle ne vaut rien. Elle est comme un vase fissuré. On peut verser ce qu'on veut dedans, il sera vide au matin.

– Je vous ai dit de partir, les supplie-t-elle.

Elle ne quitte pas la bouteille des yeux, ne sachant si elle devrait se détester de s'apitoyer ainsi sur son sort, ce qui ne lui ressemble pas, ou les détester, eux, d'en être témoins.

Elle entend du verre craquer sous une botte.

– On t'avait entendue la première fois, dit Sloan en la soulevant, profitant qu'elle n'ait pas la force de se débattre.

– La ville entière t'a sans doute entendue, plaisante Rylan.

– Tu viens ? demande Sloan à l'autre homme.

– Oui.

Elle devrait protester. Elle devrait leur rappeler qu'elle leur fait perdre leur temps. Elle le devrait, mais elle ne le fait pas.

Sans un mot, Sloan la porte jusqu'à sa chambre, et Rylan les y enferment tous les trois.

CHAPITRE 19

Sloan est anéanti de voir Reese souffrir.

Il a juré d'être le bouclier de cette femme et d'empêcher qui que ce soit et quoi que ce soit de lui faire du mal, or il n'y a aucune menace extérieure contre laquelle lutter, seulement un démon intérieur que Sloan craint de ne pouvoir atteindre.

Il essuie les larmes de Reese et ouvre la porte de la salle de bains d'un coup de pied.

– Rylan, allume la douche, ordonne-t-il sans se retourner.

Son ami fait couler l'eau chaude pendant que Sloan la déshabille rapidement et méthodiquement. Elle regarde droit devant elle, mais quand il glisse ses doigts sous l'élastique de sa culotte, elle proteste.

– Je vais bien, dit-elle.

– Tu ne vas pas bien, répond-il doucement. Tu es glacée, ma chérie. On va te réchauffer, d'accord ?

Il la pousse vers Rylan et commence à enlever ses propres vêtements.

Une fois à poil, il porte Reese dans la baignoire et la place sous le jet. L'eau les recouvre et Sloan la prend dans ses bras, par-derrière, afin de soutenir son dos tremblant. Du coin de l'œil, il voit Rylan se déshabiller aussi et, quelques secondes plus tard, le grand blond vient lui aussi dans la douche. Sloan tourne Reese contre Rylan et, prise en sandwich entre les deux hommes, elle semble s'avouer vaincue.

Personne ne parle tandis que Rylan saisit un savon et le fait mousser entre ses mains. Il savonne le dos de Reese, ses épaules, ses bras, puis il s'agenouille pour s'occuper de ses jambes. Il se relève et donne le savon à Sloan, qui prend le relais à l'avant.

Il ignore ses courbes glissantes et sa chair douce et mouillée. Il ignore son érection et son cœur qui bat la chamade. Il a beau rêver d'être en elle, il ne peut effacer l'image de son visage anéanti et de ses yeux hagards lorsqu'elle a jeté la bouteille sur lui en criant : « Je ne pourrai jamais vous donner de bébé ! »

Il savait que Reese avait grandi dans la cité, mais il n'avait pas compris ce que cela impliquait. Si une citoyenne n'est pas choisie pour se reproduire, elle est stérilisée. Il le sait, pourtant. Mais il n'avait jamais fait le rapprochement avec Reese.

Mais il s'en fiche, bon sang. Il ne souffre que parce qu'elle souffre, pas parce qu'il fantasme bêtement à l'idée d'être père. Il ne veut pas de bébé. Il n'en a jamais voulu et il n'en voudra jamais. Tenir le nouveau-né de Bethany l'a ému, c'est certain, mais pas parce qu'il veut des enfants, simplement parce qu'il est heureux pour elle.

Il ne supporte pas que Reese se mette en tête qu'elle est défaillante, qu'il puisse y avoir quelque chose qu'elle ne peut pas lui donner. Après tout, il a la femme qu'il aime. Elle.

Ses mains effleurent celles de Rylan tandis qu'ils caressent tous deux la hanche de Reese, et Sloan s'immobilise un moment. Il se rend soudain compte qu'il a tout ce dont il a rêvé, et plus encore. Il n'avait jamais imaginé partager Reese avec un autre homme, mais il doit avouer que la présence de Rylan lui semble… juste.

– De quoi as-tu besoin, ma chérie ? demande Sloan d'une voix rauque.

– Je ne sais pas, marmonne-t-elle.

– Tu veux parler ?

Elle secoue lentement la tête, et la pointe de ses cheveux glisse sur ses seins.

Il pose ses deux mains sur sa poitrine et frotte ses tétons entre ses pouces.

– Tu veux qu'on te donne du plaisir ?

Quelques secondes passent avant qu'elle hoche la tête.

Sloan croise le regard de Rylan par-dessus Reese et il hoche la tête, comme pour dire qu'il est partant. Il empoigne les cuisses de la jeune femme et les écarte doucement.

Sloan se met à genoux devant elle tandis que son cœur bat la chamade, émerveillé. C'est la première fois qu'il va lui faire un cunni. Il aimerait mémoriser la vue de sa chatte, son goût, mais Reese a besoin d'un soulagement puissant et rapide pour apaiser sa peine et la remplacer par quelque chose de plus doux, de plus chaud.

Ses lèvres se mettent à fourmiller en s'approchant de l'objet de son désir. Le corps entier de Reese tressaute lorsque sa langue entre en contact avec son clitoris. Sloan lève brièvement la tête vers Rylan, qui entoure la taille de Reese d'une main puissante tandis que l'autre s'occupe de palper et masser son sein.

– Je te tiens, bébé, murmure-t-il dans l'oreille de Reese. Ferme les yeux et laisse-le te goûter.

Sloan n'attend pas de voir si elle obéit. Il est déjà en train de descendre sa langue sur sa fente, grognant quand il la goûte pour la première fois.

Bon sang, il aimerait savourer ce moment. Il aimerait y aller lentement, très lentement. Mais il la taquinera plus tard. Pour l'instant, il doit l'aider à libérer la tension emprisonnée en elle. Il remonte le long de sa fente, pose ses lèvres sur son clito et le suce assez fort pour lui arracher un cri.

– C'est ça, laisse-toi aller. On va s'occuper de toi.

Sloan entend à peine les paroles de Rylan. Son visage est enfin enfoui entre les jambes de Reese, et cela l'excite tant qu'il en a le vertige. Il glisse deux doigts dans son antre mouillé, savourant la façon dont elle lui répond en se contractant.

Ses gémissements résonnent sur les murs carrelés, et la queue de Sloan est lourde et recouverte de liquide préséminal. Il courbe ses doigts et la caresse en lapant son clitoris, encore et encore.

– Là… voilà, grogne Rylan. C'est bien. Jouis sur son visage, comme ça.

Sloan est son exutoire, caressant et léchant sa chair chaude, se remplissant de sa saveur jusqu'à ce qu'elle cède, parcourue de spasmes violents. Il ne se lève que lorsque Reese s'est enfin immobilisée. Son goût est imprégné sur sa langue et la preuve de son orgasme recouvre ses doigts.

Le regard approbateur de Rylan déclenche une pulsion primaire à l'intérieur de Sloan. Sans un mot, il porte ses doigts à la bouche de l'autre. Reese retient brusquement son souffle et le regard de braise de Rylan électrifie Sloan et le fait bander de plus belle.

L'eau est désormais froide, et Sloan prend Reese dans ses bras pour la porter dans la chambre. Il entend le robinet grincer tandis que Rylan éteint la douche, il les rejoint quelques secondes plus tard.

Aucun des deux hommes ne dit quoi que ce soit tandis que Sloan dépose Reese, trempée, sur le lit défait. Lui et Rylan ne parlent pas, car ils ont la même motivation. Ils ont la même érection énorme et pulsante.

– Je suis désolée d'avoir pété un câble, dit-elle d'une voix honteuse.

– Tu n'as pas à t'excuser, murmure Sloan avant de titiller son téton du bout de la langue.

– Absolument pas, acquiesce Rylan avant de capturer l'autre sein dans sa bouche pour le sucer fort.

– Mon Dieu… grogne-t-elle en soulevant son bassin. C'est… Mon Dieu… n'arrêtez pas. Continuez…

Rylan glousse d'une voix rauque et Sloan en ressent les vibrations jusque dans sa bouche.

– On n'arrêtera pas tant que tu ne nous diras pas d'arrêter, promet Rylan.

Sloan est entièrement d'accord. Il s'occupe du téton parfait de Reese, le léchant et le suçant alors que sa main descend sur son ventre jusqu'à son entrejambe. Quand il y rencontre la main de Rylan, c'est à son tour de rire, apparemment, ils ont eu la même idée.

Parfaitement synchrones, les deux hommes jouent avec leur femme, Rylan écarte ses lèvres délicates pour laisser Sloan caresser son clitoris. Après quelques caresses taquines, Sloan couvre la main de Rylan avec la sienne et descend leurs deux mains, enfonçant leurs doigts dans son fourreau étroit et chaud.

Un cri rauque et désespéré lui échappe. Sloan lève la tête et découvre que ses yeux noisette se sont voilés. Elle gigote sur le lit, engloutie dans son désir, se frottant contre leurs doigts comme si elle savait qu'elle n'en aurait jamais assez.

– Bon sang, bébé, tu mouilles tellement, grogne Rylan en enfonçant ses doigts plus loin en elle.

Sloan est parfaitement conscient de l'état d'excitation de Reese. Elle trempe leurs doigts et met en péril sa retenue chaque fois qu'il sent ses parois se contracter sur ses doigts.

Il ne peut s'empêcher de frotter son érection contre sa jambe et il éclate de rire en voyant Rylan en faire de même. Cette femme les rend tellement fous qu'ils pourraient éjaculer avant même de l'avoir pénétrée. Mais pas encore. D'abord, il veut la faire jouir de nouveau.

– Bouffe-la, dit-il à Rylan. Je veux voir sa tête quand tu la fais jouir.

Rylan n'a pas besoin qu'on le lui dise deux fois. Il lui lance un sourire diabolique et rampe entre les jambes de Reese pour commencer à laper son clitoris. Les doigts de Sloan restent blottis en elle, et la langue avide de Rylan effleure ses phalanges à chaque aller-retour. Sloan frissonne de plaisir, parfaitement conscient du talent que détient la langue de Rylan. Il est si doué, en fait, que Reese se met aussitôt à trembler. Elle se contracte autour des doigts de Sloan et gémit en s'abandonnant à eux.

– Je jouis, susurre-t-elle.

Et bon sang, elle ne jouit pas à moitié. Ses yeux se voilent et ses paupières s'alourdissent. Le cœur de Sloan bat à tout rompre quand il sent son orgasme sur sa main. Il n'y a rien de meilleur que de voir, ou plutôt de sentir, cette femme perdre le contrôle. Reese est… une flamme. Elle est un feu qui brûle si fort que les hommes en perdent la tête et se transforment en Cro-Magnon pantelants qui n'existent que pour la servir. Lui faire plaisir. L'aimer.

Ça lui convient parfaitement. Du moment que Reese est dans ses bras, tremblante en gémissant son nom, il veut bien se laisser consommer par le feu.

Plus.

C'est la seule pensée qui l'anime. Elle en veut plus. Plus de la langue de Rylan sur son clitoris. Plus d'ordres dans la bouche de Sloan. Plus d'orgasmes. Plus de libération. Simplement… plus.

Reese se redresse et regarde les deux hommes s'agenouiller sur le matelas. Elle connaît la suite. Elle sait qu'ils vont tous les deux la posséder en même temps.

Et elle a hâte.

– Dis-nous ce que tu veux d'abord, ordonne Sloan.

Elle trépigne d'impatience à l'idée que ce ne soit que le début.

– Je veux ça, dit-elle en empoignant la verge dure de Sloan, et ça, ajoute-t-elle en saisissant celle de Rylan.

Ce dernier sourit jusqu'aux oreilles. Il se place près de Sloan et rapproche sa queue de son visage. Elle sort sa langue pour en titiller la pointe, savourant son goût viril et sa peau de velours. De son autre main, elle continue de branler lentement Sloan, qui la regarde quelques secondes avant de prendre le relais, jouant avec sa verge avec plus de force que Reese n'oserait employer.

Sloan continue de se caresser et, alors que Rylan pousse un grognement et se prépare à s'enfouir dans sa bouche, Reese le libère et se tourne vers Sloan.

Il retient son souffle lorsqu'elle l'engloutit et il plonge ses doigts dans ses cheveux, les tirant jusqu'à ce qu'elle ait un peu mal. C'est au tour de Rylan de se branler et il le fait en dévorant des yeux la queue de Sloan qui disparaît dans la gorge de Reese.

Une tension brûlante s'accumule dans son bas-ventre et elle baisse la main pour se caresser. Toutefois, elle ne s'est pas encore touchée que Sloan saisit sa main.

– Non. Ça, c'est à nous, ce soir. Tu ne te touches pas.

Il repose sa main sur sa hanche et empoigne de nouveau ses cheveux, l'obligeant à lever la tête.

– Maintenant, suce, aboie-t-il.

Elle les suce aussi fort qu'elle peut, d'abord Sloan, puis Rylan, passant d'un homme à l'autre, leur arrachant des cris rauques et désespérés. Son cœur accélère lorsque Rylan empoigne la nuque de Sloan pour l'embrasser et que ce dernier tire plus fort ses cheveux en retournant son baiser.

Bon sang, c'est la chose la plus sexy qu'elle ait jamais vue, ou peut-être pas, se dit-elle en revoyant la queue de Sloan dans la bouche de Rylan. Elle est tellement excitée qu'il lui semble qu'elle va s'embraser. Et si elle ne peut pas se toucher, alors elle va s'amuser à les torturer. Elle prend une verge dans chaque main et les branle plus vite.

Lorsque Sloan recule, Reese lui fait part de son mécontentement.

– Non, reviens.

– Je suis à deux doigts de jouir, grommelle-t-il en haletant.

Rylan n'est pas en meilleure posture.

– Ma bite a désespérément besoin de s'enfouir dans quelqu'un, susurre-t-il.

Sloan hoche brusquement la tête et se place derrière Reese. Il écarte les jambes et place ses genoux à l'intérieur des siens.

La position n'est pas évidente pour elle. Son centre de gravité est trop haut et elle doit s'adosser contre Sloan pour ne pas tomber. Ses doigts caressent sa taille, effleurant la peau sous ses bras, sur ses côtes, pendant que Rylan attend que Sloan lui dise quoi faire.

– Viens ici, dit-il enfin.

Il empoigne les seins de Reese, jouant avec ses tétons pointus, avant de les offrir à Rylan.

– Suce-les jusqu'à ce qu'elle jouisse encore une fois.

– Ça ne va pas être long, répond Reese.

– Regarde comme tu es excitée, ma chérie, chuchote Sloan dans son oreille tandis que Rylan se penche en avant. Ça te plaît ? Tu aimes que je tienne tes seins pendant que Rylan suce tes tétons ?

– Oui.

La queue de Sloan est dans le creux de ses reins, épaisse et prête.

– Je vais te prendre par-derrière pendant que notre ami s'occupe de ta chatte, dit-il avant de lécher son cou. Ça va être serré. Tu vas avoir des courbatures demain. À chaque pas, tu le sentiras et tu te rappelleras ce que tu as ressenti quand on t'a tous les deux prise en même temps.

Elle frissonne.

Sloan la penche en avant, une main sur son dos. Rylan la prend par la taille et la tient devant la queue de Sloan, et Reese gémit lorsqu'elle sent son gland forcer son entrée.

– Respire, chérie, lui dit-il.

Il promène sa main sur son dos puis sur sa cuisse et saisit son clitoris entre son pouce et son index. Elle ferme les yeux et se concentre sur cette caresse tandis que l'invasion de son corps commence lentement, doucement.

Rylan la tient contre lui et regarde par-dessus son épaule.

– Putain, bébé, ton cul est tellement serré. Sloan a tout juste rentré son gland. Détends-toi, bébé.

Il accompagne ses paroles de longues caresses sur le haut de ses cuisses. Avec les encouragements des deux hommes, elle parvient à s'étirer assez pour accueillir Sloan sur toute sa longueur. Ils sifflent tous deux, lui parce qu'elle est incroyablement étroite, et elle sous l'effet de la sensation de brûlure. Son corps lui semble à vif. Tout l'excite. Les poils du torse de Sloan contre ses épaules, les muscles du torse de Rylan bandés contre ses tétons sensibles, leurs souffles rauques et rapides.

– C'est bon, non ? demande Rylan.

Elle ne parvient même pas à hocher la tête. Son cerveau n'est qu'un tourbillon de douleur, de désir et de plaisir.

Soudain, Sloan se met debout, l'emportant avec elle, mais ses pieds ne touchent plus le matelas. Il s'enfonce en elle et Reese crie lorsque son coup de bassin déclenche un orgasme. Une main la tient fermement contre lui tandis que l'autre tient sa jambe pour l'enrouler autour des hanches de Rylan.

Quant à Rylan, il lui fait tourner la tête sur le côté pour que Sloan puisse l'embrasser.

Doux Jésus, elle en voulait plus, et ils l'ont prise au sérieux.

Sloan plonge sa langue dans sa bouche tandis que Rylan pose une main entre ses jambes.

– Putain, j'ai encore besoin de te goûter, dit-il en se mettant à genoux.

Il appuie les jambes de Reese sur ses épaules et met sa tête entre ses cuisses. La sensation des deux hommes est incroyable, mais à l'évidence elle n'est pas la seule à perdre la tête, car Sloan rompt soudain leur baiser.

– Viens ici, espèce d'enfoiré. Je vais jouir si tu continues à me taquiner.

Reese réprime un rire et Rylan se lève doucement avec ce sourire diabolique, celui qui annonce à la fois une dose de paradis et d'enfer.

– Retire-toi, ordonne-t-il.

Sloan lui obéit et Reese gémit, attristée par la sensation de manque.

– Ne t'en fais pas, la rassure Rylan. On va te combler de nouveau.

Il fléchit les jambes et place son gland devant son entrée qui paraît soudain bien trop étroite. Il s'enfonce et la douleur lui arrache un cri.

– Continue, gronde Sloan.

Rylan, qui s'est retenu si longtemps, n'y arrive plus. Il avance brusquement le bassin et s'enfouit si fort en elle qu'elle aurait été propulsée sur le lit si Sloan n'avait pas été derrière elle.

Ils restent tous les trois immobiles, tremblotants sous l'effet de leur désir et des sensations stupéfiantes, jusqu'à ce que Sloan recommence à bouger. Il plie les genoux, repositionne Reese et la pénètre.

Elle se sent perdre la tête. La pièce, ses soucis, ses victoires, les batailles qu'elle devra mener… tout devient flou tandis que les deux hommes la transpercent avec des coups de bassin féroces et sans relâche. Son corps s'ouvre comme s'il était fait pour deux hommes, mais pas n'importe lesquels. Ses deux hommes.

L'intensité des sensations est à la fois exaltante et terrifiante, comme la fois où elle avait marché au bord d'une falaise pour regarder les vagues s'écraser en bas. Pendant un minuscule instant, elle avait laissé ses orteils pendre au-dessus du vide tandis que des petits cailloux et des bouts de terre dévalaient la pente abrupte pour atterrir dans l'eau, qui les engloutissait aussitôt. Elle s'était sentie légère et insignifiante, mais elle s'était sentie vivante. Elle avait été tentée de se jeter dans le vide pour connaître la sensation, mais elle ne l'avait pas fait, bien sûr. Ç'aurait été fou.

Or, ce qu'ils font n'est-il pas fou, aussi ? Reese a l'impression d'être au bord de quelque chose qui va l'engloutir. Qui la changera du tout au tout.

Leurs queues entrent et sortent de son corps, séparées par une membrane minuscule. Elle sait qu'ils peuvent se sentir l'un l'autre. Elle entend leurs souffles rauques et leurs grognements.

Encore, se dit-elle, enivrée.

– Il n'y a rien qu'on ne te donnera pas, chuchote Sloan. On ne t'interdira aucun de tes désirs.

Leurs coups de bassin s'intensifient, comme pour sceller cette promesse. Les doigts calleux de Rylan agrippent ses cuisses. Une des mains de Sloan repose sur son ventre et l'autre sur sa gorge, appuyant son pouce sur son pouls.

Elle sent le cœur de Sloan battre dans son dos et celui de Rylan sur sa poitrine, contre le sien, et il lui semble qu'ils ne forment qu'une seule bête, qu'ils ne partagent plus qu'un seul souffle.

Reese se laisse aller. Elle s'accroche à ses deux hommes tandis qu'ils la poussent vers le précipice, consciente qu'elle ne tombera pas puisqu'ils la tiennent tous deux.

Sloan, celui à la main de fer, est le premier à céder. Il écarte davantage les jambes et la pénètre avec un rythme féroce et irrégulier. Rylan n'est pas loin derrière, plantant ses ongles dans sa peau, assez fort pour y laisser leur marque, et elle sent des dents mordre son épaule.

Rylan laisse tomber sa tête en arrière et pousse une série de jurons en jouissant. Sloan rit contre son oreille et elle est si surprise qu'elle sursaute, déclenchant son propre orgasme. Des vagues de plaisir déferlent dans ses veines, la laissant tremblante et faible. Heureusement, elle n'a pas besoin de se tenir debout.

Elle sent Sloan la pousser en avant en se retirant, et Rylan en fait de même, puis ils l'allongent sur le lit et la couvrent avec la couette.

Elle ferme les yeux, sentant encore les vestiges de son orgasme. Plus loin, elle entend de l'eau couler et des murmures d'hommes satisfaits. Des pas se rapprochent du lit et un gant tiède apparaît entre ses cuisses. Elle devine sans ouvrir les yeux que c'est la main de Sloan qui la nettoie. Celle de Rylan est dans ses cheveux, écartant les mèches de son front trempé par la sueur.

– C’était incroyable, dit Rylan en se lovant contre elle.

Elle entend les pas de Sloan s’éloigner et craint qu’il ne parte. Atterrée, elle tend le bras, mais Rylan l’attrape et le remet sous la couette.

– Il ne va nulle part, bébé. Il va juste ranger le gant.

Quelques secondes plus tard, Sloan revient et prend sa place de l’autre côté d’elle.

Sa place ? Ils ont des places dans son lit, maintenant ?

– Arrête de réfléchir, ordonne Sloan.

– Je n’y arrive pas, admet-elle.

Elle a toujours voulu plus, mais elle ne se doutait pas que ce plus se traduirait par Sloan et Rylan. Dans le rythme parfait de leurs corps. Dans la pression de leurs torses fermes contre elle. Dans la pénétration de leurs sexes.

Pour la première fois de sa vie, elle se sent parfaitement satisfaite. Elle se sent… entière, et comblée.

Et elle est morte de trouille.

CHAPITRE 20

– Ce matelas est nul.

Reese lève les yeux au ciel quand Rylan gigote pour la millième fois en dix minutes.

– T'en as un meilleur au campement de Connor ? rétorque Sloan.

– Non, mais on est à Foxworth, mec. Vous avez le meilleur de tout, ici. Vous n'auriez pas pu trouver un de ces lits blancs et moelleux pendant un de vos raids ?

– C'est le meilleur qu'on ait. Et s'il est assez bon pour Reese, il sera assez bon pour ton petit cul.

– Mais Reese est féroce ! Moi, je ne suis qu'un pauvre garçon qui est venu à Foxworth pour découvrir les plaisirs de la vie.

– Et pour te battre, répond sèchement Reese, soulagée par les plaisanteries post-coït de Rylan.

Une conversation bien plus sérieuse ne va pas tarder, et elle n'est pas prête.

– Ça va de soi, répond Rylan, et elle le sent sourire contre sa joue. Et la baise, aussi, ajoute-t-il. Il n'y a pas de meilleure baise qu'à Foxworth.

La grosse main de Sloan passe par-dessus la tête de Reese pour taper Rylan, une tape douce et amicale car elle sait qu'il est épuisé par le sexe. Ils le sont tous les trois, d'ailleurs. Ils sont allongés côte à côte, comme des enfants à l'heure de la sieste, en sueur et tout souriants, le regard fixé sur le plafond.

– Bébé, demande à ton chasseur de nous trouver un meilleur matelas, lui dit Rylan. On aura détruit celui-ci avant la fin de la semaine.

Son cœur bat la chamade, tout excité, puis sa peur la saisit de nouveau et la ramène sur terre. Elle sent le regard de Sloan sur elle et lorsqu'elle tourne lentement la tête vers lui, elle lit dans ses yeux toutes les questions qu'il tait. *Est-ce que ça va ? La situation te convient ?*

Elle et Sloan ont franchi une ligne, ce soir. C'était incroyablement bon et elle rêverait de recommencer, encore et encore, mais elle est agitée par autant d'appréhension que de satisfaction.

Le bras de Sloan est resté tendu, et Rylan tourne sa joue dans sa paume, comme si aucun des deux ne voulait perdre la connexion qu'ils ont créée ce soir. Quant à Reese, elle reste blottie entre les deux corps puissants. Il lui suffirait de tourner la tête à droite ou à gauche pour embrasser le torse de l'un des deux hommes.

Le matelas n'est peut-être ni épais ni blanc, mais il a le mérite d'être grand. Sloan le lui a donné peu de temps après la mort de Jake. L'ancien était couvert de sang, et Sloan l'avait enlevé tout de suite après avoir tué son meilleur ami. Il avait pris le corps, le matelas et les vêtements, et il les avait brûlés hors des murs de la ville. Le lendemain soir, il était parti. Il avait disparu plus d'une journée et, quand il était revenu, il avait ce matelas à l'arrière de son pick-up.

Cependant, même si Sloan avait fait de son mieux pour effacer toutes les traces de Jake à Foxworth, le fantôme du défunt continue de hanter Reese.

Il y a des choses qu'on ne peut pas brûler.

Rylan doit sentir la tension croître en elle, car il tourne la tête et fronce les sourcils.

– Tu penses à Bethany ? demande-t-il tendrement.

Elle ne sait pas pourquoi, elle se tourne vers Sloan.

– Explique-nous ce qui s'est passé, répond-il en étudiant son visage.

Elle cligne des yeux, surprise qu'il l'encourage à parler devant Rylan, l'invitant à participer à quelque chose de plus intime encore que le sexe.

Un des meilleurs aspects du sexe et du combat, et Rylan serait sans doute d'accord avec elle, est que ce sont des activités simples, avec des récompenses simples. En baisant et en se battant, on obtient une poussée d'adrénaline qui aide à tenir jusqu'aux prochaines dépenses physiques.

Reese n'est pas habituée à rester allongée au lit, blottie contre un partenaire, en tout cas pas depuis Jake. Même avec Sloan, son confident le plus fiable, celui qui connaît tous ses secrets, il y a une partie d'elle qu'elle ne révèle pas.

Or, ils veulent tous les deux qu'elle s'ouvre à eux, et Reese se sent étouffée.

– Ne t'en fais pas, ma chérie. Ce n'est pas grave si tu ne veux pas en parler.

La main libre de Sloan caresse son bras, comme si elle était une enfant qui avait besoin de réconfort, et ça l'agace.

– J'en veux un. Un bébé. Mais je ne peux pas en avoir, dit-elle à Sloan en le fusillant du regard.

Elle attend leur pitié en serrant les poings.

Quand ils continuent tous deux à fixer le plafond, comme si son aveu n'était rien, une partie de sa tension commence à se dissiper et elle s'oblige à desserrer les poings.

– Le Conseil n'autorise jamais les premiers-nés à se reproduire pour ne pas que des roturiers aient une forte lignée. Alors, ils m'ont stérilisée, dit-elle en vidant tout l'air de ses poumons.

– Ça craint, dit Rylan.

Ces deux petits mots, simples et sans émotion particulière, finissent de dissoudre sa colère. Elle ne sait pas pourquoi elle s'attendait à ce qu'ils la jugent, mais le fait que l'opinion de Rylan soit inchangée par le fait qu'elle veuille un enfant ou qu'elle s'effondre, la rassure et l'attendrit. Comme Sloan, il semblerait que cet homme… l'accepte. Tout simplement.

– Je n'ai jamais envisagé d'avoir des enfants, admet-il.

– Moi non plus, répond Sloan.

– Tu en avais déjà un. Tu étais pratiquement un parent, pour Jake, dit-elle avant de se rendre compte de ce qu'elle dit.

– Ouais, et regarde comment ça a fini. Je ne veux plus jamais ce genre de responsabilité, répond Sloan en roulant sur le côté pour poser une main sur sa hanche.

Son geste dit à Reese qu'il ne veut pas de Jake dans son lit et, en effet, il se dépêche de changer de sujet.

– Rylan, tu as été génial tout à l'heure, avec Bethany.

– Je te l'avais dit, j'ai grandi dans une ferme. On n'avait pas beaucoup d'animaux, mais j'en ai quand même vu mettre bas trois ou quatre fois.

Il mordille sa lèvre inférieure et la suce dans sa bouche.

– Le Conseil est un monstre, c'est clair, mais les gens en terre libre ne sont pas toujours meilleurs.

Sloan tend le bras et caresse les cheveux de Rylan.

– Le mal est le mal. Peu importe qu'il soit moche ou qu'il porte une robe comme les membres du Conseil.

Rylan continue de parler et Reese est persuadée que ce sont les caresses de Sloan qui l'encouragent.

– Des bandits ont tué mes parents, avoue-t-il. Ils ont violé ma mère, puis mon père, et ils les ont tués. Ou peut-être qu'ils les ont violés après les avoir tués, je ne sais pas. Je suis rentré longtemps après que ces enfoirés avaient déguerpi, et j'ai enterré les corps.

Reese ravale les mots doux qu'elle aurait détesté que Rylan lui dise si la situation avait été inversée. Elle sait qu'il ne raconte pas cela parce qu'il veut leur pitié, mais pour la même raison que Reese vient d'admettre son désir d'enfant. Parce que, d'une façon ou d'une autre, la connexion explosive qui se forme entre eux implique ces aveux.

– On ne peut pas dire que j'aie été très triste, poursuit Rylan. Ma mère a sans doute accueilli la mort à bras ouvert, et mon père… Eh bien, quelques années plus tard, je l'aurais tué moi-même.

– Il faisait du mal à ta mère ? dcmande Sloan.

– Ça dépend, est-ce que la prostituer, c'était la maltraiter ? Est-ce qu'obliger son fils à se prostituer aussi pour avoir de quoi boire et manger est si mal que ça ? rétorque Rylan d'un ton lourd de sarcasme.

– Ouais, c'est vraiment mal.

Sloan tourne la tête de Rylan pour lui montrer la même chose qu'à Reese, plus tôt, son acceptation dénuée de jugement.

Rylan ferme brièvement les yeux et secoue la tête.

– La première pensée dont je me souviens, quand je suis rentré et que je les ai trouvés mort, c'est « tant mieux, maintenant elle ne souffrira plus ».

– Tu as chopé les bandits ? demande Sloan.

– Il m'a fallu trois ans, mais ouais, j'ai fini par les avoir, répond Rylan avec un regard glacial.

Un silence tombe sur la pièce. Reese promène sa main sur le torse de Rylan et, pour la première fois depuis qu'elle l'a rencontré, elle prend enfin le temps d'étudier ses tatouages, retraçant l'encre du bout du doigt.

– C'est le nom de ta mère ? Julia ?

C'est le seul prénom de femme qu'elle voit, à moins qu'il y ait des versions féminines de Connor et de Pike qu'elle ne connaît pas.

– Ouais, dit-il d'une voix triste.

– J'imagine que celui de ton père n'y est pas.

– Non.

Un sourire timide illumine son regard tandis qu'elle continue de lire des passages.

– Que veulent dire toutes ces phrases ?

Il hausse les épaules.

– Ce sont juste des conseils que j'ai accumulés au fil des ans, ou des noms de gens qui m'ont sauvé à un moment donné, ou encore des bouts de poèmes que j'ai lus.

Sloan se penche sur Reese pour déchiffrer un passage sur le côté gauche de Rylan.

– Celui-là, je le connais. Ma mère me l'a lu quand j'étais petit.

Reese baisse les yeux pour lire de plus près.

N'entre pas sans violence dans cette bonne nuit[1].

– Ça te va bien, répond-elle en riant. Rien de ce que tu fais n'est sans violence.

– Je sais être doux quand je le veux, proteste-t-il.

---

1. Premier vers du poème portant le même nom, de Dylan Thomas. (NdT)

Il roule lui aussi sur le côté de sorte que les deux hommes sont comme deux murs de chaque côté d'elle. Il pose le bout de son index dans le creux de son cou et trace un trait jusqu'à sa poitrine, s'arrêtant à l'endroit où la main de Sloan repose sur le bassin de Reese.

– J'en ai marre de parler, mais je n'ai pas sommeil. Quelqu'un a des idées ?

La main de Sloan descend entre les cuisses de Reese.

– J'en ai quelques-unes, moi.

Le lendemain, Reese se lève aussi tôt que possible. Elle se libère du bras lourd de Sloan et enfile un leggin noir et un t-shirt à manches longues assorti. Les yeux de Sloan suivent tous ses mouvements, mais, heureusement, il ne dit rien. Quant à Rylan, il continue de dormir, remuant dans son sommeil comme si le corps de Reese lui manquait. Lorsque Sloan tend le bras pour poser une main sur l'épaule de Rylan, il se calme aussitôt.

Lorsqu'elle regarde les deux hommes paisibles et satisfaits dans son lit, elle ne sait si elle a plus envie de s'enfuir ou de se déshabiller pour remettre le couvert une troisième fois. Mais peut-être est-ce la quatrième fois ? Elle a cessé de compter le nombre d'orgasmes qu'ils se sont donnés, hier soir.

Ses vêtements sont soudain trop serrés et inconfortables, quand elle repense à leurs caresses brûlantes. Son corps lui crie de retourner au lit et de ramper entre les deux hommes, mais son cerveau l'en empêche.

Que fait-elle, bon sang ?

Pourquoi a-t-elle couché avec eux ?

Comment pourra-t-elle se remettre à coucher avec un seul homme, après ça ?

Comment pourra-t-elle coucher avec des hommes auxquels elle ne tient pas ?

Elle avait tout de suite su que Rylan lui causerait du souci. C'est pour cela qu'elle a résisté à son charme pendant aussi longtemps.

Et elle savait que garder Sloan à distance était vital pour prétendre qu'en dépit de tout ce qu'ils ont partagé, il n'est pas essentiel à son bien-être.

Alors, pourquoi leur a-t-elle ouvert la porte ?

Reese vide tout l'air de ses poumons et se surprend à courir avant que la porte de la chambre ne se soit refermée sur elle. Sloan doit entendre ses pas précipités et elle peut presque l'entendre soupirer dans son oreille.

Chérie, dirait-il, *ça ne change rien. Je reste ton bras droit. S'il y a quoi que ce soit à régler, je suis ton homme. Prévois tes attaques. Continue d'inspirer ton peuple. Laisse-nous nous occuper des détails.*

Elle court plus vite, espérant que l'effort physique fera taire sa voix et soulagera la tension qui l'accapare. Scott est déjà levé et occupé aux corvées habituelles lorsqu'elle passe devant la ferme en courant. Elle lève la main pour le saluer, mais elle ne s'arrête pas. En dépit de l'air frais du matin, elle commence à suer en courant vers le bois, le long d'un sentier goudronné qui serpente sur plusieurs kilomètres à travers les arbres.

Elle a beau dévorer les kilomètres et se couvrir de sueur, sa tension ne disparaît pas. Après dix kilomètres, elle ne sait même plus pourquoi elle est nerveuse, seulement qu'elle l'est.

Mais pourquoi ? Les attaques des avant-postes ont toutes été un succès. Entre elle et Connor, il ne reste plus qu'un poste dans le Sud-Ouest. Les autres chefs de camp n'ont déclaré aucun mort ni aucun blessé et, dans ce cas, pas de nouvelle signifie bonne nouvelle. Les Exécuteurs sont déjà venus et repartis deux fois, ce qui veut dire que Foxworth ne devrait pas être fouillé de nouveau pendant un moment. La ville n'a jamais été autant en sécurité.

Qu'est-ce que ça peut faire qu'elle ait couché avec Rylan et Sloan ? N'importe quelle femme serait ravie d'être au milieu d'un tel sandwich. Qu'est-ce que ça peut faire que Bethany ait un bébé et que Reese ne puisse pas en avoir ? Avoir un bébé en terre libre, avec des Exécuteurs à chaque croisement, est dangereux et stupide, et Reese ne correspond pas à cette description.

Cependant, la gêne qui pèse sur ses épaules refuse de disparaître. Son mal de tête pulse dans ses tempes à chaque pas. Son stress et son angoisse devraient disparaître peu à peu, mais Reese a l'impression qu'elle pourrait courir jusqu'à la côte sans s'en débarrasser.

Elle finit par décider que ce doit être à cause de l'avant-poste qui reste, et parce que des soldats de Foxworth sont encore avec Brynn et Mick. Elle veut que tout son peuple soit en sécurité derrière ses grilles, et elle veut que le Conseil Mondial soit détruit.

Elle doit donc s'occuper du dernier poste de garde. Il n'y aura que peu d'hommes, dix, tout au plus. Elle a descendu trois hommes toute seule, l'autre soir. Certes, elle a été touchée, mais elle fera plus attention la prochaine fois. Et Sloan sera avec elle.

Lorsque le dernier avant-poste sera décimé, la prochaine étape sera de viser le Conseil.

Ça y est. Ses pas deviennent plus lents, mais plus fermes. Voilà ce qu'elle doit faire, détruire toutes les tours de guet. Les Exécuteurs qui arpentent les colonies n'auront plus d'endroits où faire le plein et se reposer, et le manque de renforts les forcera à conclure des deals avec Reese s'ils ne veulent pas s'épuiser et commettre de graves erreurs.

Reese laisse finalement tomber son footing. Un autre jour, l'air frais, la sensation brûlante dans ses poumons et la monotonie de ses pas lui auraient donné l'énergie nécessaire pour affronter la journée. Mais aujourd'hui, transpirer ne va la soulager.

Elle a enfin une idée de ce qui lui fera du bien.

Son système de défense ne l'autorise pas à se détendre et à s'amuser parce que son travail n'est pas fini. Ça n'a rien à voir avec Rylan ou Sloan et l'intimité qui est née entre eux hier soir.

Non, ça n'a rien à voir.

Quand elle revient à Foxworth, la ville commence à se réveiller. Elle espère que les hommes se sont levés et sont partis, parce qu'elle a vraiment besoin de se doucher, et elle n'est pas d'humeur à parler à l'un ou à l'autre.

Elle a tout juste passé sa porte lorsqu'une voix douce l'appelle.

– Reese…

Christine vient vers elle, et elle lui semble… différente. Elle se tient plus droite et sa tête n'est pas baissée, comme elle l'est d'habitude. Elle a toujours l'air aussi douce et timide, mais elle dégage une confiance toute nouvelle qui fait sourire Reese. Ouais, avoir ses règles peut avoir cet effet sur les filles. À l'évidence, Christine a surmonté sa gêne et a décidé d'être une femme.

– Comment tu te sens ? demande Reese.

Christine gratte la terre de la pointe de son pied.

– Mieux. Je voulais m'excuser de m'être comportée comme un bébé, l'autre jour.

– Mais pas du tout. La première fois que j'ai eu mes règles, j'ai pleuré toute une journée. Je ne comprenais pas pourquoi mon corps avait soudain décidé de me torturer.

Christine glousse, elles échangent un regard complice qui remplit Reese d'une joie à laquelle elle ne s'attendait pas.

– Pourquoi tu es debout si tôt ?

– Je vais voir Bethany et le bébé. Tu veux venir avec moi ?

Reese panique, mais Christine semble si contente qu'elle ne trouve pas la force d'inventer une excuse. La jeune fille lui tend la main, elle qui évitait toujours tout contact physique.

Elle respire profondément et prend la main de Christine, l'autorisant à l'emmener chez Bethany.

Chez elle, la jeune mère est assise face à la fenêtre.

– Tu devrais être au lit, gronde Reese lorsqu'elle entre. Tu viens d'avoir un bébé.

Bethany enlève le bébé de son sein et grimace.

– Tout ce qu'il a fait, c'est manger, dormir et faire caca. Je voulais juste regarder par la fenêtre. Rylan m'a dit de me lever et de marcher, si j'en avais la force.

– Mon Dieu, il est si petit ! s'exclame Christine en chuchotant, s'approchant du canapé d'un pas hésitant.

– Tu veux le tenir ? demande Bethany en souriant.

Christine tend les bras avant même que la jeune mère n'ait terminé sa question. L'instant d'après, elle tient le bébé contre sa poitrine, et c'est si attendrissant que Reese ne peut contrôler sa jalousie.

Dans la cité, les premières règles d'une fille impliquent la visite des médecins. Cela marque la première et la dernière fois qu'elle est fertile. Pour Christine, la promesse d'être mère est réelle. Reese devrait en être fière et soulagée, car n'est-ce pas pour cela qu'elle a construit Foxworth ? Pour créer une communauté où chacun est libre de ses choix ?

Au lieu de ça, elle est rongée par la jalousie et se déteste de ressentir un tel sentiment.

– Tu as déjà pris ton petit déj ? demande Bethany.

– Non, je n'ai pas eu le temps.

Bethany commence à se lever, mais Reese désigne le canapé en claquant des doigts, ordonnant à la toute jeune mère de se rasseoir.

– Je vais le faire moi-même, dit Reese.

– D'accord, répond Bethany en souriant. Alors, prépare-moi quelque chose, aussi. Je suis morte de faim.

– Oui M'dame, rétorque Reese en levant les yeux au ciel. Tout le monde va bien après la visite des Exécuteurs ? demande-t-elle en sortant des œufs et du lait du frigo.

– Ouais, mais le bunker commence à être trop petit, répond Bethy.

– Les garçons et les filles plus âgés pourront rester en haut la prochaine fois.

Les Exécuteurs se demanderont peut-être pourquoi ils ont tant de jeunes, mais ils ont pour ordre de tuer les bébés. Avec un peu de chance, du moment que les ados peuvent passer pour des adultes, ils les laisseront tranquilles.

– Tu crois qu'il y aura une prochaine fois ?

– Oui.

Christine pousse un petit cri, et Reese réprime sa colère en voyant la peur de l'adolescente. Sa colère n'est pas adressée à Christine, mais au Conseil. Certes, Christine et Bethany peuvent avoir des bébés, mais aucun Insurgé n'est vraiment libre. Tant que le Conseil Mondial existera, le peuple de Reese ne sera jamais libre.

Elle ravale son amertume et retourne aux fourneaux.

– Tu veux de la viande avec tes œufs ?

– Oui, s'il te plaît. Ah, au fait, Sloan t'a dit qu'une des vaches de Scott et Anna est enceinte ?

Reese repose la spatule un peu trop fort dans la poêle. Est-ce que toutes les femelles sont enceintes, de nos jours ? Elle se demande brièvement si la femme de Connor est stérile. Hudson n'est pas génitrice, mais elle vient d'une famille puissante. Les mêmes règles ne s'appliquent pas à tout le monde.

– Tu as besoin d'aide ? demande Bethany.

– Non, ça va, merci.

Reese s'occupe de battre les œufs et décide qu'elle a assez parlé pour ce matin. Lorsqu'elle sort de la cuisine, elle tient des assiettes de pain grillé, de pommes de terre et d'œufs brouillés pour Bethany, Christine et elle. Le plat de Bethany contient aussi un petit morceau de viande.

Reese s'installe dans un fauteuil et regarde Bethany manger d'une main tout en tenant le bébé avec l'autre.

– Comment se passe ton entraînement ? demande-t-elle à Christine.

Depuis peu, tout le monde à Foxworth doit apprendre à se défendre et à tirer avec une arme, mais elle considère l'entraînement encore plus important pour les femmes. Il y a plus d'hommes que de femmes en terre libre, et Reese refuse que ses filles ne sachent pas se protéger. De l'autre côté des grilles, il y a des hommes, notamment des bandits, qui n'auront aucun scrupule à prendre une jolie fille comme Christine contre son gré.

– Plutôt bien, répond-elle en souriant. Je m'entraîne à tirer à l'arc. Je suis triste que Jamie soit partie parce que j'aurais bien aimé lui montrer combien je me suis améliorée.

Elle rougit timidement, et Reese se rend compte qu'elle doit repenser au jour où elle s'est battue contre Jamie. C'était à propos de quoi, déjà ? Reese fouille dans ses souvenirs et sourit lorsque ça lui revient. Ah oui : Jamie lui faisait savoir qu'elle n'avait plus jamais le droit de toucher Lennox.

– Ne t'en fais pas, je suis sûre que Jamie va revenir un de ces quatre. Nash lui a dit que Bethy avait accouché, alors elle devrait rappliquer d'un jour à l'autre.

Christine semble confuse, comme si elle ne comprenait pas que deux personnes puissent se battre violemment un jour et s'inviter à boire le thé le lendemain. Toutefois, Jamie se battait pour son homme ce jour-là, et Reese respecte les gens qui se battent pour protéger ce qu'ils veulent.

– Tu as des nouvelles des autres camps ? demande Bethany.

– Non, mais c'est une bonne chose. Ça implique qu'ils sont concentrés sur leurs missions. Ils n'auraient donné des nouvelles aussi tôt que s'ils avaient dû fuir un avant-poste pour se mettre en sécurité.

Reese pose sa fourchette et vide son verre d'eau.

– Bref, merci pour le petit déj, mais je dois y aller.

– Tu veux prendre Archer avant de partir ? demande Bethany.

– Non merci, répond-elle plus sèchement qu'elle ne le voulait.

– Il ne te mordra pas, tu sais !

– Il faut que tu le tiennes, Reese. Il sent tellement bon. Comme un ange, roucoule Christine.

– Je sais que tu en as envie, la taquine Bethany.

Toutefois, leurs regards pleins d'espoir l'agacent, et elle les fusille des yeux jusqu'à ce que Bethany remue, mal à l'aise. Même Christine comprend le message et recule dans sa chaise, comme si elle voulait se faire plus petite.

Merde. Reese déteste avoir jeté un froid. Elle déteste devoir prendre ses distances avec son amie. Toutefois, elle n'y peut rien et elle sait que sa gêne va au-delà de sa jalousie vis-à-vis de son bébé. Reese sait qu'elle ne pourra plus jamais regarder Bethany sans sentir le poids de la mort d'Arch sur ses épaules.

Elle respire lentement et met sa culpabilité de côté. Jake avait perdu la raison car il était trop sensible. Reese a besoin de contrôle. Elle a besoin d'oublier ses émotions, car elles mettent tout le monde en péril, que ce soit Anna et Scott ou le nouveau-né de Bethany.

C'est pour ça qu'elle n'a pas le droit de ressentir les choses. Elle n'a le droit que d'agir. Et il n'y a qu'une façon de s'assurer que les gens sous sa protection resteront en sécurité.

L'annihilation totale du Conseil.

CHAPITRE 21

Lorsque Rylan ouvre les yeux, un bras musclé est posé sur son torse. Mince, il comprend maintenant pourquoi il rêvait qu'il suffoquait. Le bras de Sloan est comme une poutre en acier, et sa main calleuse tient fermement le pec de Rylan, d'une manière protectrice qui le fait rire. Même endormi, Sloan veut protéger les gens auxquels il tient.

Jamais Rylan n'aurait pensé rentrer dans ce cercle exclusif.

– Sloan, siffle-t-il doucement. J'étouffe.

À côté de lui, son ami se réveille, il soulève la tête en ouvrant les yeux.

– Mauviette !

– C'est pas ma faute si tu pèses mille kilos, ricane Rylan.

– Tu me traites de gros ? répond l'autre d'une voix indignée.

– Mais non, dit-il en passant sa main dans ses cheveux. Tu es juste bien bâti.

– Va te faire foutre ! rétorque Sloan avant de mordre son épaule.

Bon sang, qui aurait cru qu'il se retrouverait à faire des câlins à Sloan ? Sans parler des plaisanteries qu'ils échangent. Rylan l'a toujours cru allergique à l'humour. Quoi qu'il en soit, c'est sacrément agréable de se réveiller ainsi. La seule chose qui rendrait ça meilleur encore, c'est si Reese avait été blottie entre les deux hommes.

Il lève la tête pour balayer la pièce des yeux.

– Où est Reese ?

Il dormait si profondément qu'il ne l'a pas entendue se lever.

Bien évidemment, Sloan lui prouve encore une fois qu'il est conscient de tout ce que fait Reese.

– Elle s'est échappée avant l'aube, répond-il d'une voix endormie. Elle aime se lever tôt.

– Et tu n'es pas allé avec elle ?

– Elle aime courir dès qu'elle se réveille. Ce n'est pas mon genre d'exercice.

– Laisse-moi deviner, ricane Rylan. Tu n'aimes le sport que quand il concerne ta queue ?

– Non, je fais des pompes, répond simplement Sloan.

Rylan se surprend à promener son doigt le long du bras de Sloan, retraçant les muscles de son biceps et de son avant-bras. Eh bien, ses pompes font du beau boulot.

– En parlant de queues… murmure Sloan.

Rylan pousse un grognement lorsqu'une main chaude empoigne la sienne. Sloan la branle lentement, et la décharge de plaisir qui remonte le long de son échine l'aurait mis à terre s'il n'avait pas été allongé dans le lit. La réponse immédiate de son corps le surprend. Sa queue a tant été stimulée hier soir que c'est un miracle si elle fonctionne encore.

– Tu es accro au sexe, marmonne-t-il, sans pour autant dégager la main de Sloan.

– Trois ans de célibat, mec, répond-il. Ce genre de torture transforme les hommes en animaux.

C'est alors que l'animal en question glisse le long de ses jambes pour prendre son érection dans sa bouche.

Sa succion et les caresses de sa langue suffisent à éteindre le cerveau de Rylan. Il ferme les yeux et laisse les sensations l'envahir, avançant et reculant son bassin dans la bouche de Sloan. Il jouit avec une sorte de croassement, car sa gorge est trop sensible après tous les grognements de la veille.

Sloan avale sa semence, puis il s'essuie la bouche du revers de la main et s'assoit dans le lit. Il lance un clin d'œil à Rylan, puis il se lève, nu comme un ver. Voilà une autre surprise, Sloan est joyeux le matin. Rylan ne l'aurait jamais deviné.

– Tu vas passer ta journée au lit, espèce de flemmard ? se moque Sloan en enfilant un jean.

Rylan a du mal à trouver l'énergie pour s'asseoir.

– Tu plaisantes, frangin ? Tu crois que je peux bouger après cette pipe ?

– Je sais m'y prendre, hein ? ricane Sloan en disparaissant dans la salle de bains.

Lorsqu'il entend l'eau couler, Rylan s'oblige à se lever et à chercher ses vêtements. Où… ? Ah oui, ils sont au pied du lit, avec ceux de Reese et de Sloan.

Reese et Sloan. Comment ces deux-là l'ont-ils rendu aussi accro ? Il les a dans la peau, à présent, et il lui suffit de penser à eux pour se sentir tout chaud et excité. Rylan a rencontré quelques trios au fil des années, des relations sérieuses avec deux hommes et une femme, ou deux femmes et un homme. D'ailleurs, chez Garrett, il y a même un trio de femmes qui ont décidé qu'elles n'avaient ni besoin ni envie d'une bite pour les compléter. Cependant, il ne s'était jamais imaginé être impliqué dans ce genre de relation. En fait, il ne s'était jamais vu dans une relation, point barre. Il n'aime pas les engagements et il ne croit pas à l'amour. Quand quelqu'un s'approche trop de lui, il part en sens inverse.

Alors, pourquoi l'idée de tourner le dos à Reese et Sloan le rend-elle si anxieux ?

– Tu as le temps de passer voir Bethany et le bébé, aujourd'hui ? demande Sloan en regardant le reflet de Rylan dans le miroir. J'ai prévu de m'occuper de ce fichu tuyau au restaurant, ce matin. Je promets sur la tête de ma mère que je vais le réparer une bonne fois pour toutes.

Rylan parvient à rire, mais au fond, il s'inquiète encore des répercussions d'hier soir. Sloan a complètement baissé sa garde avec lui. Ces dernières semaines n'ont pas seulement approfondi leur amitié, elles ont cimenté quelque chose de plus profond. Quelque chose qui fait battre le cœur de Rylan plus fort chaque fois qu'il y pense.

Quant à Reese…, il n'en aura jamais assez de cette femme. Tout chez elle l'excite, sa force, son entêtement, sa fougue.

Il leur a parlé de son passé, bon sang. Il leur a avoué avoir pourchassé les bandits qui avaient assassiné ses parents. Il leur a révélé que sa mère n'avait pas été la seule prostituée de la famille et que son père attendait la même chose de lui. Il n'avait jamais dit cela à quiconque auparavant, et il devrait fuir après s'être rendu aussi vulnérable.

Au lieu de ça, il a laissé Sloan le sucer, et maintenant, ils sont tous les deux dans la salle de bains, à prévoir leur journée ensemble.

– Ouais, je peux passer voir Bethany, répond-il. Et si tu as besoin d'aide avec ce tuyau, je peux peut-être…

Il se tait quand il entend des pas dans le couloir.

Quand Reese apparaît dans l'embrasure de la porte, il devine tout de suite que quelque chose ne va pas. La jeune femme à la peau rose et douce qui a passé la nuit avec lui a disparu. Ses cheveux ne sont plus décoiffés par le sexe mais attachés dans une queue-de-cheval serrée. Ses yeux noisette ne brillent plus sous l'effet de la passion, ils sont quasi vides.

Sloan remarque la différence aussi, car il est soudain mal à l'aise.

– Bonjour, dit-il d'une voix prudente.

– Bonjour.

Même sa voix est différente. Elle est plus froide. Plus réservée.

– J'ai besoin de vous en bas.

Rylan et Sloan se regardent, inquiets.

– Pour quoi faire ?

– Je dois vous parler de quelque chose d'important, répond-elle simplement. Je vous attends en bas.

Sur ce, elle tourne les talons et s'en va, les laissant seuls dans la salle de bains, à se demander ce qui se passe.

Ils s'habillent en silence, puis descendent dans la petite salle de réunion. Reese a sorti les cartes et elle dépose une balle peinte sur une section, une section qui angoisse visiblement Sloan. Rylan ne sait pas ce que ça représente, mais à l'évidence, ça ne plaît pas à Sloan.

– Qu'est-ce qui se passe ? demande-t-il brusquement.

La séductrice au regard étincelant a bel et bien disparu. Face à eux se tient une cheffe militaire au cœur de glace.

– Il y a un avant-poste dans le Sud-Ouest qui reste à descendre. Ici, dit-elle en désignant la carte.

– Reese… gronde Sloan.

– On doit les frapper fort, et maintenant, rétorque-t-elle.

– On n'a pas assez d'infos sur ce poste. Tout ce qu'on sait, c'est qu'ils n'y stockent pas de matériel et qu'il est, apparemment, peu gardé. Mais ils ont pu faire des changements depuis la dernière fois qu'on y est allés. C'était quoi… il y a six ou sept mois ? En plus, on n'a pas encore eu de nouvelles des autres chefs.

– On ne va pas en avoir avant un moment, répond-elle. Ils sont occupés par leurs propres missions. Mais le Conseil doit être sous le choc. C'est le moment parfait pour frapper.

Rylan sait que Sloan ne va pas aimer ce qu'il va dire, mais il s'en fiche.

– Je suis d'accord. Frappons maintenant. Garrett a forcément décimé ses postes, à ce stade, et le Conseil doit être fou de ne pas comprendre ce qui se passe. Leurs rangs sont affaiblis. Ils vont aller aux quatre coins de la colonie pour essayer de comprendre qui est derrière ces attaques. Combien y a-t-il d'hommes dans cet avant-poste, selon vos infos ?

– Entre cinq et dix, répond Reese d'un ton satisfait.

Rylan essaie de ne pas se pavaner comme un imbécile mais, bon sang, l'approbation de Reese le ravit. Comme celle de Sloan, d'ailleurs. Pour une raison qui lui échappe, il veut leur prouver à tous les deux qu'il n'est pas qu'un bon coup, qu'il pourrait être le bras gauche de Reese alors que Sloan est son bras droit.

Hier soir, Sloan s'est tourné vers lui pour trouver du soutien. Ils ont formé une équipe, une unité solide et soudée qui s'est occupé du plaisir de leur femme et de leur plaisir respectif. Il n'aurait jamais imaginé ressentir une telle satisfaction.

C'est l'esprit combattant de Reese qui l'attire. Cette femme ne se forcerait jamais à faire quelque chose qu'elle ne veut pas. Elle n'écarterait jamais les cuisses pour un vagabond sale et poussiéreux en échange d'un sac de patates. Reese ne se permettrait jamais d'être utilisée ainsi.

Quant à Sloan… il est solide comme un roc. Il n'utiliserait jamais quelqu'un pour son propre bénéfice. Il préférerait se couper le bras plutôt que de laisser quoi que ce soit arriver à quelqu'un à qui il tient.

Rylan veut rentrer dans leur cercle. Et il doit avouer qu'il est sacrément excité à l'idée de mettre le feu à un autre avant-poste. Il n'y a que deux choses qui comptent dans la vie : le sexe et la bagarre.

Eh bien, il a baisé hier soir, et maintenant Reese lui demande de se battre. Pour lui, la réponse coule de source.

– De cinq à dix hommes, répète-t-il d'une voix pensive. C'est tout ?

– Peut-être même pas. Ils n'y gardent ni vivres ni matériel, et le poste est loin de la cité. Il ne protège rien.

– Pas rien, lui rappelle Sloan. Hudson nous a dit que le Conseil établit une nouvelle colonie, là-bas. Il pourrait y avoir plus de soldats que partout ailleurs s'ils pensent y bâtir une nouvelle cité.

Sloan n'a pas tort, mais jusqu'à présent, l'instinct de Reese ne l'a jamais trompée.

– Je suis avec Reese, sur ce sujet. Elle avait raison de lancer les attaques sur les avant-postes, et elle avait raison de te laisser ici au cas où les Exécuteurs viendraient.

Sloan se passe une main dans les cheveux, nerveux.

– Cette cible ne nous apportera pas grand-chose. Nos soldats sont fatigués, et il nous manque des hommes. On n'a même pas récupéré ceux qui sont avec Mick et Brynn.

– Mick est sans doute en train de conclure ses assauts et il va bientôt nous les renvoyer. Je parie qu'ils seront là dans un ou deux jours, dit Reese d'un ton impatient.

– Et qui tu vas laisser ici pour protéger Foxworth ? lance Sloan.

– La dernière fois que je suis partie, tu m'as dit que je pouvais laisser n'importe qui. Même Randy, tu te souviens ?

– Et j'avais tort, répond Sloan d'un ton ferme. J'avais tort à l'époque, mais j'ai raison maintenant. Écoute, envoyons d'abord des éclaireurs pour récolter des informations, puis on décidera de ce qu'on fait.

– Si on envoie un éclaireur, il pourrait alerter les Exécuteurs. Gardons l'effet de surprise en notre faveur, conclut-elle avant de se tourner vers Rylan.

– Je suis d'accord. Je ne vois pas ce qu'on peut gagner à attendre.

– C'est une mauvaise idée, dit Sloan.

Reese sourit d'un air féroce.

– Si tu ne veux pas venir, tu peux rester ici, dit-elle. On n'a pas besoin de toi.

Sloan s'immobilise et, à ses côtés, Rylan retient son souffle, comme s'il était la cible du venin de Reese. Sloan est si choqué qu'il pourrait presque tituber en arrière. Pendant une seconde, même Reese a l'air sous le choc. Puis, ses traits s'endurcissent et elle se penche pour ramasser les balles, enrouler la carte et la ranger dans son étui.

Sloan est habitué à ce genre de réaction. Parfois, Reese se referme sur elle-même, se cachant derrière ses défenses de sorte que personne ne peut les pénétrer. Aucune quantité de câlins ou de sexe ne peut la faire sortir de cet état. Elle s'énerve et se bat, et quand elle n'en peut plus, elle s'éteint.

Jake avait découvert cela très tôt, et il s'en était plaint de nombreuses fois auprès de Sloan.

Eh bien, tant pis. Qu'elle se referme maintenant si elle le veut. Cependant, Sloan sait que son évaluation de la situation, comme celle de Rylan, est fausse. Il y a quelque chose de mauvais là-bas. Il le sent dans ses veines, comme il sent qu'il ne peut pas rester là.

– Je viens avec vous, dit-il d'une voix lugubre. Je n'aime pas ça, mais je viens.

Le regard de Reese s'illumine, et Rylan le frappe dans le dos.

– Tu vas voir, frangin. Ce sera tellement simple que tu te demanderas pourquoi on s'est disputés à ce sujet.

– On part quand ? demande Sloan à Reese.

– À l'aube, demain matin, dit-elle en posant l'étui sur le bureau. Je vais prévenir le reste de l'équipe.

– Très bien, je m'occupe du matériel. Rylan, tu t'occupes des véhicules, ordonne Sloan. Fais le plein et assure-toi qu'ils sont prêts à faire de la route.

Reese et Rylan parlent des véhicules dont ils auront besoin, et Sloan les regarde, les poings fermés, la gorge nouée à force de réprimer son angoisse. Il sait que rien ne convaincra Reese de changer d'avis. Elle est têtue comme une mule, et elle a pris sa décision.

Ce qui le gêne encore plus que ce plan, c'est le sentiment qu'elle lui échappe. Il a toujours craint ce moment, et il n'en veut même pas à Rylan, car il a toujours su que Reese prendrait ses distances.

Depuis la mort de Jake, Sloan l'a regardée tourner le dos à plus d'un amant quand les choses devenaient trop sérieuses. Il pensait être immunisé grâce à leur amitié, mais c'était naïf de sa part. Qu'elle veuille l'admettre ou non, dès qu'il a ouvert sa braguette, il est apparu comme une menace pour son armure.

– Sloan.

Il lève la tête et regarde Reese dans les yeux.

– Ouais ?

– On va avoir besoin de dormir, ce soir, mais… je ne vois pas pourquoi on ne pourrait pas s'amuser un peu après le souper. Tu es partant ?

Sloan sait qu'elle essaie de le distraire avec du sexe, mais son regard de braise, couplé au grognement de Rylan, l'empêche de refuser.

– On verra, répond-il.

Toutefois, sa voix manque de détermination et Reese le sait. Elle sourit jusqu'aux oreilles tandis que Rylan lui lance un clin d'œil, et Sloan part à la salle multimédia pour compter leurs armes en rouspétant contre lui-même.

Le lendemain matin arrive vite. Sloan espérait qu'ils dormiraient au moins un peu, mais leurs parties de jambes en l'air ont été nourries par l'anticipation du combat à venir, et personne ne voulait dormir, pas quand il y avait des verges à sucer et une chatte à combler.

Toutefois, il se sent alourdi par la fatigue lorsqu'ils quittent la ville dans leur véhicule. Nash, Davis et Sam dans un autre 4×4, et Beckett les précède à moto.

– Sloan… tu sais que j'apprécie ta prudence, n'est-ce pas ? demande Reese depuis le siège passager. Ce n'est pas parce que je ne choisis pas toujours de suivre tes conseils que je n'y accorde pas de valeur.

– Je sais.

Et c'est vrai. Il ne va plus bouder. Ça ne sert à rien, maintenant qu'ils sont en route pour attaquer un autre avant-poste.

Il va devoir faire du mieux qu'il peut. Le plus important, c'est qu'ils soient tous ensemble. Et il est particulièrement soulagé que Rylan soit avec eux, il se repose à l'arrière pour prendre le relais au volant puisqu'ils vont conduire toute la journée et toute la nuit.

En attendant, Reese gigote à ses côtés. Elle tapote de ses doigts sur son genou, change de position toutes les secondes, joue avec les boutons de la radio alors qu'il n'existe plus aucune station.

– Je t'ai vu sortir de chez Bethany avant qu'on parte, dit-elle finalement. Comment était-elle ?

– Fatiguée. Apparemment, le bébé l'a empêchée de dormir toute la nuit. Elle a besoin de quelqu'un pour l'aider à plein temps, je pense.

– Peut-être qu'on devrait demander à Christine d'emménager avec elle, propose Reese.

– Ça, c'est une bonne idée.

– Tu n'es pas obligé d'avoir l'air surpris, rétorque-t-elle sèchement.

Il la regarde d'un air surpris en se demandant pourquoi elle se comporte comme une garce alors qu'elle a déjà obtenu gain de cause.

– Désolée, marmonne-t-elle en rougissant. Oh, et puis tant pis. Le bébé de Bethany continue de me déranger, d'accord ?

– Je ne pensais pas que ça te posait encore problème, ma chérie.

Elle soupire et appuie sa tête contre le siège.

– Christine m'a dit hier qu'elle voulait un bébé, et j'ai regardé cette pauvre gamine de quatorze ans avec une jalousie à peine contenue. C'était ridicule.

– J'aurais mis Bethany à la porte depuis longtemps si j'avais su combien ça allait t'affecter, dit-il en serrant plus fort le volant.

– T'aurais pas fait ça.

– Bien sûr que si. Je laisserais toute la ville partir en fumée si je pensais que ça te rende heureuse, poursuit-il en regardant dans le rétroviseur central. Je garderais le blondinet de derrière, mais tous les autres peuvent crever.

– Merci beaucoup, répond la voix endormie de Rylan.

Reese l'étudie de près, comme si elle n'en croyait pas ses oreilles. Toutefois, Sloan est parfaitement sérieux. Hier, tandis qu'il comptait les armes trois fois parce qu'il ne prêtait pas attention à ce qu'il faisait, il est parvenu à une conclusion : il est tout à fait heureux de se contenter des miettes que Reese veut bien lui jeter.

Il sait que c'est une femme compliquée. Seule une personne qui ressent les choses aussi profondément qu'elle aurait l'idée de s'en prendre au Conseil en étant persuadée de pouvoir le décimer.

Et il aime ça chez elle.

– J'aime Foxworth, donc non, je t'en supplie, n'y mets pas le feu quand on rentre, rétorque-t-elle d'une voix amusée.

– Non, tu n'aimes pas Foxworth, répond Rylan en s'appuyant entre les deux sièges avant. Tu aimes les gens qui y vivent. Et il faut que tu mettes de côté ton obsession avec le bébé de Bethany. Tu as déjà toute une ville remplie de gamins, ma belle. Peut-être que tu ne le vois pas, tant tu y es habituée, mais c'est vers toi que se tournent ces gamins pour des conseils et du réconfort. Tu es leur mère pour tout ce qui compte.

Reese fronce les sourcils.

– C'est vrai. On sait tous qu'expulser un enfant entre tes jambes ne te donne pas de statut spécial. C'est ce que tu fais avec le gamin après qui fait de toi un parent.

– Dans ce cas, Foxworth compte encore plus, non ? répond Reese en souriant timidement.

Sloan croise le regard de Rylan dans le rétroviseur. Merci, lui dit-il avec ses yeux, et Rylan hoche la tête.

– Tu as promis de protéger Foxworth, dit Reese d'une voix douce en effleurant le bras de Sloan. J'espère que tu ne l'as pas oublié.

– Chérie, je n'ai pas oublié la moindre promesse que je t'ai faite.

– Et qu'en est-il de toutes les promesses que tu m'as faites, à moi ? intervient Rylan d'un ton moqueur.

– Rafraîchis-moi la mémoire, tu veux ?

– Tu sais bien, tu as promis de me sucer quand je le veux, de me laisser te prendre par-derrière, et ainsi de suite !

Sloan éclate de rire. Ouais, il sauvera le type à l'arrière en même temps que Reese.

Soudain, une part de lui a envie de s'arrêter sur le bas-côté et d'allonger Reese sur le capot. Elle pourrait sucer Rylan pendant que Sloan s'agenouillerait entre ses cuisses, tous les trois réchauffés par le moteur et leur désir.

Ils forment une unité, maintenant, que Reese le veuille ou non.

CHAPITRE 22

Comme elle s'y attendait, l'avant-poste est quasi désert. Il y a deux Exécuteurs postés à l'avant, deux à l'arrière et, suppose-t-elle, quatre autres à l'intérieur. C'est la configuration qu'ils ont trouvée aux autres postes, même si elle n'élimine pas la possibilité que les Exécuteurs aient renforcé la sécurité à l'intérieur.

Cependant, il n'y a rien à protéger. Toutes les missions de reconnaissance de Reese ont montré que ce poste ne gardait aucune provision et qu'il ne servait que comme tour de guet. C'est pour cela qu'elle ne l'avait pas inclus dans sa première mission, même s'ils avaient prévu de s'y attaquer tôt ou tard.

Toutefois, l'idée qu'il y a huit Exécuteurs à portée de main est trop belle pour l'ignorer. Elle a besoin de voir plus de sang couler. Elle a besoin de libérer l'agression qui bout en elle depuis hier soir.

Elle sait que Sloan lui en veut encore, mais au moins Rylan est avec elle. Lui et Beckett sont en train d'observer l'avant du bâtiment. Cela fait trois heures qu'ils surveillent le dépôt, et Rylan n'a cessé de plaisanter à la radio.

Sloan, de son côté, n'a pas dit grand-chose. Il a passé ces trois heures à aiguiser sa lame sur une pierre, ce qui ne sert à rien puisqu'il ne s'en servira pas. Lui et Reese sont tous les deux armés de fusils d'assaut et de pistolets.

Les gardes qu'ils observent ne se doutent pas que Reese et Sloan sont planqués à cent mètres de là, dans un petit bosquet. Les jumelles de Reese lui permettent de garder un œil sur les Exécuteurs, qui n'ont cessé de fumer et de discuter depuis que le groupe de Reese a commencé sa surveillance. Les deux soldats sont vêtus de leur tenue de combat habituelle, mais le plus grand a aussi un manteau d'hiver avec une capuche en fourrure ridicule.

Son blouson lui rappelle que c'est l'hiver, même si elle n'en a pas l'impression. Elle ne porte qu'une petite veste, des gants en cuir et un bonnet en laine pour cacher ses cheveux rouges. Même ses cuissardes ne sont pas nécessaires puisqu'il n'y a pas le moindre flocon en vue.

C'est l'hiver le plus doux qu'ils aient connu. D'ailleurs, il semblerait que chaque hiver est plus chaud et court que le précédent. Quand elle était petite, sa mère lui avait parlé de calottes glaciaires qui fondaient, au Nord, et du niveau des océans qui montait peu à peu, mais Reese n'y avait guère prêté attention. Elle ne s'était jamais intéressée à la géographie de la planète, son seul but dans la vie était, et est toujours, de détruire le Conseil.

Maintenant, alors qu'elle et Sloan sont tapis dans une forêt sans neige au milieu du mois de février, elle se demande si le problème du monde n'est pas devenu plus sérieux que le Conseil Mondial.

– Je n'aime pas ça.

– Qu'est-ce que tu n'aimes pas ? demande-t-elle à Sloan. Mon plan ou le temps que tu passes avec moi ? rétorque-t-elle froidement.

Elle espérait que le calme qu'ils ont connu durant le trajet se poursuivrait dans cette mission, mais ce n'est pas le cas.

– Le plan, dit-il d'une voix agacée. C'est trop calme. Il y a trop peu de gardes.

– C'est précisément le nombre de gardes auquel on s'attendait. On en trouvera peut-être davantage à l'intérieur, mais je ne vois pas pourquoi les Exécuteurs gaspilleraient des forces pour garder une vulgaire tour de guet.

– Ce n'est pas impossible.

– Ils gaspilleraient leurs forces, répète-t-elle en secouant la tête. Ils ne s'attendront pas à ce qu'on les attaque.

– Ils devraient, s'ils sont intelligents. Il faut toujours envisager que son ennemi fasse l'inverse de ce à quoi on s'attend. On devrait faire demi-tour, dit-il d'un ton inquiet. Tout de suite, chérie. On n'a pas besoin de ce poste. Est-ce que six ou sept morts en valent vraiment la peine ?

– Je n'arrive pas à croire que tu me demandes ça.

Si ça ne tenait qu'à elle, il n'y aurait plus le moindre Exécuteur en vie dans la colonie de l'Ouest, dans aucune des colonies, d'ailleurs. Ces enfoirés ne méritent pas de vivre.

La radio crépite lorsque Rylan fait son rapport.

– Il n'y a que deux gardes ici, chuchote-t-il. Nash et Davis ont fait le tour du périmètre, aucun Exécuteur n'est planqué dans les arbres.

Reese regarde le petit bâtiment. À dix mètres du mur, une tour de guet se dresse, protégée par un garde. Sam est cachée dans les arbres avec une vue parfaite sur la tour, prête à descendre le garde avec son fusil. Reese n'a qu'à lui donner son feu vert.

Merde. Elle était dans la même situation lors du raid de l'entrepôt d'armement, le mois dernier. Tout le monde attend son ordre, et elle se demande si c'est une bonne idée. Sauf que cette fois, c'est Sloan qui la remet en question, qui la pousse à changer d'avis.

Elle ne sait si le fourmillement dans son dos est dû à son instinct lui disant de laisser tomber la mission, ou à une gêne parce qu'elle est trop près de Sloan. Elle meurt d'envie de tendre le bras pour caresser sa barbe, de saisir son menton pour attirer sa bouche sur la sienne.

Toutefois, elle réprime son envie. Elle évite son regard et elle allume la radio.

– Quand je te le dis, Sam, butte le sniper.

– Compris.

– Rylan, quand Sam aura neutralisé le sniper, toi et Beck, et Sloan et moi allons attaquer les gardes extérieurs en même temps. Une fois qu'on a sécurisé les portes avant et arrière, attendez mon signal avant d'entrer.

– Oui cheffe, répond la voix enjouée de Rylan.

Sloan n'a pas du tout l'air aussi amusé que Rylan. Il ajuste son fusil et lui jette un regard qui lui fait savoir que ce plan ne lui plaît pas, mais elle sait qu'il ne la contredira pas pour autant. Sloan a toujours suivi ses ordres. C'est en partie la raison pour laquelle elle se sent si coupable. Il l'a suivie pendant toutes ces années et elle sait qu'il continuera, mais… elle est terrifiée par la vie qu'elle lui impose.

Une vie sans enfant… une relation avec elle et un autre homme, parce qu'apparemment une seule queue ne lui suffit pas… Elle ne peut pas choisir entre les deux. Ils lui font ressentir des choses très différentes. Sloan est son roc. Rylan est son rayon de soleil. Elle ne veut pas choisir, bon sang.

Ils ne t'ont pas demandé de choisir, dit une petite voix dans sa tête.

Non, c'est vrai. Mais ils finiront par le lui demander, non ?

Ce petit trio ne fonctionnera pas toujours. Il ne peut pas fonctionner. Sloan et Rylan méritent mieux qu'une femme aussi brisée, une femme poussée par sa soif de vengeance, à tel point qu'elle quitte la chaleur de leur lit pour tirer sur des hommes qu'elle ne connaît même pas.

Reese ravale son désarroi et se concentre sur la tâche qui l'attend.

– Sam, murmure-t-elle dans la radio. Maintenant.

Elle et Sloan ne tressaillent même pas quand un coup de feu retentit. Reese sourit d'un air lugubre en regardant le garde de la tour de guet sursauter lorsque la balle le touche. Plutôt que de tomber à l'intérieur de sa tour, il se jette en avant, laissant son arme pendre dans le vide.

Les soldats à l'arrière se mettent en garde et pointent leurs armes en direction des arbres.

Une poussée d'adrénaline surgit en elle et elle allume la radio.

– Maintenant. Rylan, Beck, go !

L'instant d'après, elle et Sloan émergent de la forêt et ouvrent le feu. Ils ne ratent pas leurs cibles. Les deux Exécuteurs tombent comme des mouches, et du sang jaillit des impacts de balle. Les tirs à l'avant du bâtiment s'arrêtent vite, mais Reese n'a pas le temps de se réjouir car la voix affolée de Rylan crépite dans la radio.

– Sloan ! J'ai besoin de toi. Beck a été touché.

La poitrine de Reese se resserre. Merde. Tu parles d'une mission facile !

Elle regarde sur le côté de l'entrepôt, attendant de voir Rylan apparaître, mais il n'y a aucun signe de lui.

– C'est grave ? aboie-t-elle.

– Je ne sais pas, mais il a été touché à la jambe et ne peut pas s'appuyer dessus. Je ne peux pas surveiller la porte et le porter en même temps. Sloan, ramène tes fesses.

– Vas-y, dit-elle à Sloan. Je vais rester là. Rylan peut gérer la porte avant. Emmène Beck au véhicule. Sam me couvrira si besoin.

– Je refuse de te laisser, rétorque-t-il.

– Il le faut. Va t'occuper de Beckett, bon sang. Les gardes vont sortir d'une minute à l'autre.

Elle entend déjà des pas derrière la porte métallique. Son équipe a utilisé le brouilleur que Xan leur a donné pour bloquer les signaux entrant et sortant de l'avant-poste, et les Exécuteurs n'ont d'autre choix que de sortir pour leur dernier combat.

– Vas-y, le supplie-t-elle.

Sa réticence est gravée sur son visage, mais il fait néanmoins demi-tour pour courir vers Rylan.

Reese garde son arme sur la porte et son cœur bat la chamade tandis qu'elle attend des nouvelles de Rylan.

– Ce n'est qu'une plaie ouverte, mais il saigne beaucoup, dit-il enfin.

– Sloan arrive, répond-elle.

Il revient à la radio une seconde plus tard.

– Ouais, il est là. Attends une seconde.

Reese retient sa respiration.

– Sloan l'emmène au véhicule. Apparemment, il n'y a plus que toi et moi, ma belle. Tu es prête à attaquer le château ?

Elle vérifie qu'elle a assez de munitions et hoche la tête par réflexe. Elle est prête. Il ne leur reste plus qu'à tuer les enfoirés qui sont à l'intérieur, piller leurs vivres, pour peu qu'ils en aient, et rentrer à Foxworth victorieux.

– À mon signal, dit-elle à Rylan. Trois. Deux…

La porte arrière s'ouvre et le « un » meurt sur ses lèvres.

Lorsqu'elle voit le sourire satisfait d'Eric, elle comprend immédiatement son erreur. Son cœur bat dans ses tempes et elle n'a qu'une seconde pour crier dans la radio.

– Rylan ! Mission annulée. Cours. Maintenant.

Elle n'entend pas sa réponse, car quelqu'un saisit sa radio. Les deux gardes qu'elle attendait sortent de l'entrepôt, suivis par deux autres, puis deux autres, puis encore deux, jusqu'à ce qu'elle cesse de compter.

Eric reste planté devant elle, le canon de son fusil pointé sur son front, souriant comme si c'était le plus beau soir de sa vie.

– Bonsoir Reese, dit-il d'un ton chaleureux. Je t'attendais.

Elle tourne les yeux vers le côté du bâtiment alors que des coups de feu résonnent dans ses oreilles. Elle prie pour que Rylan soit parvenu jusqu'aux bois, pour qu'il se soit jeté sur sa moto et pour qu'il parte à toute vitesse. L'autre possibilité est qu'il soit allongé dans une flaque de sang.

– Lâche ton arme, ordonne Eric.

Elle lui obéit, car elle n'a pas le choix. Une dizaine d'Exécuteurs ont leurs fusils pointés sur elle. Même si elle parvenait à en tuer cinq ou six, ou même huit, l'un d'entre eux finirait par lui faire sauter la cervelle.

– C'est bien, tu es une gentille fille, dit Eric en dégageant son fusil d'un coup de pied.

Une autre vague de coups de feu noie ses paroles et le cœur de Reese bat à tout rompre. Merde. Pourquoi y a-t-il encore des coups de feu ? Où sont Rylan et Sam ?

Eric se rapproche et entortille une mèche de cheveux qui a glissé de son bonnet. Il la range sous la laine noire puis caresse sa lèvre inférieure avec son pouce. Reese est à deux doigts de le mordre, mais elle est forcée d'admettre sa défaite.

– Et maintenant ?

– Maintenant, on va faire un petit tour, dit Eric en souriant. Tu es contente ?

Elle ferme la bouche et ne répond pas.

– Oh, tu n'es pas d'humeur bavarde ? Ne t'en fais pas, ça va changer.

Il empoigne son bras et la traîne vers le camion qui s'est arrêté près du portail. Ses hommes ne baissent toujours pas leurs armes, comme s'ils craignaient que, par miracle, elle parvienne à s'échapper.

– Monte, ordonne Eric d'une voix enjouée en lui ouvrant la portière. On a une longue route devant nous. Le commandant en chef a hâte de te rencontrer.

CHAPITRE 23

Sloan dépose Beckett derrière la butte, charge son fusil sur son épaule et se prépare à aller couvrir Rylan lorsqu'il voit ce dernier se figer. Au lieu de mitrailler la porte comme prévu, Rylan se jette à terre et roule vers la gauche. C'est ce réflexe, appris pendant des années d'entraînement dans l'Armée du Peuple, qui lui sauve la vie. La porte s'ouvre brusquement sur une pluie de balles qui cherche à dégommer tout sur son passage.

Sans avoir ordonné à son corps de le faire, Sloan se lève d'un bond et tire en se mettant à l'abri. Il voit un camion partir à toute vitesse de l'entrepôt. Il tire deux fois sur le conducteur, et le camion fait une embardée. Un coup de feu provenant de sa droite, merci Sam, dégomme le passager.

– Couvre-moi, dit-il en jetant son fusil à Beckett, qui roule sur le ventre et opère des tirs de suppression pendant que Sloan court vers Rylan, un pistolet dans une main, son couteau dans l'autre.

– On doit retourner au portail, crie Rylan.

Il se dépêche de se lever et court vers le bâtiment. Sloan le suit, laissant le camion accidenté et les Exécuteurs qu'il renferme à Beck, Sam et les autres.

Reese est restée derrière, seule. Ils doivent aller l'aider.

Derrière eux comme devant, ils entendent des bruits de moteur et des tirs. Puis le rugissement d'une moto, et Nash passe devant eux à toute vitesse. Davis est derrière lui, tirant sur une cible invisible quelque part devant eux. Le fait qu'il y ait une raison de tirer remplit Sloan d'espoir et il court devant lui.

La porte arrière du bâtiment est ouverte et un nuage de poussière s'élève derrière un convoi de camions.

La peur empêche Sloan de s'arrêter. Il vise les pneus, les portières arrière, tout ce qu'il peut. Il vide son chargeur et il en remet un autre sans ralentir.

Des coups de feu parviennent dans leur direction, mais Sloan ne s'arrête toujours pas. Rylan non plus, d'ailleurs, jusqu'à ce qu'ils crèvent deux pneus sur le dernier camion. Il fait une embardée, s'arrête, et une horde d'Exécuteurs en descend.

– Couvre-moi, crie Rylan en courant.

Sans hésitation, Sloan crible de balles toutes les silhouettes en noir. Les Exécuteurs se défendent, mais ils ne sont pas assez nombreux et ils ne sont pas nourris par la même peur ou la soif de vengeance que Rylan et Sloan. En quelques secondes, les seuls tirs qui retentissent proviennent des Insurgés. Rylan arrive au camion le premier, il tire un Exécuteur par le col pour le mettre debout quand Sloan le rejoint.

– Ils l'emmènent où ? demande Rylan.

L'Exécuteur sourit et son menton se couvre de sang.

– À la cité de l'Ouest. Ils devraient atteindre le point d'extraction dans quinze minutes.

La cité de l'Ouest est à plusieurs heures d'ici. Le point d'extraction doit vouloir dire qu'ils ont un hélico. Merde. Foxworth a un hélico, aussi, mais c'est à plusieurs heures d'ici, et le convoi est déjà en train de disparaître.

Rylan serre les dents et met une balle entre les yeux de l'Exécuteur. Ensuite, il ramasse les armes et les munitions des morts, ainsi que leur radio, et il avance jusqu'à la portière conducteur restée ouverte.

– Viens. Ils s'enfuient.

Nash arrive sur sa moto et secoue la tête, navré. Sa Harley n'aurait jamais pu rattraper les camions, et même s'il avait réussi, un homme seul contre tout un convoi d'Exécuteurs, c'était du suicide.

Des tirs résonnent derrière eux, ce sont Sam et Beck qui échangent des tirs avec l'autre camion. Sloan fait un signe de tête dans leur direction, et Nash redémarre tout de suite sa moto.

– Eh, attends… commence Rylan avant de secouer la tête. Ouais, on n'a pas besoin de lui. On n'a qu'à prendre le camion.

Sloan regarde derrière Rylan, en direction des véhicules qui emmènent Reese loin d'eux, s'attachant à l'espoir que le Conseil voudra faire d'elle un exemple, qu'ils voudront organiser un grand événement pour asseoir leur pouvoir sur tout le territoire. Il espère qu'ils la garderont dans une cellule jusqu'à ce que Sloan et Rylan, et tous ceux qui le voudront bien, arrivent pour l'aider à s'évader.

Tu as promis de protéger Foxworth.

Chérie, je n'ai pas oublié une seule des promesses que je t'ai faites.

– On ne va pas les suivre, dit Sloan froidement, réprimant toute sa peur pour un unique objectif : sauver Foxworth.

Lui et Davis vont aller chercher Sam et Beck et ils vont ramener ces deux camions à Foxworth, puisqu'ils vont avoir besoin de véhicules supplémentaires pour transporter tous les habitants de la ville. Il regarde les pneus crevés et espère qu'il y a des roues de secours dans le camion ou l'entrepôt déserté.

– Comment ça, on ne va pas les suivre ? demande Rylan.

Sloan l'ignore et va à l'arrière du camion. Il saisit le loquet et soulève le bas du véhicule, où il trouve deux petits pneus. Ça fera l'affaire.

– Je te parle ! s'exclame Rylan en l'empoignant par l'épaule.

Son cœur bat la chamade. Il meurt d'envie de courir après Reese, lui aussi. Il aimerait être imprudent et stupide et plein d'espoir. Mais il ne l'est pas, alors il se prépare à affronter la déception, et le dégoût, de Rylan.

– On va rentrer à Foxworth.

– Espèce de lâche ! hurle Rylan alors que Sloan sort les roues de secours du camion. Tu n'es qu'une poule mouillée, tu m'entends ? Où sont passées tes couilles ? Elles ont disparu quand tu te l'es enfin tapée ?

Sloan pose un genou par terre et glisse le cric devant la roue arrière.

– Je ne pensais pas qu'en me baisant, tu n'en aurais plus rien à foutre d'elle. Si t'y vas pas, alors j'y vais.

Sloan repense au tatouage de Rylan, qui parle de ne pas entrer sans violence dans la nuit. En effet, voici un homme qui ne fait rien à moitié. C'est un de ses principaux défauts. Et aussi une de ses pires qualités.

Rylan lui fait face et va prendre le volant, mais avant qu'il n'ait pu monter dans le véhicule, Davis apparaît et enfonce la crosse de son arme dans sa nuque. Rylan tombe à terre, inconscient.

– Merci, marmonne Sloan.

Davis hoche la tête.

– Comment va Beck ?

– C'est une plaie superficielle, mais il y a beaucoup de sang, répond Sloan.

Il tire si fort sur l'écrou qu'il manque tomber en arrière quand l'écrou se desserre enfin. Il s'attaque au suivant, conscient que chaque seconde l'éloigne encore plus de Reese.

– À ton avis, ils étaient combien ?

– Ils étaient huit dans les camions. Il y en avait six ici. Trois camions ont pu partir… donc une trentaine, répond l'autre.

Trente Exécuteurs avec toute une artillerie, des radios et un hélico qui les attend. Ce serait du suicide, et Rylan aurait quand même voulu tenter sa chance.

Sloan s'efforce d'ignorer son dégoût pour lui-même et se concentre sur ce qu'il fait. Il change les roues, puis il monte dans le camion. Il fait un signe de main à Sam, qui a démarré l'autre, et ordonne à Davis de s'occuper de Beck. Il traîne ensuite Rylan sur le siège passager et fait signe à Nash d'ouvrir la voie jusqu'à Foxworth.

Tout ça en s'efforçant d'oublier que la femme qu'il aime est entre les mains d'un ennemi pervers et sans cœur.

Lorsque Rylan se réveille, cela fait une heure qu'ils roulent, et il attaque immédiatement Sloan à coups de jurons et d'accusations. Sloan le laisse l'insulter pendant une centaine de kilomètres. Il a envie de vomir d'avoir à sauver Foxworth plutôt que Reese. Son obéissance aux volontés de Reese n'a jamais paru aussi moche que sous les yeux de Rylan. Toutefois, il lui a fait une promesse.

Il a juré de protéger sa ville.

Tous les Exécuteurs de la colonie savent qui est Reese. Sloan est sûr que le Conseil enverra des troupes pour réduire Foxworth en poussière.

D'ailleurs, pour autant qu'il sache, ils y sont peut-être déjà. Lui et les autres se jettent peut-être tout droit dans une embuscade, mais peu importe. S'il y a une chance infime de sauver le peuple de Reese, Sloan est déterminé à la saisir.

Il pensait qu'il serait reconnaissant lorsque Rylan arrêterait de l'incendier, mais ses accusations silencieuses sont presque pires. Ils ont roulé toute la nuit. Nash a failli avoir un accident il y a deux heures en s'endormant, alors ils se sont arrêtés pour charger la moto dans le camion.

Merde. Il ne supporte plus son silence.

Il se racle la gorge et regarde en direction du siège passager.

– Il faut évacuer Foxworth.

Ce raisonnement ne lui semble pas plus convaincant maintenant que tout à l'heure, mais il ajoute quand même quelques détails dans l'espoir d'apaiser Rylan.

– Beck est blessé. Sam l'a été l'autre jour. Davis a peut-être le pied cassé et ça ne fait que quelques kilomètres que ton oreille a cessé de saigner.

Leur équipe est un désastre.

– On va très bien, répond Rylan.

Sloan réprime un soupir. À l'évidence, aucune explication ne convaincra Rylan qu'il a pris la bonne décision, alors il décide de préserver ses forces. Ils arriveront bientôt à Foxworth, si la ville existe encore, et Sloan sait qu'il ne pourra pas se reposer avant une bonne dizaine d'heures au moins.

– Connor n'aurait jamais abandonné Hudson. Il s'est endetté auprès de Reese, a volé tout droit en territoire ennemi, et il était prêt à fouiller la cité de fond en comble pour sauver Hudson.

Rylan joue avec la sécurité de son arme, comme s'il essayait de réprimer son envie de tuer Sloan, prendre les commandes du véhicule et partir à la rescousse de Reese.

– Bon sang, Sloan. Tu as dit que tu laisserais la ville brûler si ça pouvait sauver Reese !

Son estomac se noue lorsque Rylan lui renvoie ses paroles à la figure.

– On sait tous les deux que Reese me castrerait si elle revenait et que tous les membres de sa communauté n'étaient pas parfaitement intacts, répond-il calmement. Est-ce que Connor va nous accueillir ?

– Bien sûr, il a une dette envers Reese, non ? rétorque sèchement Rylan.

– Ouais, c'est vrai.

Ils parviennent à Foxworth en un morceau, mais il suffit à Travis de voir leurs visages pour sonner l'alarme.

– On doit partir, c'est ça ?

– Ouaip.

Sloan n'a pas le temps d'expliquer pourquoi et se contente d'aboyer des ordres.

– On va au campement de Connor Mackenzie. Rylan, il y a un téléphone satellite dans la salle de réunion de Reese. Dis-lui qu'on arrive. Sam et

Davis, vous faites du porte-à-porte. Trav, prends Randy et faites le plein sur tous les camions, véhicules et motos. On part dans trente minutes.

Il n'attend pas de voir si tout le monde lui obéit. Il a des choses à faire.

Une minute plus tard, il est sur la moto de Nash en direction de la ferme de Scott et Anna.

– Qu'est-ce qui se passe ? dit Scott lorsqu'il le rejoint sur le perron.

– On est tombés dans une embuscade, explique Sloan. Ils ont pris Reese, et bientôt ils vont envoyer des Exécuteurs pour raser la ville.

Anna apparaît dans l'embrasure de la porte, vêtue d'un tablier marron par-dessus son pyjama, une tasse fumante à la main. Sloan l'accepte volontiers et avale le café d'une traite sans se soucier qu'il lui brûle la langue. Il a besoin d'énergie.

– On ne part pas avec vous, lui dit Scott.

Il ferme les yeux quelques secondes, cherchant un peu de patience, n'en trouvant pas.

– Bon sang, Scott. On part dans trente minutes. Prends une poule et des fringues, et allons-y.

La seule réponse de Scott et de prendre sa femme par la taille.

– Notre maison est ici. Que les Exécuteurs viennent ! On a un cellier sous la grange avec trente jours de provisions. Je t'inviterais bien à rester, mais j'imagine que tu te sentirais insulté.

Sloan se passe la main dans les cheveux. Si Reese et Rylan étaient là avec lui, il piétinerait le vieux couple en courant dans ce cellier. Mais Reese n'est pas là, et il va partir à sa rescousse dès qu'il aura mis son peuple en sécurité.

– Ils l'ont prise, parvient-il à dire.

– Je suis navrée, Sloan, dit Anna d'une voix douce.

– Mais on va la récupérer, conclut-il d'une voix ferme.

Il fixe le couple du regard, le défiant de le contredire.

Presque dix-huit heures ont passé depuis que Reese a été enlevée.

Les rangs de Foxworth sont loin d'être complets, et même s'ils l'étaient, l'hélico ne pourrait jamais tous les emmener à la cité. La seule raison pour laquelle Hudson a été sauvée cet été, c'est grâce à une aide à l'intérieur, son frère Dominik. Connor a admis qu'il n'aurait jamais pu la ramener sans lui.

– Si quelqu'un peut la ramener, c'est toi, acquiesce Scott.

Qu'ils aient une planque ou non, Sloan n'aime pas laisser le couple ici. Quand Reese lui a demandé de s'assurer que Foxworth était en sécurité, elle parlait de tout son peuple.

– Ils viendront ici, les prévient-il.

– Qu'ils viennent !

– On ne veut pas que vous mouriez ici.

Il continue de dire « on » comme si Reese était à ses côtés, et son cœur se brise un peu plus chaque fois qu'il se souvient qu'elle ne l'est pas.

– On est ensemble, dit Anna en s'appuyant contre son homme. C'est notre ferme et on veut rester. Tu n'as pas besoin de nous sauver. Va sauver les autres, c'est ce que Reese aurait voulu.

Il n'a plus le temps de se disputer avec eux. Il rend le mug à Anna et la prend dans ses bras pour l'embrasser sur le front.

– Prenez soin de vous, alors.

– Tu as pris les bonnes décisions, lui dit-elle lorsqu'il tourne les talons.

– Tu ne sais pas ce que j'ai décidé, répond-il par-dessus son épaule.

– Ce sont les bonnes, Sloan. Continue d'écouter ton grand cœur. Il ne t'a pas jamais trompé et il ne va pas commencer maintenant.

Il regarde le vieux couple une dernière fois, puis il monte sur la moto et repart vers Foxworth à toute vitesse. Lorsqu'il arrive, il découvre que les véhicules sont chargés et prêts à démarrer. Randy l'informe que certains sont même déjà partis sous la direction du pauvre Nash, épuisé.

– Tous les gamins sont sortis ? demande-t-il à l'adolescent.

– Tous. Christine et Bethany ont pris les rênes. On les a tous mis dans le même camion et ils sont partis il y a dix minutes. Trav conduit et Cole les protège.

– C'est bien. Tu as tes affaires ?

– Ouais. On attend juste que tu prennes les tiennes… et celles de Reese.

Sloan doit attendre une seconde avant de pouvoir répondre.

– J'arrive dans cinq minutes.

– L'homme de Conn est là-haut, dit Randy à voix basse.

– Rylan ?

Sloan lève la tête vers le deuxième étage de l'immeuble, mais la chambre de Reese est à l'arrière.

– Bethany lui a demandé de prendre les affaires de Reese. J'espère qu'elle a bien fait, explique Randy d'une voix timide.

– Ça va, ne t'en fais pas, gamin.

Il serre son épaule pour le rassurer, puis il entre dans son immeuble et gravit les marches quatre à quatre.

Lorsqu'il passe la chambre de Reese, il remarque que tous les tiroirs sont ouverts, mais il continue jusqu'à la salle de bains. Il saisit une serviette et y fourre toutes les affaires de Reese – son savon, son shampoing, ses rasoirs, un flacon de crème que Tamara lui a rapporté du Sud. Il passe ensuite sa main derrière les toilettes et détache une brique enveloppée dans du cellophane et du gros scotch. C'est un rouleau de pièces d'urgence ainsi qu'un pistolet et des munitions. Il le met avec le reste, rassemble les coins de la serviette pour en faire un balluchon et le prend sur son épaule.

Lorsqu'il sort dans le couloir, Rylan l'attend.

– Tu as tes affaires ? marmonne-t-il.

– Presque. Une seconde.

Le visage de Rylan est froid et plein de colère. Il ne ressemble en rien au bon vivant qu'il est d'habitude, et Sloan est peiné de constater un tel changement. L'instinct primaire de Rylan est toujours de sourire, et Sloan a tout gâché.

Le fait qu'il ait perdu l'admiration et l'affection de Rylan finit de briser le cœur de Sloan.

Il file dans sa chambre et rassemble quelques-unes de ses affaires, surveillé par Rylan qui l'attend dans le couloir. Bon sang, si seulement il lui criait dessus, au moins il saurait qu'il ne lui a pas complètement tourné le dos.

Il referme son sac et marche vers la porte.

– Prêt.

Rylan lève à peine le menton pour signaler qu'il l'a entendu, puis il tourne les talons et dévale les escaliers sans un mot.

Il n'y a plus qu'un camion dans la cour. Ils montent tous deux à l'arrière et Randy ferme la porte du coffre sur eux avant de monter à l'avant. Le véhicule s'affaisse un peu alors que l'adolescent monte au volant, puis il part en vrombissant.

Sloan appuie sa tête contre le mur métallique du camion et ferme les yeux. Cependant, il ne voit que le visage dévasté de Rylan et la mine terrifiée de Reese, et il sait qu'il ne trouvera pas le repos tant que Reese ne sera pas en sécurité.

CHAPITRE 24

La salle d'interrogatoire est petite, elle ne doit pas faire plus de dix mètres carrés. En son centre sont installées une table métallique et deux chaises. Contre le mur, il y a un lit étroit avec une fine couverture en laine. Le lit est… inquiétant. Reese doute qu'ils la laissent se reposer entre deux sessions de torture, ce qui signifie que le lit ne peut que faire partie des tortures qu'ils vont lui infliger.

Elle ne sait pas combien de temps s'est écoulé depuis qu'Eric et ses hommes l'ont capturée. Il n'y a ni horloge ni fenêtre dans la pièce, rien pour l'aider à savoir l'heure qu'il est. Elle ne sait même pas s'il fait jour ou nuit.

Au lieu du long trajet qu'Eric avait mentionné, ils n'ont roulé qu'une dizaine de minutes jusqu'à un aérodrome, où un hélicoptère militaire les attendait pour les emmener non pas à la cité de l'Ouest, mais à la caserne des Exécuteurs, à l'est de la ville.

Reese a tout fait pour étudier la caserne en arrivant, mais elle n'a pu voir qu'une horde de soldats sur le tarmac. Ils l'ont précipitée trop vite dans cette pièce pour qu'elle puisse obtenir des informations utiles. Cela dit, elle en sait déjà un peu, puisqu'Hudson avait dessiné un plan de la caserne pour Connor qui en avait passé une copie à Reese.

Elle sait qu'environ deux cents soldats vivent ici, qu'il y a des logements dans le bâtiment Ouest et des salles d'entraînement dans le bâtiment principal. Elle sait aussi que le QG est lourdement gardé et qu'il est entouré d'une clôture de presque quatre mètres de haut.

Elle fixe les murs de moellons en s'obligeant à ne pas céder à la peur et à l'angoisse qui rongent ses entrailles. Elle espère désespérément que Rylan et les autres s'en sont sortis, et elle prie pour qu'ils n'aient pas prévu de la sauver. Même Connor savait que c'était du suicide, il a dû faire un deal avec Dominik pour sauver Hudson de cette même caserne. La sécurité est plus élevée ici que dans n'importe quelle autre poste des colonies.

Elle a l'impression qu'une autre heure s'écoule avant que la porte ne s'ouvre enfin sur un homme trapu et chauve, qui n'est pas beaucoup plus grand que Reese. Ses traits sont durs, avec d'épais sourcils et une mâchoire carrée. Ses lèvres sont si fines qu'il semble presque ne pas en avoir, jusqu'à ce qu'il esquisse un sourire narquois.

– Bonjour Reese, dit-il. Je suis le commandant Anthony Ferris, dit-il en haussant un sourcil buissonnant. Tu ne sais pas depuis quand j'attends un face-à-face avec toi.

Elle croise les bras et recule dans sa chaise, refusant de le satisfaire en lui répondant.

Ferris grimace, avance jusqu'à la table et recule la seconde chaise, faisant racler le métal contre le béton. Alors qu'il s'assoit, deux autres hommes entrent dans la pièce, Dominik en fait partie.

Reese fait tout ce qu'elle peut pour cacher sa réaction. Elle savait que lui et Hudson étaient jumeaux, mais leur ressemblance est effrayante. Les traits de Dominik sont plus masculins, ses cheveux d'un blond plus foncé, et il est plus grand et plus musclé qu'Hudson, mais ce regard… ces yeux gris pâle sont identiques.

Reese étudie le deuxième homme, mais elle ne le reconnaît pas. Avec son uniforme noir et son fusil sur la hanche, il ressemble à n'importe quel autre Exécuteur.

Dominik ferme la porte, et les deux hommes se placent de chaque côté, concentrés sur elle.

– On commence ? demande Ferris d'une voix plaisante qui contredit son expression.

Il ne sort ni stylo, ni bloc-notes, ni appareil enregistreur, ni caméra. Il y a des caméras aux quatre coins du plafond et leur lumière clignotante indique que tout est déjà enregistré. Reese suppose qu'il doit aussi y avoir des micros dans la pièce.

– Tu n'arranges pas ta situation en te taisant, lui dit Ferris. Je sais déjà qui tu es et tout ce que tu as fait jusqu'ici.

Elle ricane et parle pour la première fois depuis qu'elle a été jetée dans cette pièce.

– Si tu…

Après des heures de silence sans une goutte d'eau, sa voix est rêche et elle doit se racler la gorge avant de continuer.

– Si tu sais déjà tout ce qu'il y a à savoir sur moi, à quoi sert cet interrogatoire ? Pourquoi tu ne me tues pas tout de suite pour en finir ?

– Ce n'est pas comme ça qu'on fonctionne, répond-il en joignant les mains sur la table.

Elle ricane, mais il l'ignore.

– On n'est pas des sauvages, comme tes amis et toi. On ne fait pas le tour de la colonie en tuant des innocents, en imposant nos idéaux libertaires et notre morale.

Elle ne peut se retenir d'éclater de rire et sa réponse agace Ferris, mais bon sang, il est sérieux ? C'est précisément ce que font les Exécuteurs. Ce que fait le Conseil Mondial. Et ceux qui ne sont pas d'accord avec eux et qui ne leur cèdent pas sont tués sur-le-champ.

– Tu vis hors de la cité depuis si longtemps que tu as oublié ce qu'était la civilisation, dit-il froidement. Le gouvernement existe pour protéger ses citoyens.

Reese le regarde en haussant un sourcil.

– Et le gouvernement a protégé le monde, depuis toutes ces années ? Il a empêché les pays de se bombarder les uns les autres et de détruire notre planète ?

– Le système était défaillant, parce qu'il n'y avait pas qu'un seul gouvernement. Les nations mettaient en place leurs propres régimes, des dictatures, des démocraties, des monarchies… et tous ces systèmes étaient en conflit les uns avec les autres. Ça ne pouvait pas marcher. Mais ce que nous avons créé, aujourd'hui, fonctionne. Un seul gouvernement. Un pouvoir mondial.

Reese fait semblant de bâiller.

– Alors, je suis ici pour une leçon de politique ? C'est encore moins intéressant que l'interrogatoire auquel je m'attendais.

– Très bien. Tu veux être interrogée ? Alors, c'est ce que nous allons faire, dit-il alors que son regard s'emplit de colère. Qui d'autre est responsable des attaques sur les avant-postes ?

Elle sourit innocemment.

– Quelles attaques ?

– Ne fais pas l'innocente, petite conne ! grogne-t-il en serrant les poings. Tu as été prise sur la scène du crime, armée de fusils et d'explosifs qui ont été volés dans un dépôt d'armement il y a quelques semaines. Tu n'étais pas seule. Tes camarades et toi avez attaqué mes hommes.

Reese hausse les épaules.

– Quels hommes ? J'étais seule.

– Alors, tu admets avoir fait partie de l'attaque ?

– Espèce d'abruti ! Tu viens de dire que j'avais été prise la main dans le sac, tu ne peux pas prétendre être surpris, si ?

Ses narines se dilatent et il la fusille du regard. À l'évidence, il n'aime pas qu'on lui réponde.

– Je veux les noms de ceux qui étaient impliqués et je veux savoir où ils sont. Et pas seulement les attaques de l'Ouest. Des postes du Nord, du Sud et de l'Est ont aussi été ciblés.

Une immense satisfaction l'envahit. Brynn, Garrett et Mick ont accompli leurs missions, alors. Mais ils sont plus malins qu'elle, à l'évidence. Ils ont su s'arrêter.

Mais une culpabilité la ronge, si profonde et puissante qu'elle en a la nausée. Elle espère sincèrement que Sloan n'est pas à sa recherche. Il lui a promis que si quelque chose de la sorte se produisait, sa priorité serait de s'occuper de Foxworth.

Reese le tuera s'il rompt sa promesse.

– On est déjà au courant pour ta ville, dit Ferris. Mes hommes sont en route pour la détruire en ce moment même.

Son estomac se noue encore plus. Merde.

– Un de mes hommes m'a dit qu'il avait entendu que des enfants y vivent. C'est clairement en infraction aux lois de régulation démographique, ricane Ferris. D'ailleurs, tout ce que tu fais enfreint nos règles, et maintenant tu vas en subir les conséquences.

– Tu parles beaucoup, commandant, mais je n'ai pas l'impression que tu dises quoi que ce soit d'important.

– Et ça, c'est important ? Je vais foutre le feu à ta ville. Si tu ne me donnes pas les noms de ceux qui t'ont aidée dans les attaques, je vais supposer qu'ils t'ont tous aidée. Je les alignerai et leur mettrai une balle dans la tête, un par un. Je m'assurerai qu'un de mes hommes l'enregistre et je te forcerai à regarder tes petits copains mourir.

Elle ne dit rien. Foxworth a des protocoles. Des plans d'évacuation et de fuite. Rylan et les autres ont vu qu'elle avait été capturée. Tant que l'un d'entre eux parvient à rentrer à Foxworth, ils mettront au point un plan pour cacher tout le monde en sécurité.

– Tu ne vas pas laisser ces gens mourir, dit Ferris. Je te connais.

– Tu ne sais strictement rien de moi, répond-elle en souriant.

– Oh, mais tu te trompes, rétorque-t-il en faisant un signe de tête à l'Exécuteur blond qui se tient derrière lui, Dominik.

Le frère d'Hudson fait un pas en avant et dépose un dossier bleu sur la table. Lorsqu'il se redresse, Reese le regarde dans les yeux.

– Ta sœur te salue.

Dominik tressaille. C'est à peine visible, mais elle cherchait justement cette réaction.

Il se ressaisit, se tient plus droit et lui lance un sourire narquois.

– Ma sœur est une fugitive recherchée par le Conseil et une ennemie des Colonie. Si tu sais où elle est, tu dois nous le dire.

Alors, c'est comme ça qu'il veut le jouer ? Reese se demande soudain si Dominik joue dans les deux camps, ou si sa loyauté est vraiment auprès de sa sœur. Hudson semble le croire, mais Reese a du mal à voir derrière son masque.

En face d'elle, Ferris ouvre le dossier.

– Je ne te connais pas, c'est ça ? Je sais tout à propos de toi, Teresa.

Elle ne cligne même pas des yeux en entendant son prénom, et lorsqu'il n'obtient pas la réaction escomptée, il se met à lire les détails de son dossier.

– Teresa Robertson, fille de Sylvia Robertson. On a pris tes empreintes quand tu es arrivée, imagine ma surprise quand j'ai découvert que tu étais une première-née. Que l'Insurgée la plus crainte de la colonie de l'Ouest n'est même pas une véritable Insurgée, mais qu'elle a passé les premières quinze années de sa vie dans la cité. Je me demande si ton peuple te verrait de la même manière et te serait aussi fidèle s'il savait la vérité. S'il savait que tu n'as pas galéré comme eux, que tu n'as pas passé ton enfance à courir te cacher et à avoir faim en « terre libre », conclut-il en mimant des guillemets.

Encore une fois, elle ne répond pas. Les gens en qui elle a confiance savent qu'elle vient de la cité, et ils s'en contrefichent.

– La dernière fois que tu as été aperçue était le jour de la crémation de ta mère… poursuit Ferris.

L'estomac de Reese fait un salto. La crémation de sa mère, pas son enterrement. C'est ainsi que le Conseil se débarrasse des cadavres parce qu'il a trop peur des maladies. Ils ne veulent pas risquer d'avoir des corps en décomposition sous terre, alors ils les brûlent lors d'une cérémonie à laquelle peuvent assister ceux qui en ont envie.

Il y avait eu peu de gens à la crémation de sa mère. En tant que génitrice, Sylvia n'avait passé que peu de temps avec le reste de la population. Elle avait sa propre maison et sa propre cuisine pour qu'elle n'ait pas à manger dans les réfectoires. Son seul contact avait été avec sa fille, les médecins, les géniteurs et les bébés qu'elle pouvait garder jusqu'à ce qu'ils soient sevrés.

– Qui t'a aidée à sortir de la cité ?

La question de Ferris fait sourire Reese.

– Qui a dit que j'avais eu de l'aide ?

– Tu vas me dire qu'une gamine de treize ans s'est échappée toute seule ? C'est impossible.

Pourtant, c'est ce qu'elle a fait. Toutefois, elle n'est pas surprise qu'il ne la croie pas. D'après ce qu'elle sait de lui, Ferris a une piètre opinion des femmes.

Le commandant précédent, le père d'Hudson et Dominik, permettait aux femmes de devenir Exécutrices si elles le désiraient. Peu le voulaient, mais au moins elles avaient le choix. Lorsque Ferris a pris les rênes, il a viré toutes les femmes et il n'a recruté que des hommes. Et si Hudson a raison, il drogue désormais ses hommes pour les rendre plus violents et en faire de vrais psychopathes.

Reese n'y croyait pas, jusqu'à présent, mais maintenant qu'elle est assise en face de Ferris et qu'elle regarde dans ses yeux dénués de la moindre humanité… les affirmations d'Hudson ne semblent pas si excentriques.

Ferris ferme le dossier et soupire, exaspéré.

– Tu ne parleras pas, c'est ça ?

Elle recule de nouveau dans sa chaise.

– Je pourrais te torturer pendant des jours, des semaines. Je pourrais tuer tous ceux que tu connais sous tes yeux et tu ne révélerais quand même pas le nom de tes complices.

Reese n'en est pas si sûre. Elle s'imagine mal ne rien faire si ce monstre tenait une arme contre la tempe de Sloan, de Rylan ou de qui que ce soit. Elle ne le laisserait pas tuer l'un des siens…

Si ?

Elle déglutit tandis qu'elle se remet en question. La vengeance qu'elle a désirée toute sa vie, c'est ça qui la guide. Elle ne croit pas à l'amour. Elle ne croit en rien d'autre que son besoin égoïste d'anéantir le Conseil Mondial.

Les laisserait-elle prendre le bébé de Bethany si cela lui permettait de poursuivre son projet ? Les laisserait-elle tuer Bethany ? Christine ?

Reese aimerait croire que non et qu'elle sauverait les gens auxquels elle tient. Mais… elle n'en est pas certaine.

Ferris voit son côté obscur et sans cœur, et c'est ce côté qu'il décide de croire.

– Non, tu ne lâcheras rien. Tu n'es qu'une garce sans cœur, dit-il en regardant Dominik par-dessus son épaule. À moins que tu croies que la torture marche dans ce cas ?

Dominik fait non de la tête.

– C'est une garce sans cœur.

Quelque chose se fissure dans la poitrine de Reese. Elle n'est pas toujours aussi froide. Avec Sloan ou Rylan, elle est chaude et pleine de vie. Mais peut-être que Ferris et Dominik voient celle qu'elle est vraiment. Peut-être est-elle sans cœur.

– Très bien. Cet interrogatoire est terminé. Nous allons passer au jugement.

– Au jugement ? répète Reese.

– Je vais recommander au Conseil de te condamner à mort.

Elle n'est pas surprise. Ces enfoirés n'ont pour seul objectif que de tuer autant d'Insurgés que possible.

– Je veux que ce soit public, poursuit-il. Tu seras tuée par un peloton d'exécution. On en fera un événement, pour que les citoyens viennent voir l'ennemi qui les attend en dehors de la cité.

Son regard brille de plaisir, c'est la première trace d'émotion qu'elle perçoit chez lui. Ce type est un malade.

– On peindra les rues en rouge avec ton sang et les gens applaudiront, dit Ferris avant de se tourner vers l'autre Exécuteur. La tablette, s'il te plaît.

L'homme la lui tend et Ferris tapote l'écran pendant que Reese fixe Dominik dans les yeux, mais celui-ci reste impassible.

Ferris termine et rend la tablette au soldat.

– Envoie cet ordre d'exécution au Conseil. Et assure-toi qu'on ait toutes les signatures.

– Oui, Commandant.

L'Exécuteur sort de la pièce et Dominik le suit sans la regarder.

Ferris étudie Reese et sourit.

– Je te proposerais bien de l'eau ou à manger, mais… ce n'est pas mon genre. Tu n'es pas le genre de femme qui a besoin qu'on s'occupe d'elle, n'est-ce pas ?

Il recule sa chaise et se lève en rangeant son dossier sous le bras.

– Ton exécution sera validée dans peu de temps. Pas plus de vingt-quatre heures, je pense. Tu passeras tes dernières heures dans cette pièce, à penser aux crimes que tu as commis.

Il sort en ricanant et referme la porte derrière lui. Une seconde plus tard, elle entend la clé tourner dans la serrure.

CHAPITRE 25

Il semble à Rylan que ses paupières sont de plomb lorsqu'ils arrivent enfin au campement de Connor. Il sort du camion en titubant, sans prêter attention à Sloan qui, lui, a l'air d'être sur son lit de mort. Durant tout le trajet, Rylan n'a cessé de se répéter que Sloan n'avait qu'à brûler en enfer, mais ça ne l'a pas aidé à oublier son visage, déformé par la douleur. En dix heures, son ami a pris dix ans.

Rylan a mal partout, à l'intérieur comme à l'extérieur. Toutefois, les douleurs physiques se résorberont toutes seules. Quant aux douleurs internes, il ne les comprend pas et il ne sait par quel autre moyen les apaiser en dehors de récupérer Reese. Ce n'est pas normal de la laisser seule entre les mains des Exécuteurs. Ça n'a rien à voir avec le fait qu'il a couché avec elle, d'ailleurs. Quand il faisait partie de l'Armée du Peuple et qu'il s'entraînait pour une rébellion qui n'a jamais eu lieu, ils n'ont cessé de lui répéter qu'un bon soldat ne laissait jamais un frère derrière lui.

Or, c'est ce qu'il a fait avec Reese.

Il n'y a pas eu de discussion pour décider de la sauver ou non. Il n'a été question que de Foxworth. Et Rylan a beau apprécier la ville et ses habitants, elle n'existe que grâce à Reese. Toute la ville devrait être en route pour la cité de l'Ouest pour secouer les barreaux et exiger du Conseil de la libérer. Au lieu de cela, ils ont couru au campement de Connor, la queue entre les jambes.

Il est furax. Il la sauvera, même s'il doit se livrer en échange. Tout ce dont il a besoin, c'est d'informations. Il a besoin de savoir où elle a été emmenée et qui va piloter l'hélico de Foxworth qui a atterri dans le champ, au nord du campement de Connor.

Rylan trouve son chef de camp debout sur le perron du chalet principal.

– T'as pu joindre quelqu'un ? lui demande Rylan.

– Pas encore. Bon sang, mec, tu fais peur à voir. Va te reposer, frangin. Je te préviendrai dès qu'on aura des nouvelles.

– Non. Rappelle, insiste Rylan.

Connor pose une main sur l'épaule de Rylan et le pousse doucement.

– Tu ne pourrais pas sauver une mouche dans ton état. Va dormir.

Rylan déteste que ce type ait toujours raison, mais il hoche la tête, fatigué. Il est si épuisé qu'un gamin pourrait lui casser la gueule.

Lorsqu'il se retourne, il voit Sloan approcher.

– Merci de nous accueillir, dit-il en tendant la main à Connor qui l'accepte, cet enfoiré.

Rylan est outré que son ami le trahisse. Conn ne devrait pas lui serrer la main. Il a sauvé sa femme, lui. Il n'a pas laissé Hudson entre les griffes du Conseil. Si Connor savait qu'il a affaire à un tel lâche, il le foutrait dehors.

– On va t'aider à récupérer Reese, dit Connor. Mais, pour l'instant, tu dois te reposer, toi aussi. Dans votre état, ni l'un ni l'autre n'êtes bon à rien.

Sloan hoche la tête.

– Dis-moi où est le plumard le plus proche, et j'y vais. Je pourrais dormir n'importe où.

– Les cabanes se remplissent vite, admet Connor.

Merde. Rylan commence à s'éloigner discrètement, mais son chef lève la main pour l'arrêter.

– Ry, pourquoi Sloan ne squatte pas ta…

Oh que non ! Il ne laissera pas Sloan enter chez lui. C'est hors de question. Il ouvre la bouche pour le lui dire quand Hudson apparaît à la porte.

– J'ai quelque chose, déclare-t-elle.

Rylan a du mal à ne pas la bousculer en courant dans le chalet. Sloan en fait de même, et Rylan essaie de le pousser, mais l'autre ne se laisse pas faire. Ils arrivent dans la salle de réunion en même temps et ils se tiennent côte à côte tandis qu'Hudson se penche sur la table pour saisir un minuscule téléphone satellite.

– Dom ? Tu es toujours là ?

Rylan ne peut se retenir de regarder Sloan du coin de l'œil, qui écarquille les yeux, plein d'espoir. La voix de Dominik résonne soudain dans le silence.

– Toujours là, sœurette. Je n'ai que quelques minutes avant de devoir raccrocher, mais voilà ce que je sais. Ils ont amené la cheffe des Insurgés ici, à la caserne. Elle est interrogée au sous-sol du bâtiment principal. Les murs sont en béton renforcé d'un mètre cinquante d'épaisseur, et il n'y a qu'une entrée gardée par des Exécuteurs choisis par Ferris lui-même. Ils sont tous fils ou frères d'un membre du Conseil et ils sont considérés comme hautement fidèles.

– Une communication est possible ? demande Hudson.

– Négatif. Le réseau est inexistant à cause du béton. Même les radios ne marchent pas au-delà de la deuxième marche. J'ai essayé tout à l'heure.

– Comment va-t-elle, Dom ?

– Elle est en vie.

Rylan ferme les yeux. En vie peut vouloir dire mille choses différentes. A-t-elle été tabassée ? Combien d'os lui ont-ils cassés ? L'ont-ils violée à tour de rôle ?

À ses côtés, Sloan est silencieux. Comme s'il se fichait de ce qui risque d'arriver. Cet enfoiré s'est précipité à Foxworth, il a sauvé les habitants, et maintenant sa mission est accomplie. Pourquoi est-il là, au fait ? Il se fout de Reese. Rylan ferme les poings, rêvant de les lancer dans la figure impassible de Sloan.

– Il semblerait que notre seule chance soit qu'ils la déplacent, dit Connor.

– Oui, répond Dominik avant de rester silencieux si longtemps que Rylan se demande s'ils n'ont pas perdu le réseau. Ils vont l'exécuter, à l'ancienne, au pied du siège du Conseil, pour servir d'exemple à tous les Insurgés.

Hudson met la main sur sa bouche pour couvrir son cri. Rylan sent ses jambes déjà affaiblies se transformer en guimauve. Il titube en arrière jusqu'à ce que ses épaules rencontrent le mur. Cet enfoiré de Sloan ne bouge pas. C'est comme s'il s'était transformé en pierre.

– Quand ? demande Connor d'une voix lugubre.

– Il faudra vingt-quatre heures pour que les papiers soient signés. Dès que ce sera fait, ils la sortiront et la déclareront coupable de crimes contre les colonies. La sentence aura lieu à la tombée de la nuit.

Non, c'est hors de question. Rylan refuse de l'accepter. Reese ne va pas mourir.

Il avance et saisit le téléphone.

– On vient la chercher, Dominik, crache-t-il. Mieux vaut faire tes prières.

– Les prières ne sauveront personne, ricane froidement Dominik.

– Il nous faut plus de détails, le supplie Hudson. La rotation des gardes, les emplacements cruciaux, les points faibles. Tout ce que tu peux nous donner.

– Je vais vous trouver tout ce que je peux, mais d'ici-là, restez où vous êtes.

Il raccroche avant qu'ils ne puissent poser d'autres questions.

Fou de rage, Rylan se tourne vers Connor.

– Elle ne serait pas là sans Reese, aboie-t-il en désignant Hudson.

Il ne peut pas la regarder sans penser à l'injustice de la situation. Dominik a sauvé sa sœur, mais il n'est clairement pas prêt à risquer sa peau pour Reese.

– Je sais, mec, répond Connor en se frottant la nuque. Elle ne mourra pas là-bas. Je vais demander à tout le monde de venir ici, et on trouvera un plan, d'accord ? On la sauvera quand ils la sortiront de sa cellule.

– Allons-y maintenant. On mettra le plan sur pied quand on sera à la cité.

– Non. Son jugement ne sera pas énoncé avant demain. Attendons que Dominik nous rappelle avec d'autres infos. Comme ça, on apportera le bon équipement et les bonnes personnes. Et puis, vous devrez tous les deux dormir sinon vous ne viendrez pas avec nous.

Rylan ouvre la bouche pour protester, mais Connor secoue la tête.

– C'est mort, Ry. Quoi que tu aies en tête, arrête.

À moins de voler l'hélico, Rylan n'a guère le choix. Il se passe la main dans les cheveux et tourne brusquement les talons. La chaleur dans son dos lui dit que Sloan est juste derrière lui, mais Rylan ne dit pas un mot et court pratiquement jusqu'à sa cabane. Il attend que l'autre ait passé le seuil pour lui bondir dessus.

– Tu n'as pas de cœur ? C'est quoi ton problème ? aboie-t-il. Tu as perdu tes couilles dans la chatte de Reese ? C'est pour ça que tu es trop faible pour…

Il ne termine pas sa phrase, car Sloan lui met un énorme coup de poing.

Rylan lèche le sang qui coule au coin de sa bouche et sourit. Il ne paie rien pour attendre. Il va punir l'enfoiré qui a abandonné Reese. Il laisse sa colère noyer sa propre culpabilité, et il se jette en avant, les poings et la mâchoire serrés.

Sloan se baisse, mais Rylan est assez rapide pour le toucher. L'impact vibre dans son bras et lui fait aussi mal qu'il a dû faire mal à Sloan. Ce dernier lève brusquement la tête, lui montre les dents et enfonce son épaule dans le ventre de Rylan. Ils tombent sur un des lits, les poings levés, bouillonnant d'adrénaline.

Rylan saisit Sloan pas la nuque et essaie d'écraser sa gorge, mais l'autre parvient à repousser son visage assez loin en arrière pour l'empêcher d'exercer une pression. Sloan empoigne la nuque de Rylan, qui voit l'action se dérouler au ralenti. Il voit son front avancer vers lui, prêt à percuter le sien, et il se prépare au choc.

Cependant, ce n'est pas ce que fait Sloan, qui préfère écraser sa bouche contre la sienne dans un baiser violent et furieux, à la fois salé et mouillé. Sloan… pleure, en silence.

Le cœur de Rylan cesse de battre et il dégage son visage autant que possible. Les larmes de Sloan coulent sur ses joues dans un flot continu. Son expression le prend aux tripes. Il est pâle et fatigué, plein de colère et de remords.

– Elle me manque aussi, grogne-t-il contre la bouche de Rylan.

– Je n'aurais jamais dû appuyer son plan stupide, marmonne Rylan.

Sa fureur a été effacée par la peine de Sloan et remplacée par une culpabilité écrasante qui l'empêche de respirer. Il essayait de l'ignorer, utilisant sa colère pour ignorer la véritable raison de son désarroi : c'est de sa faute si Reese a été capturée.

Son besoin stupide d'être perçu comme un égal l'a poussé à encourager Reese à attaquer cet avant-poste, alors que Sloan a essayé de les retenir et de les protéger.

Si quelqu'un doit être furax, c'est Sloan. Cependant, ce dernier accepte l'aveu torturé de Rylan et, pendant ce long silence, Rylan se sent à deux doigts de fondre en larmes.

Depuis que Reese a été emmenée, il n'a cessé de se dire que s'il ne la récupérait pas, il serait pire que son père. Certes, son père a prostitué sa femme, mais il ne l'a jamais envoyée dans une situation périlleuse. Pas comme Rylan, qui a encouragé Reese alors que Sloan était la voix de la raison.

Et maintenant, elle est partie, et les deux hommes sont perdus.

Ils s'accrochent l'un à l'autre, désespérés de trouver du réconfort. Rylan tire sur les vêtements de l'autre. Leurs t-shirts disparaissent, leurs pantalons sont jetés à terre, et ils se roulent bientôt sur le sol poussiéreux de la cabane, nus et en érection. Rylan est conscient que ce n'est qu'un moyen de se changer les idées, mais son corps répond néanmoins, le suppliant de l'apaiser, d'éteindre son cerveau, ne serait-ce que quelques minutes.

Son érection effleure celle de Sloan, et la puissance de leur désir accablé de chagrin embrase le sang de Rylan, rendant sa peau électrique.

Il retient son souffle lorsque Sloan baisse un bras pour le saisir.

– Prends-moi, grogne Sloan. Mets ta main sur moi.

Rylan cherche la queue de l'autre à tâtons et effleure sa main avant de la trouver. Une érection dure comme fer. Ils se caressent l'un l'autre avec des mouvements saccadés et erratiques, cherchant leur soulagement mutuel.

– On va récupérer notre femme, grogne Sloan contre la bouche de Rylan.

– Bien sûr qu'on va la récupérer.

Rylan mord la lèvre de Sloan et dévore sa mâchoire puis sa gorge jusqu'à ce qu'il se cambre contre lui.

– Plutôt mourir que d'échouer.

Sa libération vient enfin. Rylan pousse un cri lorsque Sloan mord son épaule, et leurs corps tremblent l'un contre l'autre tandis qu'ils prennent tous les deux leur pied. Ils roulent ensuite sur le dos en grognant, pantelants et épuisés.

Rylan retient sa respiration un instant. Il veut dire quelque chose, mais ses yeux picotent et un nœud s'est formé dans sa gorge. Il déglutit et essaie de nouveau. Cette fois, lorsque Sloan empoigne son épaule, c'est un geste de réconfort, et Rylan se blottit contre lui.

Il est amoureux de Reese.

Il s'était dit qu'il voulait simplement baiser une femme époustouflante, mais il se mentait à lui-même. Il est plus ou moins amoureux de Reese depuis le jour où il l'a rencontrée. S'il avait simplement voulu prendre son pied, il aurait pu coucher avec un tas de femmes. Or, il est resté à Foxworth, laissant ses amis derrière lui, parce qu'à ses yeux Reese est l'étoile la plus brillante de l'univers et qu'il est captivé par elle.

– Si j'avais gardé mes distances, je ne me sentirais pas comme ça, dit-il en se frottant la poitrine.

– Une fois que tu l'as eu rencontrée, tu étais perdu, répond Sloan.

– Toi aussi.

– Ouais.

Sloan se lève, essuie son ventre avec son t-shirt et fouille les poches de son treillis. Il en sort une cigarette et l'allume. Il se rassoit à côté de Rylan, tire une bouffée et lui passe la clope. Rylan tire dessus à son tour et regarde la fumée s'échappant de sa bouche se mêler à celle de Sloan.

– Je crois qu'avant de rencontrer Reese, je me contentais d'exister, chuchote Sloan. Et que chaque pas me rapprochait un peu plus d'elle.

– Ce serait le destin, alors ?

Sloan hausse les épaules et reprend sa cigarette.

– Je ne sais pas ce que c'est. Tout ce que je sais, c'est que je ne m'étais jamais senti entier avant de la rencontrer. Et même si elle a choisi Jake… et toi, ajoute-t-il en lui offrant un sourire ironique, je pouvais me contenter d'être son bras droit, son serviteur.

– C'est parce que tu ne l'avais pas goûtée ni sentie.

– Ouais.

– Et maintenant ?

– La réponse, tu la connais. Ce n'est pas assez. J'en veux plus. Encore.

Rylan frissonne. Ce sont les paroles de Reese, et il ressent la même chose, lui aussi.

– Moi aussi, ce qui est dingue, parce que j'ai toujours pensé que toutes ces complications étaient inutiles. Je ne voulais rien de profond. Et surtout pas d'engagement. Je ne regardais pas Conn et Hudson en me disant que je voulais la même chose. J'étais juste content de me joindre à eux de temps en temps. Et maintenant, je ne peux plus empêcher mon cœur de battre et je peux pratiquement sentir ma peur. Je déteste ce sentiment. Je le déteste.

Il ne veut pas être comme son père ni sa mère, d'ailleurs. Il ne veut pas d'émotions qui lui retourneront le cerveau, qui le pousseront à prendre des décisions qui détruiront tous ceux qui l'entourent.

Sloan semble lire dans ses pensées.

– Tout amour n'est pas mauvais. Connor ne va pas faire de mal à Hudson. Et Len se jetterait du haut d'une falaise plutôt que de faire du mal à Jamie. Et tu n'es pas le fils de ton père.

– Comment tu sais ?

Comment peut-on savoir quel genre de partenaire on va être avant d'avoir essayé ?

– Parce que je serai là pour te casser la gueule si je sens que tu dérapes.

– C'est bien généreux, frangin, répond Rylan en esquissant un sourire.

– Je sais, répond Sloan.

La présence de cet homme est justement ce dont il a besoin. Si Sloan est là, Rylan peut être lui-même sans crainte. Il sera capable d'aimer sans avoir peur de devenir amer et de blesser les gens auxquels il tient le plus.

Il pourra avoir Reese.

Et Sloan.

Et tout ce qu'il a toujours cru être hors de sa portée.

CHAPITRE 26

Assise dans sa cellule, Reese a largement le temps de passer sa vie en revue. Le fait qu'elle se fasse exécuter dans quelques heures accélère le processus, parce qu'elle n'a que quelques heures à vivre.

Comme Ferris le lui avait promis, personne ne lui apporte à manger ou à boire. Elle a été abandonnée, mise à l'écart, jusqu'à ce qu'il soit temps pour elle d'affronter le peloton d'exécution. Reese a commencé son emprisonnement assise sur une chaise, mais les heures ont passé et elle a fini par admettre sa défaite et s'allonger sur le lit.

Finalement, le fait qu'elle passe ses dernières heures seule est assez représentatif de sa vie. C'est ainsi qu'elle a vécu depuis qu'elle a fui la cité à treize ans, après s'être cachée à l'arrière de ce camion sous une vieille couverture, pour ne plus bouger pendant huit heures de trajet.

Elle avait été seule pendant un an avant de rencontrer son premier Insurgé. Elle avait appris à construire des pièges et à allumer des feux. Elle avait chassé son propre gibier et elle dormait dans des granges et des immeubles abandonnés. Même en vieillissant, alors qu'elle acceptait des gens dans son cercle… même lorsqu'elle a trouvé Foxworth et décidé de s'y installer de façon permanente… même lorsqu'elle est devenue amie avec des gens comme Bethany et Arch… même lorsqu'elle a accepté Jake dans son lit et dans sa confidence… elle se considérait comme seule.

Cependant, Reese ne s'était pas rendu compte, jusqu'à maintenant, combien elle comptait sur ces gens et combien ils comptent sur elle. Elle les voit assis en cercle, en train de préparer sa fuite, prêts à risquer leurs vies pour sauver la sienne. Elle est intimement persuadée qu'ils essaieront de la sauver, et cette certitude lui fait penser à la question de Ferris, tout à l'heure. Elle repense à la façon dont elle a douté d'elle-même à l'idée de laisser ses habitants mourir si cela lui permettait d'anéantir le Conseil Mondial.

La réponse est… non. Elle ne les laisserait pas mourir. Elle prendrait une balle pour n'importe lequel des habitants de Foxworth.

Cependant, il y a deux personnes pour qui elle donnerait bien plus que sa vie. Elle leur donnerait son cœur, et son âme, et tout ce qu'ils lui demanderaient. Elle abandonnerait tout, y compris sa vengeance, si elle pouvait les revoir et leur dire qu'elle avait tort.

L'amour existe. Elle le sait, parce que c'est ce qu'elle ressent. Elle ressent de l'amour, et non pas pour un homme mais pour deux. Peut-être que cela fait d'elle une femme tordue, mais c'est la vérité.

Elle préférerait mourir que de laisser quoi que ce soit arriver à ses hommes. C'est pour cela qu'il lui faut trouver un moyen de faire parvenir un message à Sloan et Rylan. Elle doit leur dire d'abandonner la mission qu'ils sont assurément en train de mettre en place, parce qu'une attaque sur la caserne ou la cité signera leur mort, et elle ne peut pas avoir leur mort sur la conscience.

Cependant, elle ne peut leur faire passer de message en étant enfermée dans cette pièce. Personne n'est entré ni sorti depuis son interrogatoire, et elle ne sait pas quand Ferris a prévu de l'exécuter.

Son grognement de désarroi résonne dans la pièce. Elle ferme les yeux, mais le sommeil ne vient pas. Il lui semble qu'elle reste allongée sur le lit pendant une éternité, et elle n'a toujours pas bougé lorsque la porte s'ouvre enfin.

Un éclat d'espoir la saisit lorsqu'elle voit Dominik dans l'embrasure de la porte. Il est seul, mais Reese entend des murmures dans le couloir.

Merde. Elle doit faire vite.

– Dominik, commence-t-elle.

– Tais-toi ! aboie-t-il froidement.

– S'il te plaît, chuchote-t-elle. Je sais que tu es encore en contact avec…

Il la fusille du regard et elle se reprend.

– Je sais que tu as des contacts. J'ai besoin que tu fasses parvenir un message à mon peuple. Ce sera bénéfique pour nous deux, parce que, crois-moi, vous n'avez pas envie qu'ils vous attaquent, alors s'il te plaît…

– Tais-toi, gronde-t-il plus sèchement.

Il hoche la tête en direction de la porte, et deux Exécuteurs entrent. Ils la soulèvent et tirent brusquement ses mains dans son dos pour les menotter. Son estomac fait un bond lorsqu'elle voit ce que l'un d'entre eux tient dans sa main.

– C'est vraiment nécessaire ? marmonne Reese, sans obtenir de réponse.

L'exécuteur met le sac de toile noir sur sa tête et elle n'y voit plus rien.

Avec l'obscurité vient un éclat de peur. Elle a vu des photos dans les livres d'histoire d'avant-guerre. Des silhouettes encapuchonnées menées à la pendaison, une corde autour du cou.

Son cou commence à la démanger, même si elle sait que ce n'est pas la pendaison qui l'attend. Ferris lui a clairement fait comprendre qu'il voulait en faire un événement. Reese imagine des dizaines d'hommes en uniforme alignés, leur arme pointée sur elle. Elle voit des citoyens forcés à regarder. Ou peut-être voudront-ils regarder. Peut-être ont-ils subi un tel lavage de cerveau qu'ils sont réellement persuadés que les Insurgés présentent un danger pour eux.

Elle sursaute en criant lorsqu'elle est soudain tirée en avant. Or, elle ne sait pas où elle est censée marcher. Elle avance, un pied après l'autre, en priant pour que sa mort soit aussi indolore que celle de sa mère. Elle avait entendu le médecin dire que Sylvia n'avait pas souffert de son overdose et que c'était comme si elle s'était endormie dans son sommeil.

Cependant, Reese doute que des dizaines de balles criblant sa chair provoquent une mort paisible.

Elle est de nouveau tirée en avant et elle sent un souffle à travers le tissu couvrant son visage.

– Ne fais rien de stupide, chuchote Dominik. Ce sera plus facile si tu ne te débats pas.

Un « va te faire foutre » lui échappe, et Dominik serre plus fort son bras.

– Fais ce que je dis, et ce sera bientôt fini.

Le cœur de Reese est étonnamment calme. Il lui semble qu'ils marchent des heures le long d'un couloir. Soudain, son visage est frappé par un coup de vent froid. Du gravier crépite sous ses bottes. Eric ne lui a pas couvert les yeux lorsqu'elle est arrivée hier soir et elle se souvient d'avoir vu du gravier dans la cour. Elle se demande si c'est là qu'ils sont.

Elle entend des voix d'hommes, mais elle ne comprend pas ce qu'ils disent. Leurs conversations sont étouffées par le sac sur sa tête et le bruit de son cœur qui s'est soudain mis à battre à tout rompre dans ses oreilles. Son équilibre vacille lorsque quelqu'un la pousse sur ce qui semble être un siège de voiture. Des portières se referment, et elle entend tant de pas dans la cour qu'elle se demande si toute la caserne d'Exécuteurs vient la voir être fusillée.

Une fois de plus, elle s'accroche à l'espoir qu'Hudson ne s'est pas trompée sur Dominik.

– Ta sœur est quelqu'un de bien, dit-elle.

Elle l'entend retenir son souffle.

– Tais-toi, gronde-t-il.

– Je n'étais pas certaine de pouvoir lui faire confiance, même après qu'elle avait donné presque tout son sang pour sauver un homme mourant. Je pensais encore qu'elle avait peut-être un autre plan, qu'elle pouvait collaborer avec toi et le Conseil pour tous nous tuer.

Pas de réponse.

– Elle m'a demandé de t'épargner, admet Reese en riant nerveusement. Quand on attaquait les avant-postes, Hudson avait peur que tu sois dans l'un d'entre eux. Elle m'a suppliée de t'épargner. Je lui ai dit que je ne pouvais pas lui faire de promesses.

Elle n'obtient toujours pas de réponse, alors elle cesse de parler. Elle ne sait pas ce qu'elle espérait obtenir, de toute façon. Est-ce qu'elle demandait à Dominik de l'épargner à son tour ? Hudson a dit qu'il faisait tout son possible pour les aider depuis la caserne, et si c'est vrai, il ne pourra jamais sauver Reese sans se trahir lui-même auprès du commandant Ferris. Quoi que fasse ou ne fasse pas Dominik, il serait fou de libérer une prisonnière Insurgée aussi importante qu'elle. Cela ferait immédiatement de lui un « ennemi des colonies », comme ils disent.

Reese est surprise de sentir des larmes brûler ses yeux. Elle regrette sincèrement de ne pas avoir écouté Sloan. Elle regrette de ne pas voir le sourire insouciant de Rylan une dernière fois. Grâce à eux, elle s'est sentie… elle s'est sentie une femme. Et pour elle, qui s'est toujours sentie aussi vide que le resterait son utérus, c'est une sensation de liberté incroyable.

Le silence s'éternise, tout comme le trajet. Selon les infos d'Hudson et Connor, la caserne des Exécuteurs est à environ quinze minutes des grilles de la cité, mais il lui semble qu'ils roulent depuis bien plus d'un quart d'heure. Mais peut-être le temps a-t-il ralenti au point de s'arrêter. Peut-être qu'une minute ne dure plus soixante secondes, mais un millier. Peut-être est-ce ce qui arrive quand on est en route pour mourir.

Elle finit par fermer les yeux, mais elle ne dort pas. Elle écoute les bruits du moteur et ressent les bosses de la route sous les roues. Les menottes entaillent ses poignets, mais elle ignore la gêne.

Elle veut simplement en finir. Peut-être est-ce mieux ainsi. Peut-être Sloan et Rylan iront mieux sans elle. Sans sa froideur. Sans sa tendance à se refermer sur elle-même dès que ses émotions sont un peu trop fortes. Sans parler de l'avenir qu'elle ne peut pas leur donner, un avenir avec des petits chérubins comme celui de Bethany.

Sa poitrine se resserre lorsqu'elle se souvient que Sloan et Rylan ont soutenu qu'elle était une mère pour tous les habitants de Foxworth. Ils ont peut-être raison, mais ça n'a plus d'importance.

Une voix grave s'élève à l'avant du véhicule.

– On est prêts, dit quelqu'un.

– Bien, répond Dominik. Envoie un message à Vin pour le lui dire.

Qui est Vin ? Et pourquoi plus personne ne parle de Ferris ?

La voiture s'arrête brusquement, et Reese est de nouveau traînée debout comme une poupée de chiffon. Ses bottes frappent le sol avec un gargouillis, comme si elle marchait dans une flaque ou de la terre trempée. Quoi qu'il en soit, elle n'a pas l'impression de marcher sur du bitume.

Elle se crispe instinctivement lorsque des mains froides effleurent ses poignets. Elle entend un cliquetis de clés, et les menottes disparaissent en même temps que sa capuche.

Elle est éblouie, mais ce n'est pas par un soleil fort, plutôt une lueur douce de crépuscule. Elle cligne rapidement des yeux pour s'y habituer, et elle est bouche bée lorsqu'elle voit quelque chose au loin. Trois hélicoptères militaires étincelants.

Elle cligne de nouveau les yeux. Qu'est-ce qui se passe ?

Sa question trouve sa réponse lorsque Dominik apparaît devant elle. Son regard est toujours froid, mais il sourit presque.

– J'espère que tu n'as pas le mal de l'air, dit-il.

CHAPITRE 27

– T'es complètement malade, tu le sais, ça ?

Le vrombissement des hélicos est si fort que Reese a du mal à s'entendre. Elle est assise à l'arrière de l'hélico avec Dominik et six autres Exécuteurs, émerveillée par la tournure qu'ont prise les événements.

– Pas autant que toi, rétorque Dom. Qu'est-ce qui t'a fait penser que toi et une poignée d'Insurgés pouviez attaquer un avant-poste gardé par trente Exécuteurs ?

– Il ne devait pas y en avoir trente, marmonne-t-elle. C'était un piège.

– Un piège que tu aurais dû anticiper, dit-il en ricanant. N'importe quel chef militaire y aurait pensé.

Elle grimace, même s'il a raison. Elle a pris une décision stupide en se basant sur ses émotions plutôt que sur son intelligence. Elle était à cran à cause du plan à trois et des sentiments qu'il avait réveillés en elle, et au lieu d'écouter des conseils avisés, elle a suivi sa soif de vengeance et son besoin de fuir ses sentiments.

– Ferris te tuera, dit-elle à Dominik.

– Seulement s'il me trouve, répond-il en souriant.

– Toi ? Ce n'est pas que toi, dit-elle en regardant autour d'elle. Tu as emmené tous tes copains, dit Reese en comptant au moins vingt Exécuteurs se préparant à monter à bord des hélicos. Pourquoi tu fais ça ? Pourquoi déserter maintenant ?

– Je n'ai pas vraiment eu le choix, répond-il sèchement. On avait préparé tout un plan, avec un emploi du temps précis, pour déserter, mais ton arrivée a accéléré les choses. Il faut dire que ma sœur m'a supplié de t'aider. Et si tu connais Hudson comme tu le prétends, tu sais qu'il est impossible de lui dire non. C'est une véritable petite tête de mule.

Reese se sent coupable en repensant à sa conversation avec Hudson, quand elle lui a dit qu'elle refusait de coopérer avec les Exécuteurs pour épargner son frère jumeau. Et elle lui en a voulu quand elle l'a mise en garde à propos des sentiments de Rylan.

Hudson a été une alliée, et Reese a refusé de le voir. Voilà encore une chose à ajouter à la longue liste des erreurs qu'elle a commises.

– Qu'est-ce que tu as à y gagner, toi ? demande-t-elle d'un ton suspicieux.

– Ça te tuerait de juste dire merci ? répond Dominik en levant les yeux au ciel.

Elle le fusille du regard.

– Je viens de te sauver la vie, ma p'tite dame. Et pour ça, j'ai mis la mienne en danger, sans parler de celle de mes hommes. J'ai aidé la reine de Foxworth à s'évader, Ferris ne va pas le prendre à la légère. Et il me détestait déjà puisqu'il me soupçonne d'avoir aidé ma sœur à s'échapper aussi.

– Mais c'est vrai.

– Oui, mais il n'en a pas la preuve. Il ne croit même pas sur parole son serviteur le plus fidèle ! dit Dominik d'un air sincèrement vexé.

Reese ne peut se retenir d'éclater de rire.

– Et tu es fidèle à qui, maintenant ?

– À ma sœur, répond-il du tac au tac. Et par extension, au mec de ma sœur. Il n'y a que la famille qui compte, dans ce monde. Les gens qu'on aime sont les seuls qui méritent notre loyauté.

– Ouais, je crois que tu as raison sur ce point, acquiesce-t-elle.

– J'ai toujours raison.

Elle désigne les autres hommes, qui sont restés muets comme des carpes. Ils regardent tous Dominik comme s'ils attendaient son ordre.

– Et eux, ils sont fidèles à qui ?

Dominik ouvre la bouche pour répondre, mais l'homme à sa gauche le devance.

– On est fidèles à Dominik. Et les uns aux autres. On forme une famille, dit-il.

Une famille de tueurs, se retient-elle de dire. Cependant, qui est-elle pour les juger ? Elle a tué des dizaines d'Exécuteurs durant les attaques des avant-postes. Elle a tué des bandits. Elle a tué Jake.

Reese est une tueuse, elle aussi.

Soudain, elle se rappelle l'autre information dont lui avait fait part Hudson.

– Vous prenez toujours cette drogue ? demande-t-elle d'une voix inquiète.

Dominik secoue la tête.

– Ça fait plusieurs mois qu'on a arrêté de la prendre. Il nous a fallu un moment parce qu'on ne voulait pas que trop d'hommes arrêtent en même temps. Et je ne savais pas encore qui était loyal envers moi et qui l'était envers Ferris, explique-t-il alors que son regard s'assombrit. Certains des hommes que tu as tués étaient avec moi, Reese. Ils ne méritaient pas de mourir.

Elle ne ressent pas le moindre remords.

– Si. Peu importe qu'ils aient été drogués ces dernières années. Ils ne l'étaient pas avant, quand ton père était aux commandes. Ils n'ont peut-être pas tué autant d'Insurgés à l'époque que maintenant, mais ils ont quand même tué des gens.

Il soupire et ne la contredit pas.

– On tue tous des gens, acquiesce-t-il, confirmant ses propres pensées.

– On devrait arriver dans vingt minutes, dit soudain le pilote, qui n'avait pas encore prononcé un mot.

Dominik se tourne dans son siège et lui donne une tape dans le dos.

– Merci, José.

Le cœur de Reese accélère brusquement. L'idée qu'elle va retrouver… mon Dieu, qui ? Elle ne sait même pas qui a survécu à l'attaque de l'avant-poste. Elle a eu trop peur de poser la question à Dominik tout à l'heure, mais elle n'a plus le choix, à présent.

Elle inspire profondément et le regarde dans les yeux.

– Les gens qui étaient avec moi à l'avant-poste… tu sais s'ils ont survécu ?

Il hoche la tête.

– Qui ? chuchote-t-elle.

– La plupart, je crois. Je n'ai pas retenu les noms que m'a donnés Hudson, sauf quelqu'un avec un D ? David, peut-être ?

– Davis, dit-elle, soulagée.

Davis était avec Nash, donc il y a de fortes chances qu'il ait survécu aussi. Mais qu'en est-il de Beckett ? De Sam ?

Rylan.

Sloan.

– Est-ce qu'Hudson a dit combien avaient survécu ?

– Cinq ou six ?

– Est-ce que c'était cinq ou six ? demande-t-elle en paniquant.

– Je ne sais pas, dit-il d'un ton irrité. Tu le sauras bien assez vite.

L'hélico vire à droite quand le pilote change légèrement de direction. Il semble à Reese qu'ils s'étaient dirigés à l'ouest, ils partent désormais vers le nord-ouest. Ça veut dire qu'ils vont dans les montagnes, suppose-t-elle alors que son cœur se brise un peu. Pourquoi ne vont-ils pas à Foxworth ? C'est là que sera son peuple.

Je vais foutre le feu à ta ville…

Son cœur bat plus vite en se rappelant les paroles de Ferris. Est-ce que Foxworth a disparu ?

Elle regarde par la fenêtre, mais ils volent trop haut pour qu'elle puisse se repérer. Elle ne voit pas de volutes de fumée qui indiqueraient un incendie, mais ça ne signifie pas que sa ville n'a pas été incendiée.

Durant les dernières minutes de leur vol, Reese a du mal à respirer. L'hélico entame sa descente et, en effet, elle voit les pics enneigés apparaître. Elle n'a été au campement de Connor qu'une seule fois, mais elle reconnaît les environs. L'hélico descend encore et encore, elle voit les toits des cabanes pointer à travers les arbres.

L'hélico se pose dans une petite clairière, à quelques kilomètres des cabanes. Aucun véhicule ne l'attend. Il n'y a personne. Reese ravale sa peine, car si Sloan et Rylan étaient en vie, ils seraient là à l'attendre.

L'engin vacille en se posant. Un des hommes de Dominik ouvre la porte, et tout le monde descend. À quelques dizaines de mètres d'eux, le deuxième hélicoptère est en train de se poser et, au-delà, le troisième. L'espace d'une seconde, elle se retrouve à vouloir saisir l'arme qu'elle a l'habitude de porter à la hanche, et qu'elle n'a plus. Elle doit se rappeler qu'ils ne sont pas ses ennemis, ce sont ses sauveurs. Ces hommes, ces déserteurs… sont des Insurgés, à présent.

Dominik tient un téléphone contre son oreille. Elle est tentée de le lui prendre et d'exiger de parler à Sloan. Ou Rylan. Ou même Connor, bon sang, pour qu'il lui dise si ses hommes sont vivants ou morts. Cependant, Dominik raccroche avant qu'elle n'ait pu le faire.

– On est à trois kilomètres du campement, mais on doit y aller à pied parce que le terrain est trop escarpé pour des véhicules, lui dit-il. C'était le seul endroit où on pouvait atterrir.

Elle hoche la tête.

– Tu vas y arriver ? demande-t-il.

– Tu me prends pour une mauviette ?

– Non, mais tu as l'air de quelqu'un qui n'a pas mangé depuis vingt-quatre heures, répond-il en riant.

Reese hausse les épaules. Ils lui ont donné une barre de céréales dans l'hélico et elle a bu au moins deux bouteilles d'eau. Si elle a encore faim, une marche de trois kilomètres ne va pas la tuer.

– Allons-y, dit-elle en prenant les devants.

Dominik lui emboîte le pas en gloussant.

Ils parlent peu durant le trajet à pied, mais ce n'est pas silencieux pour autant. Une trentaine d'hommes traversant la neige fondue avec des rangers de militaire font beaucoup de bruit.

Ils marchent aussi vite qu'elle. Ils ont tous hâte d'atteindre la civilisation, mais Reese se demande si les déserteurs savent vraiment ce qui les attend. Ils n'y trouveront pas le confort qu'ils avaient dans leur caserne. Le campement de Connor a un groupe électrogène, l'électricité, l'eau courante et beaucoup de gibier dans les bois. Cependant, ces hommes ne sont pas habitués à ce genre de commodités, et si le groupe électrogène vient à court d'essence, tous ces petits luxes disparaîtront.

Après deux kilomètres, les bois s'éclaircissent. Trois cents mètres plus loin, Reese aperçoit la première cabane, puis une autre. Elle accélère le pas, pleine d'énergie malgré le fait que son ventre souffre du manque de nourriture et du trop-plein de stress.

Elle zigzague dans les arbres et atteint un sentier qui serpente entre des cabanes qui semblent abandonnées. Elle sait que ce lieu était un camping familial, avant la guerre. Le sentier s'élargit et elle entend soudain des voix, bien plus que ce à quoi elle s'attendait, étant donné que le campement de Connor compte moins de dix personnes.

Or, il lui semble qu'il y a bien plus de dix personnes ici, à cet instant.

Elle court en direction des voix, et elle s'arrête lorsqu'elle voit un groupe d'habitants de Foxworth. Son peuple. Ou une partie, en tout cas, occupée à discuter dans la cour. Quelques dizaines de mètres plus loin, elle voit un grand bâtiment construit en rondins de bois avec un panneau sur lequel est écrit « Le Chalet ». Reese voit Christine et ses frères assis sur les marches du perron avec d'autres adolescents de Foxworth, Randy, Sara, Ethan.

Elle tourne la tête et voit Pike, debout à quelques mètres avec son louveteau à ses pieds. Sam est avec lui, à genoux, en train de caresser l'adorable animal.

Reese tourne de nouveau la tête, et c'est alors qu'elle les voit.

Sloan et Rylan.

Sloan la voit le premier. Il rompt sa conversation avec Connor et, presque simultanément, Rylan se sépare lui aussi de son chef, et les deux hommes viennent vers elle en courant.

Elle ne sait pas lequel l'attrape le premier, mais soudain, elle se retrouve prise en sandwich entre les deux.

Elle est à peine dans leurs bras que ses larmes se mettent enfin à couler.

CHAPITRE 28

Les retrouvailles émues de Reese avec ses deux hommes durent tout au plus cinq secondes. Elle a tout juste le temps de les embrasser et de les serrer dans ses bras avant que Connor ne vienne vers elle en annonçant qu'ils ont réunion.

– Maintenant ? demande Sloan d'une voix agacée.

Reese réprime un sourire en voyant sa mine renfrognée, car il montre rarement son mécontentement à quelqu'un d'autre qu'elle.

– Oui, on doit discuter d'une ou deux choses avec Reese. On fera vite, répond Connor en lui lançant un regard inquisiteur. À moins que tu ne t'en sentes pas capable ?

Elle les regarde à tour de rôle, mais le regard pressant de Connor prend le dessus sur les mines impatientes de ses deux hommes.

– Ouais, débarrassons-nous tout de suite des choses fâcheuses, parce qu'une fois que ma tête touchera un oreiller, je ne me réveillerai pas pendant deux jours.

Ils se dirigent tous les quatre vers le perron en bois, où certains des ados sont encore rassemblés. Christine dévale les marches en courant pour se jeter dans ses bras.

– Je suis tellement contente que tu ailles bien ! s'exclame la jeune fille en blottissant son visage contre la poitrine de Reese. J'étais tellement inquiète.

– Oh, mais tu sais bien que je suis invincible, dit Reese d'une voix légère qu'elle a du mal à garder avec le nœud qui se forme dans sa gorge. Je suis surtout soulagée que vous alliez bien, ajoute-t-elle d'une voix émue.

Christine recule la tête, et Reese voit ses cils brillants de larmes.

– On va tous bien, dit-elle en regardant Sloan et Rylan. Ils nous ont sauvés.

Une immense reconnaissance envahit Reese et elle pose une main sur le bras de chacun.

– Merci, leur dit-elle en regardant Sloan. Tu as tenu ta promesse.

– Toujours, répond-il d'une voix rauque.

Elle sent qu'elle est au bord des larmes, alors elle caresse la joue de Christine en se forçant à sourire.

– On parlera plus tard, d'accord ? Je dois discuter avec les autres chefs.

– Tu devrais venir voir ma cabane quand tu auras fini, dit Christine en souriant jusqu'aux oreilles. Elle est super-belle.

La gorge de Reese se noue tandis qu'elle regarde l'adolescente partir en sautillant. Elle n'a jamais vu Christine aussi heureuse. Elle est en train de changer. Ils sont tous en train de changer.

À l'intérieur du chalet, un petit groupe est déjà réuni autour d'une table ronde. Il y a des dizaines de tables identiques à travers la pièce et, au fond, elle voit une vaste cuisine. Sur un côté, un espace surélevé accueille une cheminée énorme et des canapés douillets.

Le changement d'environnement est bouleversant. Sa jolie petite ville, avec sa rue Centrale et ses immeubles de brique, avec la place, le superbe kiosque, le restaurant de Graham… elle ne verra plus rien de tout ça. Elle ne sait pas si Ferris a tenu sa promesse, mais peu importe. Ils ne pourront jamais retourner à Foxworth.

En dépit de sa peine à l'idée d'avoir perdu la ville qu'elle a construite, elle sait que Foxworth n'a pas vraiment disparu. La communauté est intacte. L'idée d'un endroit où la liberté est reine est intacte.

Heureusement, le campement de Connor a assez d'espace pour accueillir ses habitants, en plus des déserteurs.

Elle n'est pas surprise de constater que l'un d'entre eux est inclus à la réunion, d'ailleurs. Dominik est assis à côté de sa sœur, et Reese est de nouveau frappée par leur ressemblance.

Toutefois, c'est un autre visage familier, de l'autre côté de la table, qui surprend Reese.

– Tam ! Tu es rentrée quand ?

La grande et belle femme brune se lève de sa chaise avec la grâce d'une danseuse et vient prendre Reese dans ses bras. Cela fait des années que la trafiquante et la reine des Insurgés sont amies.

Quand Tamara embrasse brièvement Reese sur la bouche, Rylan pousse un grognement.

– Tu es sérieuse ? Tu étais vraiment obligée de faire ça ? Maintenant, je vais bander pendant toute la réunion.

– Tu bandes en permanence, marmonne Sloan en réprimant un sourire.

– Je suis arrivée ce matin, répond Tamara à Reese. Merci d'avoir été là pour m'accueillir, au fait, espèce de garce, ajoute-t-elle d'un ton ironique.

– Zut, pardon. Préviens-moi à l'avance la prochaine fois, et j'essaierai de décaler mon exécution à plus tard.

Dominik ricane, tandis que tous s'installent autour de la table. Rylan et Sloan s'assoient de part et d'autre de Reese, et elle essaie de ne pas sourire en remarquant leur attitude protectrice.

Connor appuie ses avant-bras sur la table en bois et regarde Reese.

– Brynn et Mick nous ont contactés hier soir. Toutes leurs attaques ont réussi.

– Et Garrett ?

– On n'a toujours pas de nouvelles, mais on n'en attendait pas encore, répond Pike d'une voix rauque.

Un mouvement attire son attention, et Reese réalise que le louveteau est assis sur ses genoux. Bon sang, il a amené son loup à la réunion ?

– Je ne peux que supposer que tout se passe bien pour Garrett, aussi. Il a de bons soldats, meilleurs que ceux de Brynn et de Mick.

Reese se tourne vers Sloan.

– Et qu'en est-il des hommes de Foxworth qui étaient avec eux ?

– Ils sont en route. Ils ont les coordonnées du campement de Connor. Ils devraient être là dans quelques jours.

Tant mieux. Bientôt, tout son peuple sera de nouveau sous sa surveillance.

– Et la cité ? Ferris ? demande-t-elle à Dominik.

– Il ne sera plus un problème très longtemps, répond-il avec un sourire diabolique. Il y a encore des rebelles à l'intérieur. Ils buteront Ferris dès que je leur en donnerai l'ordre.

Il l'interroge du regard, et Reese regarde à son tour Connor.

– Donne l'ordre, dit-il. Plus vite le commandant sera éliminé, plus vite on pourra attaquer la cité de l'Ouest.

– Toutes les cités, corrige Tamara.

– Quoi ? s'exclame Reese.

– Les Insurgés de la colonie du Sud sont avec vous, aussi. Idem à l'Est. Je n'ai pas encore eu l'occasion d'aller au Nord, mais je présume que lorsque les trois premières colonies commenceront à se rebeller, la quatrième s'y joindra aussi. Ah, et l'armée d'Insurgés au Sud compte mille hommes.

Tout le monde regarde Tamara avec de grands yeux.

– Quoi ? Vous pensiez que je me dorais la pilule au soleil ?

Rylan ricane et Connor soupire.

– J'ai fait avancer les choses ! dit-elle en rejetant ses cheveux soyeux par-dessus son épaule.

Reese ne rate pas la façon dont Dominik suit du regard tous les gestes de Tamara. Cela dit, ce n'est pas vraiment une surprise. Tamara est une des femmes les plus belles que Reese a jamais vue.

Connor passe en revue d'autres détails de l'opération, ainsi que les modalités de vie des Insurgés qui ont débarqué dans son campement. Tout le monde est d'accord pour dire qu'il vaut mieux prendre un ou deux jours pour se reposer avant d'avancer les projets de rébellion, puis la réunion est ajournée et Reese se retrouve poussée à la porte, les grosses mains de Sloan et Rylan dans son dos.

Elle ne regarde pas en arrière pour voir les réactions de Connor et des autres, mais elle entend le rire de Tamara.

– Tiens donc, si je m'attendais à ça ! s'exclame-t-elle.

Le cœur de Reese bat plus vite. Ouais, c'est normal qu'elle soit surprise.

***

La porte de la cabane n'est même pas refermée que Reese se retrouve dans les bras de Sloan. Il la tient si fort qu'elle n'arrive pas à respirer, et elle rit doucement en frappant son torse dur comme fer.

– Sloan, tu m'écrases.

Rylan rit à son tour et vient vers eux.

– Ne lui en veux pas, ma belle. Ces deux derniers jours n'ont pas été faciles.

– Moins faciles que d'être enfermée dans la caserne des Exécuteurs et d'être condamnée à mort ?

Soudain, le regard soulagé de Sloan se remplit d'inquiétude.

– De quoi tu as besoin, ma chérie ? De nourriture ? D'eau ? On te trouvera tout ce que tu veux.

– Tout d'abord, j'aimerais me doucher, admet-elle. Je me sens sale.

Les yeux de Rylan brillent d'une lueur diabolique.

– Tu te sens sale, hein ?

Il semble sur le point de lui faire une proposition coquine, mais Reese caresse tendrement sa joue.

– Dix minutes toute seule me feraient du bien. Je… J'ai besoin de faire le point.

Rylan saisit son bras et l'emmène tout de suite à la salle de bains.

– Le savon et les serviettes sont sous le lavabo. Essaie de ne pas utiliser trop d'eau chaude, sinon Conn va péter un plomb.

Elle l'embrasse sur la joue avec toute sa gratitude.

– Merci. Je fais vite.

Une fois toute seule, elle vide enfin tout l'air de ses poumons. Elle entend Sloan et Rylan marcher dans la cabane et parler à voix basse. Des pas résonnent sur le plancher et une porte s'ouvre et se referme.

Reese allume la douche, enlève ses vêtements tachés de boue et de sueur, et elle entre dans la cabine. Elle ne garde l'eau chaude que le temps de se savonner, puis elle passe à l'eau tiède pour se rincer et se laver les cheveux.

Elle ne sait pas ce qu'elle va leur dire. Elle a énormément réfléchi dans cette salle d'interrogatoire. Elle s'est interrogée, a douté d'elle-même, hésité. Une part d'elle-même n'est toujours pas convaincue d'être la femme qu'ils veulent ou qu'ils méritent.

Cependant, une autre partie d'elle-même se déteste d'avoir envisagé de laisser l'un ou les deux partir.

Lorsqu'elle sort de la salle de bains, dix minutes plus tard, elle découvre que Sloan et Rylan lui ont préparé un festin, avec des fruits frais, du fromage et surtout du bourbon.

– Oh, je vous adore, dit-elle en acceptant le verre que lui tend Sloan. Vous ne savez pas combien j'en ai besoin.

Les deux hommes la regardent vider le verre d'un air amusé.

L'alcool réchauffe son ventre et ralentit agréablement son rythme cardiaque.

– Bon sang, ce que c'est bon, susurre-t-elle avant de hausser un sourcil. Tu as eu le temps de récupérer l'alcool avant d'évacuer Foxworth ?

– On a pris tout ce qu'on pouvait, répond Sloan en hochant la tête. Mais notre priorité était de sauver tout le monde.

– Et ils sont tous en sécurité grâce à toi, dit Rylan en caressant l'épaule de Sloan.

Elle n'est pas sans remarquer la tendresse de son geste ni la façon dont Sloan se laisse aller contre la main de Rylan, et elle ne sait pourquoi, elle se sent soulagée de savoir qu'ils ont su se réconforter l'un l'autre.

Reese ajuste le bas de sa serviette pour qu'elle reste fermée et s'assoit sur le bord du lit en prenant un morceau de pain.

– Teresa… commence Sloan en s'asseyant à côté d'elle. Est-ce qu'ils t'ont fait du mal ? Est-ce qu'ils t'ont… violée ?

Elle fait vite non de la tête.

– Non. Ils m'ont juste enfermée dans une pièce en attendant que mon ordre de mise à mort soit signé. Ferris a décidé que je n'étais pas une candidate idéale pour la torture, que je préférerais mourir plutôt que de divulguer la moindre information.

Son estomac se noue, et ce n'est pas à cause de la nourriture.

– Il était persuadé que je choisirais de laisser mon peuple mourir plutôt que de parler.

Elle plonge son regard dans celui de Sloan, puis de Rylan.

– Mais il a tort. Je ne laisserais jamais personne souffrir pour assouvir ma soif de vengeance.

– On le sait, dit Sloan.

– Tu en es sûr ?

Elle étudie son visage, cherchant l'ombre d'un doute, mais elle ne trouve rien.

– Quand j'ai su que Ferris envoyait des hommes à Foxworth, j'ai essayé de convaincre Dominik de m'aider, de conclure un deal avec lui. Je ne savais pas que vous m'aviez devancé, dit-elle d'un ton ironique.

– Eh, ça fait des mois que Conn te dit que tu peux faire confiance à Dominik, répond Rylan en riant. Tu étais juste trop têtue pour le croire.

– Je commence à croire que « têtue » devrait être mon deuxième prénom.

– Non, ton second prénom, c'est… Rylan s'arrête un instant pour réfléchir. *La meilleure*, déclare-t-il. Tu en penses quoi ? Ça te va ?

Elle éclate de rire et réalise de nouveau combien il lui a manqué, avec ses blagues et ses yeux bleus étincelants. Heureusement, cet homme ne prend jamais rien trop au sérieux.

Cependant, elle vient à peine d'avoir cette pensée qu'il la prend par surprise.

– Je t'aime, dit-il d'une voix féroce.

Reese regarde Sloan, qui semble plus calme et heureux qu'il ne l'a jamais été.

– On t’aime, poursuit Rylan.

– Je pensais que tu ne croyais pas à l’amour, dit-elle alors que son cœur s’affole.

Il tend le bras et caresse sa joue.

– Je suis un homme changé, bébé. Demande à Sloan, il peut en attester.

Sloan se rapproche et appuie son menton sur son épaule.

– C’est vrai. Cet homme t’aime à la folie, acquiesce-t-il alors que son souffle chaud chatouille sa peau. Et moi aussi.

CHAPITRE 29

Sloan sent Reese se crisper, mais elle ne s'éloigne pas de lui ni de Rylan. Elle reste assise entre les deux, son superbe visage rougi par sa douche, et peut-être par autre chose, aussi. Peut-être du désir, mais il espère que c'est plus que ça.

– On t'aime, murmure-t-il dans son oreille, la faisant frissonner. Tu n'imagines pas à quel point, ma chérie.

Rylan blottit son visage dans son cou, de l'autre côté de Sloan, arrachant un autre frisson à Reese. Sloan voit son pouls battre plus vite dans son cou, et il s'en approche pour l'embrasser. Elle tressaute.

– Vous êtes fous. Vous êtes tous les deux fous, dit-elle.

– Parce que c'est fou de t'aimer ? demande-t-il en riant.

– Oui.

– Tu sais ce qui nous a rendus encore plus fous ? poursuit-il en déposant des baisers jusqu'à sa mâchoire. L'idée qu'on t'avait perdue.

– On en était malades, acquiesce Rylan en l'embrassant à son tour, lentement, remontant doucement jusqu'à ce que sa bouche soit à quelques centimètres de celle de Sloan.

Il sourit et effleure la bouche de Rylan avant de mordiller sa lèvre.

– Bon sang, gronde Rylan, c'est elle que t'es censée exciter, mec, pas moi.

– Et si on s'excitait tous les uns les autres ? rétorque-t-il.

– Reese éclate de rire.

– Vous êtes fous, s'exclame-t-elle. Vous êtes fous de vouloir ça.

Sloan mordille le coin de sa bouche tandis que Rylan effleure sa mâchoire du bout des lèvres.

– Mais je suppose que je dois être folle aussi, murmure-t-elle, puisque je veux la même chose, moi aussi.

Sloan lève la tête pour la regarder dans les yeux, ces grands yeux noisette, et l'émotion qu'il y voit lui coupe le souffle.

– Rylan n'est pas le seul à avoir changé, dit-il en souriant. Tu as changé, toi aussi.

Elle caresse sa barbe et il pourrait pratiquement ronronner tant il est heureux.

– J'ai arrêté de faire mine de ne rien ressentir. J'en ai fini de faire mine de ne pas t'aimer.

Il retient sa respiration, et Rylan en fait de même lorsqu'elle lui accorde la même attention.

– Et j'en ai fini de faire mine de ne pas t'aimer, toi aussi.

Sloan prend sa main gauche et entrelace leurs doigts, et Rylan en fait de même avec sa main droite.

– Je me comporterai toujours comme une garce, parfois, admet Reese. Je vais continuer de prendre des décisions avec lesquelles vous ne serez pas d'accord. Je ne peux toujours… je ne peux toujours pas vous donner d'enfants.

– Je n'en veux pas, dit immédiatement Sloan.

– Moi non plus, acquiesce Rylan. Ils sont pénibles.

– Vous dites ça maintenant, mais…

– Je ne changerai pas d'avis, dit Sloan. Les enfants ne m'ont jamais intéressé, ma chérie. Je ne veux pas de cette responsabilité. Et puis, on a assez de soucis avec les enfants qu'on a déjà, ajoute-t-il en riant.

– Ouais, on a un campement plein d'enfants dont on doit s'occuper, dit Rylan. Ou plutôt dont vous devez vous occuper. Vous pouvez jouer au papa et la maman si vous voulez, moi je me cacherai ici en attendant que vous vouliez jouer à un autre jeu avec moi.

Sloan tend la main et met une tendre gifle à Rylan.

– Arrête ça tout de suite. Tu n'as pas le droit d'ignorer tes responsabilités. Si tu es notre homme, tu diriges avec nous.

– Conn n'aimera peut-être pas que son leadership soit remis en question…

– Personne ne remet quoi que ce soit en question. On s'occupe des nôtres, il s'occupe des siens.

Rylan s'arrête un instant, pensif.

– En fait, dit-il, je retire ce que j'ai dit. Connor serait ravi de laisser Reese mener tout le monde. Il n'a jamais voulu de ce rôle. Mais bref, cessons de parler travail… on parlait d'amour, vous vous souvenez ?

Reese reprend la conversation en riant.

– C'est la relation la plus bizarre que j'aie connue. Je ne sais toujours pas si ça va marcher… ajoute-t-elle d'une voix hésitante.

– Ça marchera, déclare Sloan. On s'aime, ça marchera. C'est tout.

– Tu as l'air bien sûr de toi.

– Je suis sûr de moi. Je suis ton roc, tu te souviens ? Je suis son roc, à lui aussi, ajoute-t-il en désignant Rylan. Et toi… chuchote-t-il en effleurant ses lèvres d'un baiser, tu es notre flamme.

– Et moi, je suis quoi alors ? demande Rylan d'un ton curieux.

Sloan y réfléchit une seconde.

– Toi, tu es le vent, répond-il enfin.

– Non, ça craint. Le vent éteint la flamme.

– Mais non, rétorque Sloan en lui souriant. Il l'attise.

Le regard sombre et séducteur qu'il obtient en retour le fait bander douloureusement.

– Ouais… ouais, tu as raison, chantonne Rylan en jouant avec la serviette de Reese. Je suis très doué pour raviver la flamme.

Sloan ne peut qu'être d'accord. D'ailleurs, il est rapide, aussi. Sloan n'a même pas cligné des yeux que Rylan a jeté de côté la serviette de Reese.

Sloan retient son souffle face à la femme parfaite devant lui, sa peau douce et pâle, ses longues jambes et ses cuisses soyeuses, ses seins ronds et rebondis suppliant sa bouche de les sucer.

Cependant, Rylan le devance, arrachant un gémissement à Reese.

– Je croyais que vous vouliez que je mange, dit-elle.

– J'ai décidé que j'avais plus faim que toi, grogne Rylan en lapant son téton. Sloan, mec, t'as l'air affamé, toi aussi.

– Je meurs de faim, répond-il en riant.

Il se glisse entre les jambes de Reese et saisit son clitoris dans sa bouche.

– Bon sang, vous essayez de me tuer ? gémit-elle en soulevant son bassin.

– Non ma chérie, on veut juste t'aimer.

Il suce le bourgeon et le sent gonfler sous sa langue avant de descendre sur sa fente, où il lape son désir en grognant.

Il ne sait pas à quel moment il perd ses vêtements, mais tout à coup il se retrouve nu et ses lèvres ne sont plus sur le sexe de Reese mais sur sa bouche. Il se fraie un passage entre ses lèvres pour approfondir le baiser, dévorant sa bouche avec une fougue désespérée.

Une main calleuse atterrit sur sa queue, le caressant jusqu'à ce qu'il voie des étoiles, jusqu'à ce qu'il ne sache plus très bien qui le touche ou qui il touche. Il sent sous ses mains des courbes soyeuses et des muscles bandés. Les lèvres de Reese, les lèvres de Rylan se promènent sur sa chair bouillante. Des gémissements rauques et des souffles pantelants résonnent autour de lui dans la cabane.

Il empoigne sa queue épaisse et la porte à l'entrée de la chatte de Reese, frottant son gland sur son clitoris. Il se glisse ensuite dans son tunnel chaud et étroit, et une vague de plaisir déferle dans ses veines avec une telle force qu'il craint de jouir si Reese bouge ne serait-ce que d'un millimètre. Elle est étendue sous lui, jambes écartées, tétons dressés, tandis qu'il lui fait lentement l'amour.

– Sloan, gémit-elle.

Cependant, il ne peut pas lui répondre, car le matelas s'affaisse et soudain une queue apparaît dans sa bouche.

Rylan grogne lorsque Sloan lèche son piercing avant de le prendre entièrement dans sa gorge. Quand Reese saisit ses testicules pour les serrer délicatement dans sa main, il manque tomber et doit se retenir à l'épaule de Sloan, qui glousse sans lâcher le sexe de Rylan.

– Tu peux te marrer, espèce d'enfoiré, mais c'est moi qui me fais sucer et palper les testicules, dit Rylan en caressant la tête de Sloan.

Ce dernier répond en l'avalant plus profondément encore, tirant sur son piercing, et la délicieuse douleur lui fait tourner la tête. Il est à deux doigts de jouir, mais il veut être dans Reese. Son absence l'a fait agoniser, et son angoisse ne sera véritablement soulagée que lorsqu'il l'aura prise.

Rylan se force à se retirer de la bouche de Sloan, qui le punit en raclant sa verge avec ses dents.

– Je n'avais pas fini, râle Sloan en ralentissant ses va-et-vient dans la chatte de Reese.

Rylan passe ses mains sous les épaules de Reese.

– Je sais, frangin, c'était très bon.

– Et ce n'est pas le but ? demande Reese.

– Si, mais je veux jouir en toi, bébé. Je veux qu'on éjacule tous les deux en toi.

Il saisit son menton et lève sa tête pour l'embrasser langoureusement.

Sloan se déplace au bord du matelas en emmenant Reese avec lui pour qu'ils ne soient pas séparés. Toujours enfoui en elle, il la soulève lentement tandis que Rylan se place sous elle et palpe ses fesses. Sa verge, trempée par sa propre excitation et par la bouche de Sloan, frétille d'impatience.

– J'ai le sentiment qu'on devrait la punir pour nous avoir fait paniquer pendant deux jours. On pourrait gifler ces fesses jusqu'à ce qu'elles soient rouges ?

Reese le regarde par-dessus son épaule.

– Ouais, vu les caresses que je vous ai vus vous faire quand je suis arrivée, vous avez l'air d'avoir beaucoup souffert !

Rylan lui répond par une fessée.

– Je me suis sacrifié parce que tu n'étais pas là. Il fallait bien que quelqu'un se charge de l'agressivité de Sloan pour qu'il ne pète pas un plomb et qu'il ne détruise pas notre nouvelle maison.

– Chérie, la seule manière de faire taire Rylan, c'est de prendre sa queue en toi. Alors, détends-toi.

Sloan tient ses hanches et l'abaisse sur la verge frémissante de Rylan.

– Bon sang… Vous allez me tuer, grogne-t-elle.

– Tu peux nous prendre tous les deux, l'encourage Sloan.

Rylan lève les yeux au ciel en pénétrant le petit cercle de muscles tendus de Reese. La queue de Sloan pulse contre la sienne. Il serre les dents, faisant appel à tout son self-control, mais c'est trop. Reese est trop délicieuse. Sloan est trop intense. Rylan a envie de plonger en elle avec une violence qui le surprend.

– Oh, bébé, tu es tellement bonne. Avec Sloan déjà en toi, c'est étroit. Il faut que tu me fasses de la place, la supplie-t-il.

Elle gémit, à bout de souffle. Elle laisse tomber sa tête en arrière, sur son épaule, et elle s'agrippe à sa nuque. Il avance délicatement le bassin et elle s'ouvre pour lui.

– Ooh, putain… siffle Reese. C'est trop…

– Jamais, dit Sloan en empoignant ses cheveux pour l'embrasser. Ce ne sera jamais trop, ajoute-t-il en regardant Rylan dans les yeux. Montrons-lui combien elle nous a manqué. Combien on l'aime. Combien on ne peut pas vivre sans elle.

Sloan n'a pas besoin de le lui demander deux fois. Il s'enfonce lentement en elle, délibérément, et Sloan la soulève d'une main tandis qu'ils entament tous les deux leurs allers-retours.

Rylan sent son orgasme bouillonner en lui et il sait qu'il ne tiendra plus très longtemps. Il cherche le clito de Reese, entre eux, pinçant le petit bourgeon jusqu'à ce qu'elle commence à se contracter autour d'eux.

– Frangin, je ne tiendrai plus très longtemps.

Cependant, ce n'est pas vrai. Ils savent tous les trois qu'il tiendra assez longtemps pour que Reese prenne aussi son pied. Heureusement, son orgasme vient rapidement et elle se met à trembler violemment entre eux.

Rylan ne peut plus se retenir. Il s'enfouit brusquement en elle et ses testicules frappent les fesses fermes de Reese. Il sent Sloan de l'autre côté d'une peau toute fine. Leurs coups de bassin sont synchrones et ils se poussent l'un l'autre dans une petite mort délicieuse.

– Je vous aime tous les deux. Bon sang, je vous aime, grogne Sloan.

Rylan le sent éjaculer en elle, sent des gouttes chaudes couler sur sa verge et se mélanger à sa propre semence.

Ils se laissent tomber sur le matelas, épuisés. Leurs mains se promènent sur leurs corps trempés.

Leurs bouches se cherchent pour s'offrir de doux baisers langoureux, et dans tout cela, le désir de Reese de connaître plus, encore, les engloutit tous les trois.

– Je vous aime tellement, tous les deux, chuchote-t-elle entre deux baisers.

– Cette vie… commence Rylan d'une voix émue. Grâce à vous, tout le mal qui m'est arrivé en vaut la peine. Je ne vous mérite pas, mais je ne vous abandonnerai jamais.

Sloan tend le bras pour prendre la main de Rylan, et Reese pose la sienne sur les leurs.

– Heureusement qu'on va rester ensemble, alors, grogne Sloan.

C'est plus une menace qu'une promesse, mais dans ce monde sauvage, les esprits libres ont besoin de promesses féroces. Comme celles qu'ils se sont faites ce soir.

ÉPILOGUE

Reese sort du lit juste avant l'aube, avant que les premiers rayons de soleil ne transpercent le ciel sombre. Elle pensait être silencieuse, mais Sloan ouvre immédiatement les yeux lorsque ses pieds touchent le sol sans faire de bruit. Elle est bête de penser qu'elle peut faire le moindre geste sans déclencher son alarme ultrasensible.

– Rendors-toi, chuchote-t-elle. Je vais juste courir. Je serai de retour avant que tu t'en rendes compte.

Il hoche la tête de façon presque imperceptible, puis il ferme les yeux et se blottit contre Rylan, qui est étalé sur le ventre. La couette s'est emmêlée dans la nuit, révélant ses fesses fermes et les muscles sculptés du bras de Sloan.

Une chaleur délicieuse se propage dans le corps de Reese en les regardant.

Ses hommes.

Bon sang, elle les aime plus qu'elle ne le pensait possible.

Elle s'oblige à détourner le regard de cette scène parfaite et elle fouille dans son sac. Sloan et Rylan ont apporté toutes ses affaires et son cœur se gonfle encore, car cela prouve qu'ils n'ont jamais douté de la récupérer.

Elle enfile un legging épais, un pull à capuche et ses vieilles baskets, puis elle se faufile dehors sans un bruit.

L'air est froid, mais ça ne la dérange pas, pas plus que le vent glacial qui frappe son visage et sa nuque tandis qu'elle part en courant vers le sentier. Sa vie à Foxworth est peut-être finie, mais sa routine n'a pas changé. Elle se lève toujours à l'aube et part courir pour faire le vide dans son esprit et se préparer pour la journée.

Cela dit, ce n'est pas tout à fait vrai car quelque chose a changé. Le poids qui écrasait ses épaules n'est plus là. La peur qui paralysait sa gorge et l'inquiétude omniprésente qui rongeait régulièrement ses entrailles ont quasiment disparu.

Elle n'a plus besoin de diriger seule. Elle a Sloan. Rylan. Connor. Tamara et Hudson et, bon sang, même Dominik. Le fardeau ne repose plus sur ses seules épaules, et c'est incroyablement libérateur.

Elle ralentit en approchant des cabanes les plus éloignées, ne voulant réveiller personne. Toutefois, elle est surprise de voir que quelqu'un est déjà levé. Deux personnes, d'ailleurs, Bethany et Archer. La jeune maman est assise sur une chaise en osier sur le porche sombre, blottie sous une couverture tandis qu'elle donne le sein à son bébé.

Bethany semble surprise lorsqu'elle aperçoit Reese, puis elle se détend, sourit et lui fait un signe de la main. Pour la première fois depuis que Bethany a accouché, la vue de son bébé ne fait pas souffrir Reese.

Elle lui dit bonjour de la main en poursuivant son chemin. Le sentier est boueux et ses baskets s'enfoncent dans la terre mouillée. Elle finit par marcher, ce qui lui permet de regarder les environs.

Le campement de Connor est infiniment calme et isolé, paisible et superbe. Reese décide que vivre ici ce ne sera pas si terrible. En outre, la sécurité de Connor est excellente ; lui et ses hommes ont placé des détecteurs de mouvement partout sur la propriété, en plus des explosifs et des caméras de sécurité que Xander surveille depuis ses ordinateurs.

Elle ne sait pas comment Dominik et ses hommes vont s'insérer dans le tableau, mais elle suppose qu'Hudson va s'en mêler. Elle imagine également qu'il y aura encore de nombreuses réunions dans un futur très proche, des disputes entre elle et Mick, des décisions à prendre tous ensemble, des cités à assiéger et des membres du Conseil à tuer. Elle doit encore retourner à la ferme, aussi, pour voir si Scott et Anna sont en vie. S'ils ont survécu aux Exécuteurs, Reese va remuer ciel et terre pour les convaincre de venir ici avec elle.

Il y a donc beaucoup de changements à anticiper, bons et mauvais.

Cependant, ces changements ne lui paraissent plus si terrifiants. Quand Reese avait dit à Christine qu'elle était invincible, elle plaisantait. Or, c'est ainsi qu'elle se sent à présent. Invincible. Forte. Libre. Elle a le sentiment de pouvoir affronter tous les défis qui se présenteront à elle, toutes les tempêtes qui menaceront de la faire tomber, tous les ennemis qui tenteront de la détruire.

Elle peut tout affronter à présent, tout conquérir, parce qu'elle ne sera plus seule. Sloan et Rylan seront avec elle. Son bras droit. Son bras gauche. Le roc et le vent. Une force inébranlable et un soleil apaisant.

Du moment que les hommes qu'elle aime seront à ses côtés, elle pourra affronter tous les défis du futur.

Composition et mise en pages
Nord Compo à Villeneuve-d'Ascq